Une séduisante épouse

Du même auteur
aux Éditions J'ai lu

Le trésor des Highlands :
1. UNE ÉTOURDISSANTE ÉPOUSE
N° 8238

3. UNE PROVOCANTE ÉPOUSE
N° 8454

MAY
MCGOLDRICK

LE TRÉSOR DES HIGHLANDS - 2

Une séduisante épouse

ROMAN

Traduit de l'américain
par Alice Bergerac

J'AI LU

Titre original
HIGHLAND TREASURE : THE ENCHANTRESS

Published by Onyx, an imprint of New American Library,
a division of Penguin Putnam Inc.

Pour Hilary, notre Ross préférée

1

Fearnoch, Highlands du Nord, décembre 1535

Adossé contre le mur en grès de la cathédrale de Fearnoch, le Highlander faisait glisser la pièce d'or entre ses doigts. Quand le groupe qu'il observait marqua l'arrêt devant un étal de ballots de laine, la pièce frappée de la rose des Tudor s'immobilisa elle aussi.

Un fermier édenté cracha sur le sol boueux durci par le gel puis s'adressa à son maître :

— Le gars à la face de sanglier l'a appelée Mlle Laura. Ils l'ont habillée de guenilles, mais c'est quand même un beau brin de fille.

Les deux hommes scrutèrent la place du marché que balayait un vent glacé. Les sbires du clan des Sinclair rassemblaient les femmes. La pièce d'or reprit ses petits sauts périlleux entre les doigts du Highlander.

— C'est une Anglaise, poursuivit Ren, le vieux paysan. J'en mettrais ma main à couper. Ah ! si j'avais vingt ans de moins…

Sans mot dire, William Ross de Blackfearn prit congé du vieillard et rangea sa pièce d'or dans une fente de sa large ceinture de cuir. Il sortit de l'ombre de la cathédrale pour avancer sur la place inondée par le soleil de midi. Tandis qu'il fendait la foule des villageois, deux de ses hommes le rejoignirent à pas pressé.

— C'est elle, maître ! lança le plus grand. C'est elle que vous cherchiez.

D'un air distrait, William enfonça une main dans la laine grossière entassée en ballots sur une charrette.

— Elles ne sont pas ensemble, commenta le plus petit. Les autres sont des religieuses du couvent délabré de Little Ferry.

William tourna les yeux vers l'Anglaise encapuchonnée dont il ne vit que le dos. Escortée par les brutes des Sinclair – le clan rival des Ross – elle avait tout d'une frêle créature.

Il songea à sa mission et à la promesse faite à son frère qu'il n'y aurait pas d'effusion de sang. Il tiendrait parole.

— Doit-on l'enlever maintenant, maître ? demanda le petit d'une voix nasillarde.

Son compagnon caressa le manche sculpté du poignard dissimulé sous le plaid rouge et noir découpé dans le tartan du clan des Ross. Sur ses traits se lisait l'impatience d'en découdre.

— Ils ont été plutôt rudes avec l'Anglaise, poursuivit le petit. Le sbire des Sinclair ne l'a pas ménagée. Il l'a bousculée pour la faire sortir de la tente d'un des marchands de laine. La pauvre, ils lui en font voir de toutes les couleurs !

— On dit qu'ils l'ont enfermée dans un cachot de Rumster Castle, ajouta le grand.

— Trois mois qu'elle est prisonnière, maître, précisa son comparse.

— La malheureuse cachait ses larmes sous sa capuche.

— Elle cachait aussi sa honte, répliqua William.

— Il n'y a que six hommes. On peut les maîtriser facilement, maître, grommela le grand. Il faut donner un coup de main à cette faible créature et flanquer à ces salopards la rossée de leur vie. Il suffit de...

— Attendez-moi ici, l'interrompit William.

Sans plus d'explications, il tourna les talons, laissant ses compagnons sans voix. Tranquillement, le Highlander se dirigea vers l'étal non loin duquel se trouvait l'Anglaise.

Les guerriers des Sinclair le reconnurent immédiatement et se raidirent. Tout en le scrutant, les religieuses chuchotèrent quelques paroles en français. Il ne leur était pas étranger, lui sembla-t-il. Où et quand avaient-elles bien pu l'apercevoir ? Mystère. Jamais il n'avait fréquenté les pensionnaires du couvent de Little Ferry, situé à Loch Fleet.

William Ross dépassa les hommes des Sinclair et, affectant une attitude insouciante, s'approcha de l'étal. Il examina une peau de bête avant de la rejeter négligemment. L'Anglaise la prit pour la remettre en place. Tout en devisant calmement avec le marchand, elle rangeait les ballots de laine transportés jusqu'au marché.

William tendit l'oreille pour écouter la conversation. La voix mélodieuse de la jeune femme le fascina. Malgré sa charmante imitation de l'accent des Highlands, son intonation typiquement anglaise la trahissait, comme l'avait fait remarquer Ren, le vieux fermier.

Il la regarda à la dérobée, vit une mèche ébène qui s'était échappée de sa capuche. Ses mains menues, abîmées par le dur labeur et la rigueur de l'hiver, triaient la laine par couleur et par qualité.

Un sourire malicieux courut sur les lèvres de William.

Du coin de l'œil, il s'aperçut que le chef des Sinclair le surveillait. Il prit une nouvelle toison qui avait encore des taches de goudron çà et là et la laissa choir exprès. L'Anglaise s'empressa de la ramasser.

Soudain, un peu plus loin, des exclamations retentirent. Une altercation entre une femme qui se donnait des airs de comtesse et un fermier qui conduisait un troupeau d'une dizaine de bœufs à la robe brun-rouge et aux longs poils hirsutes avait momentanément attiré l'attention des Sinclair.

Le Highlander fixa ses yeux bleus sur l'Anglaise qui, concentrée sur sa besogne, ignorait le tapage. Elle semblait hésiter entre deux piles. Sans un mot, il lui prit la toison des mains et la posa sur le tas de qualité moyenne.

Surprise, l'Anglaise se retourna vivement et le fusilla du regard.

Pour William Ross de Blackfearn, le temps parut se figer, la terre s'arrêter de tourner. Était-ce à cause de ces yeux violets qui l'avaient foudroyé ? Jamais il n'avait vu de prunelles aussi troublantes. On aurait dit deux améthystes illuminant le visage d'albâtre d'une déesse antique.

Il songea à Molly, la fille aguicheuse qu'il fréquentait à l'occasion aux Trois Coupes, la taverne sur la route d'Inverness. Non, se dit-il, les yeux de Molly n'avaient pas l'intensité de ceux de l'Anglaise.

Toujours est-il que la demoiselle campée devant lui avait les traits d'une enchanteresse. Qu'elle vienne de l'autre côté des Borders importait peu.

Pendant une fraction de seconde, il crut qu'elle allait lui adresser la parole. Voyant que l'un de ses ravisseurs la considérait d'un air peu amène, elle garda le silence et détourna son adorable visage.

Regardant alentour, le Highlander remarqua que les couventines s'étaient séparées du groupe. Il pivota sur ses talons et s'éloigna de l'étal d'un pas aussi désinvolte que possible. En chemin, il acheta une pomme à un adolescent. L'altercation avait cessé. Le troupeau de bovins disparaissait au loin dans un nuage de poussière.

Le chef des Sinclair s'impatienta :

— Allons, on se dépêche !

Avec brusquerie, il empoigna l'Anglaise par le coude.

— Si nous ne sommes pas de retour pour les vêpres, maugréa-t-il, ce sera dix coups de fouet.

Elle secoua la tête et alla rejoindre les religieuses. Le groupe se faufila parmi les villageois, cheminant en direction d'étals protégés par des tentes – propriété des camelots originaires d'Inverness.

L'Anglaise s'arrêta un instant devant les tréteaux où l'on vendait des souliers de femme. L'un des guerriers des Sinclair la poussa pour la faire avancer en jurant bruyamment.

William offrit la pomme qu'il n'avait pas entamée à un gamin des rues et suivit discrètement le groupe en empruntant une allée séparant les tentes. De ce côté, la place du marché était bordée d'un muret derrière lequel il y avait un fossé et, un peu plus loin, un bouquet d'arbres.

Se frayant un passage entre les ouvriers qui paressaient, assis à l'arrière des charrettes de marchandises à moitié déchargées, le Highlander aperçut une ruelle déserte, en contrebas. Un marchand de somptueux tissus flamands se mit à haranguer les femmes que l'on escortait. Captivée par les couleurs chatoyantes, l'Anglaise encapuchonnée s'approcha. William s'immobilisa et se tapit dans l'ombre.

Au même moment, une troupe de bohémiens surgit avec leurs tambourins et leurs clochettes. Les ravissantes filles aux yeux de braise attirèrent l'attention des hommes des Sinclair qui les regardèrent, subjugués.

Le Highlander vit là sa chance: c'était le moment ou jamais. Il lança au marchand un regard de connivence et porta l'index à ses lèvres pour lui ordonner de se taire. Puis, aussi vif que l'éclair, il agrippa la jeune femme par le poignet et l'entraîna avec lui dans la ruelle.

— Je ne vous veux aucun mal, chuchota-t-il en lui posant une main sur la bouche pour l'empêcher de protester.

La prenant par la taille, il l'emmena au pas de course au bout de la venelle. Quand ils eurent atteint le muret, il la relâcha et lui fit face. Ses cheveux de jais bouclaient autour de son visage angélique que protégeait encore sa capuche.

— Ils vont vite s'apercevoir de votre disparition, dit-il. Des chevaux nous attendent derrière ces arbres, là-bas. Vous voilà saine et sauve.

L'Anglaise dardait sur lui des yeux effarés. On aurait dit une créature de la forêt pétrifiée face à l'impitoyable chasseur. William esquissa un sourire.

— N'ayez crainte. Je vous ai sauvée.

Elle arqua un sourcil interrogateur, fixa ses prunelles sur la pièce d'or qu'il sortit de sa ceinture de cuir et dont la rose des Tudor reflétait les rayons du soleil.

— Je n'ai pas le temps de vous expliquer, poursuivit-il. Si nous voulons fuir Fearnoch, nous ferions mieux de…

Il n'eut pas le loisir de terminer sa phrase car l'Anglaise poussa un hurlement tel qu'on aurait pu l'entendre depuis Édimbourg.

2

Penché au-dessus de l'âtre, Gilbert Ross se démanchait le cou pour examiner le conduit de la cheminée. Ne voyant rien d'anormal, le jeune prévôt se redressa et remit en place les tisonniers. La fumée continuait d'étouffer le foyer, d'envahir la pièce tel un voile grisâtre effleurant son crâne blond tonsuré.

Soudain, on ouvrit la porte. Deux moines – dont le précepteur – se tinrent hésitants sur le seuil.

Gilbert leur fit signe d'entrer.

— Frère John, dit-il, qu'attendez-vous pour appeler le maçon afin qu'il répare cette cheminée ?

Le plus jeune des deux religieux opina du chef et disparut dans le long corridor.

— Frère Francis, enchaîna Gilbert à l'adresse du précepteur, si vous trouvez l'atmosphère de cette pièce trop suffocante pour travailler…

— J'ai l'habitude, père prévôt, répondit le vieux moine en fermant la porte derrière lui. D'aussi loin que je me souvienne, cette cheminée a toujours fumé. Il y a longtemps que frère Jérôme – paix à son âme – avait cessé de s'en inquiéter. Cela ne nous gêne guère que durant les mois d'hiver.

Lorsqu'il avait pris le relais de son prédécesseur à la tête de St. Duthac, Gilbert Ross avait vite compris que l'ancien prévôt n'avait brillé ni par son obstination ni par son sens de l'organisation.

Gilbert enjamba son gros chien qui ronflait – indifférent aux allées et venues de son maître – pour aller entrouvrir la fenêtre. Il s'emplit les poumons de l'air vivifiant de la nuit qui s'engouffra à l'intérieur.

— Père prévôt, l'un des pêcheurs du village vient de rentrer du marché de Fearnoch et a vu la jeune femme.

Le précepteur était déjà assis à son pupitre, ses doigts noueux déliant le ruban noir attachant l'épais registre de comptes.

— A-t-il évoqué William ? demanda Gilbert.

— Votre frère s'y trouvait lui aussi, accompagné de quelques gens des Ross. En revanche, pas un de ses guerriers ne l'escortait, répondit frère Francis sur un ton de reproche.

Gilbert se tint sur la défensive.

Depuis leur enfance, lui et son frère avaient été les élèves de Francis. Malgré les objections de Thomas – leur aîné – leur mère avait confié leur éducation à l'école de l'église de St. Duthac. Bien que Gilbert soit devenu le prévôt de l'institution religieuse et William le laird du clan des Ross, Francis ne leur avait jamais caché ce qu'il pensait.

— Gilbert… hum… père prévôt, rectifia-t-il, qu'un homme de rang tel que William se comporte de la sorte…

— Frère Francis, il a fait preuve d'une grande sagesse lorsque… et vous étiez là pour le voir… lorsqu'il m'a promis d'accomplir sa mission sans effusion de sang.

Le jeune prévôt s'avança jusqu'au pupitre et s'assit face à son interlocuteur.

— Je vous rappelle, enchaîna-t-il, que depuis le décès de Thomas, il y a deux ans, les Ross et les Sinclair n'ont jamais véritablement ferraillé. En succédant à Thomas, William a adopté, me semble-t-il, une position raisonnable en choisissant d'éviter le conflit.

Francis grommela indistinctement. Ses doigts feuilletèrent nerveusement le livre de comptes. Il continua de bougonner tout en parcourant l'ouvrage.

— Y a-t-il autre chose ? interrogea Gilbert en s'efforçant de garder son calme.

Le vieux précepteur explosa :

— Oui, il y a autre chose ! Et vous le savez très bien. Cette époque frivole où William brûlait la chandelle par les deux bouts est révolue. Par saint Duthac ! Aujourd'hui, il est laird, chef du clan et propriétaire des landes qui vont de l'estuaire de Fearnoch au détroit de Minch. Il coule dans ses veines le sang noble du grand William, comte de Ross, qui a emmené ses pairs sous le commandement de Robert Bruce pour la bataille de Bannockburn. N'oublions jamais que la Déclaration de Arbroath porte le sceau du clan des Ross.

— Vous ne m'apprenez rien, Francis. Je connais parfaitement l'histoire de notre famille.

Le précepteur opina d'un air sévère.

— En effet. Vous êtes un homme bon, Gilbert, et je suis fier de vous – aussi fier que si vous étiez mon fils. Cependant, il est grand temps que vous usiez de l'autorité que vous confère votre éminente position, tant pour le bien des pèlerins qui fréquentent St. Duthac que pour celui du clan des Ross.

— Écoutez, voilà à peine un mois que je suis en charge de cette église et des terres environnantes. J'essaie de mettre un peu d'ordre dans les affaires de notre paroisse et d'empêcher que s'effondrent les murs de notre institution. Si vous insinuez que je ne fais pas mon devoir…

— Je ne sous-entends rien de la sorte.

Posant les coudes sur la table, Francis dévisagea son disciple.

— Ce que je suggère, c'est que vous essayiez d'inculquer un peu de discipline à votre insouciant de frère. Vous pourriez l'influencer, lui prodiguer quelques conseils…

— William est laird des Ross, répliqua sèchement Gilbert. Pour ma part, je ne suis qu'un modeste serviteur de l'Église.

— Certes, mais vous avez cependant l'autorité spirituelle, insista Francis en pointant un index squelettique sur son interlocuteur. J'ai bien observé William. Maintenant que vous êtes prévôt, il se comporte différemment, vous témoigne infiniment plus de respect.

Seulement en présence des autres, songea Gilbert.

— Et que me recommandez-vous de dire exactement à mon frère ?

Un semblant de sourire plissa davantage encore le visage ridé de Francis.

— Il faut le persuader de changer.

— Changer ? faillit s'étouffer le père prévôt. William ?

— Oui. William Ross de Blackfearn est un homme adulte, et de surcroît il est le chef d'un clan. Par tous les saints, il se préoccupe plus du bien-être de la fille d'un berger que du sien ! Vous savez pertinemment qu'il échangerait sa chambre de laird contre une stalle des écuries pour les beaux yeux d'une miséreuse.

« Il ferait bien d'honorer son titre de laird. Je l'ai éduqué pour cela, pour qu'il reprenne le flambeau de Thomas, pour qu'il poursuive les rénovations de Blackfearn Castle ! Le château doit retrouver son faste d'autrefois. Il est impératif que William cesse d'agir comme un vulgaire fermier, à passer la nuit à la belle étoile ou dans les étables de ses gens.

Gilbert s'apprêta à dire quelque chose, mais Francis, qui n'avait jamais été aussi loquace, l'en empêcha.

— En tant que laird, il est de son devoir d'épouser une demoiselle de bonne famille et d'engendrer un fils pour perpétuer la lignée des Ross.

De nouveau, Gilbert tenta d'intervenir. En vain. Le vieux précepteur désigna le manteau de la cheminée au-dessus duquel était accrochée l'esquisse du visage d'une fillette.

— Je ne mentionne même pas Miriam, l'enfant de Thomas que votre frère n'a toujours pas ramenée à Blackfearn, son véritable foyer.

Gilbert acquiesça, songeur.

Inutile de discuter. Francis exprimait la plus stricte vérité. Quoi qu'il en soit, il imaginait mal son frère convoler en justes noces.

William ne cachait pas son goût pour les coquettes, notamment celles de la taverne des Trois Coupes. Gilbert l'avait pourtant traîné jusqu'à Caithness Castle pour lui présenter la fille du comte sous le prétexte d'une partie de chasse. William n'avait pas trouvé mieux que de déclarer carrément à la noble jeune fille qu'il préférait les gourgandines. Horrifiée, la demoiselle avait couru se réfugier dans les bras de sa mère indignée.

Alors que William et Gilbert n'avaient que deux ans de différence, Thomas était leur aîné de douze ans. En conséquence, les deux cadets étaient devenus inséparables. Le temps passant, Gilbert était entré dans les ordres et William avait été envoyé à St. Andrew puis au domaine de lord Herries. Leur affection n'avait jamais faibli. Plus que la fraternité, une véritable amitié les liait. Gilbert savait que ce nouveau titre de laird représentait plus un fardeau qu'un honneur pour son frère. Changer William lui paraissait tout aussi impossible que de vouloir tailler la pierre avec une branche de peuplier.

— Il ne tient qu'à vous de le convaincre, dit le précepteur, l'arrachant brusquement à ses réflexions. Vous vous rendrez plus utile qu'en vous occupant de travaux. La réputation des Ross, ainsi que le salut de votre frère sont entre vos mains. Il est grand temps qu'il épouse une respectable lady.

Là-dessus, Francis baissa les yeux sur le registre, concluant ainsi son interminable sermon.

La tâche s'avérerait ardue, songea Gilbert. Il plaignait déjà la femme qui accepterait de partager la vie de William !

William Ross lâcha un juron. La sylphide qu'il maintenait se trémoussait et venait de lui asséner un violent coup de poing dans les reins. Affronter une troupe de guerriers aurait été plus aisé que de maîtriser la créature hissée sur son épaule.

Le hurlement de l'Anglaise avait provoqué un sacré charivari. Dès l'instant où il avait tenté de la faire grimper sur le muret, elle s'était débattue et avait feulé comme une chatte en furie. Bon sang ! Elle était... diablement vigoureuse.

Résultat, des charrettes avaient été renversées, des tentes arrachées. Les Sinclair n'avaient pas tardé à s'engouffrer dans la ruelle, mais les fermiers des Ross, comprenant que leur laird était dans l'affaire, s'étaient empressés de contrecarrer l'ennemi.

Malgré la douleur qui lui cisaillait le dos, William dégaina promptement son épée pour accueillir le chef des Sinclair qui arrivait au pas de charge. Le fracas des lames couvrit le brouhaha de la foule.

Réussissant à repousser son adversaire, William courut vers le muret, le Sinclair à ses trousses. Ren, le fermier édenté, lui fit un croc-en-jambe avec une vivacité insoupçonnée. Le guerrier s'étala de tout son long.

Le paysan s'assit sur la poitrine de l'ennemi terrassé et adressa un clin d'œil à son laird.

En équilibre sur son épaule, l'Anglaise lui planta les ongles dans le postérieur. Au risque de lui cogner la tête contre le mur, William la fit basculer un peu plus en arrière. Elle poussa une exclamation effarée.

— Nous allons vers le sud, cria-t-il au fermier avec l'intention d'égarer le clan rival. Nous embarquerons sur l'estuaire. Couvrez-moi, retenez ces gredins !

— Comptez sur moi !

L'Anglaise continuait de se tortiller, de le marteler de ses petits poings.

— Vous pourriez cesser de gesticuler ? s'exclama William en sautant par-dessus le muret pour franchir ensuite le fossé. Sinon, je vous donne une telle gifle que vous vous croirez de retour en Angleterre.

— Lâchez-moi, espèce de brute, ou je vous jure que je vous arrache les yeux !

Il continua son chemin en direction du bouquet d'arbres où étaient attachés ses chevaux.

— Une demoiselle de bonne famille se montrerait aussi féroce ?

— Absolument et, en plus, je vous les ferai manger pour que vous vous étouffiez.

— Fichtre !

Parvenu auprès des chevaux, William rengaina son épée. Le tumulte du marché sens dessus dessous continuait de résonner au loin.

Voyons... réfléchit-il, il n'était pas question de mettre l'Anglaise en selle sur l'une des deux montures. Il dénoua la bride de l'un des destriers et lui donna une tape sur la croupe. L'animal s'éloigna au trot.

Puis, sans ménagement, il assit la jeune femme sur l'autre cheval. Il eut un sourire narquois en l'entendant réprimer un petit cri de surprise tandis qu'il se hissait derrière elle. Empoignant fermement le col du manteau de l'Anglaise, il piqua des deux.

— Je vous tuerai ! cria-t-elle, provoquant un rire chez son compagnon. Vous me le paierez !

Ses imprécations se transformèrent en un glapissement aigu lorsque l'étalon franchit une haie d'un bond et fendit l'air au-dessus d'un ruisseau gelé. William jeta un bref regard derrière eux. Trois des hommes des Sinclair les suivaient, mais il les distancerait sans mal.

Peu après, William et sa captive s'engagèrent dans un bois de sapins, au sud de Fearnoch. Puis il vira vers l'ouest, sur un terrain accidenté, s'éloignant peu à peu des berges de l'estuaire.

— Laissez-moi me redresser, gredin ! marmonna-t-elle en recommençant à s'agiter. Si vous tenez à ce que ce que j'aie un haut-le-cœur...

— Ne vous gênez pas pour moi, ironisa-t-il.

Après quelques milles de galop, ils débouchèrent sur une voie carrossable qui serpentait le long des collines de l'ouest.

L'Anglaise se plaignait quasiment à chaque tournant, mais William n'était pas prêt à ralentir l'allure. Un peu plus loin, il quitta soudain le chemin principal et regarda de nouveau par-dessus son épaule. Personne en vue. Les sbires des Sinclair gagnaient le sud. Il serait bien trop tard lorsqu'ils réaliseraient qu'ils faisaient fausse route.

Il ralentit légèrement l'allure et releva le visage de la belle inconnue. Son teint était livide. Elle n'avait pas exagéré en prétendant se sentir mal.

Arrivé auprès d'un ruisseau, il tira sur les rênes et l'étalon s'arrêta docilement.

Il mit pied à terre et aida la jeune femme à descendre de cheval. La voyant chanceler, il passa un bras autour de sa taille pour l'empêcher de tomber et la considéra avec attention. Il eut un pincement au cœur en se disant qu'elle était peut-être souffrante.

Ses cheveux nattés étaient en désordre. De souples mèches noires encadraient un visage aux lignes parfaites. Elle avait les yeux mi-clos et sa bouche entrouverte laissait échapper une respiration irrégulière. Jamais il n'avait eu dans ses bras de plus gracieuse créature.

Chassant ces troublantes pensées, il délaça le ruban qui retenait le manteau de la belle. Le vêtement tomba, dévoilant la ravissante broderie qui ornait l'étoffe gris perle de sa robe. Le pouls de la jeune femme palpitait le long de son cou d'albâtre. William contempla avec gourmandise les courbes féminines que ne parvenait pas à dissimuler une robe pourtant austère.

Calme-toi, Will, s'ordonna-t-il. Cette demoiselle n'est pas pour toi.

Tout à coup, sa protégée ouvrit les yeux. Ses prunelles violettes fixèrent longuement celles du Highlander. Elle reprenait lentement ses esprits. Soulagé, William esquissa un sourire. Sans la lâcher, il la guida jusqu'au ruisseau.

— Je constate, dit-il, que vous ne voyagez pas souvent à cheval.

— Je vous déteste, marmonna-t-elle.

— Mais non…

Il l'assit sur un rocher et puisa dans ses mains un peu d'eau glacée qu'il lui passa sur le menton, ses joues veloutées, son front.

— Vous m'êtes reconnaissante de vous avoir sauvée, de vous avoir arrachée des griffes de ces marauds.

Elle braqua sur lui un regard étincelant de colère et repoussa énergiquement sa main.

William se redressa puis recula, subjugué par le spectacle de cette enchanteresse penchée au-dessus du ruisseau, occupée à s'humecter le front et à étancher sa soif.

Un long moment s'écoula.

La jeune femme agenouillée lui tournait le dos, remettant de l'ordre dans ses boucles de jais. Réalisant soudain qu'elle devait être transie de froid, il ramassa son manteau puis, en proie au doute, s'immobilisa.

Certes, elle avait été retenue contre son gré pendant de longs mois et venait de subir les rudesses de leur cavalcade, mais cette demoiselle n'en était pas moins une lady accoutumée aux soins et aux attentions de la cour.

La cour anglaise !

— Seriez-vous dérangé ? demanda-t-elle soudain, l'arrachant à ses réflexions.

Campée devant lui, les poings sur les hanches, elle le foudroyait du regard. William lui jeta son vêtement qu'elle attrapa au vol. Elle s'emmitoufla dans l'épais manteau et en noua prestement le cordon. On aurait dit une guerrière se préparant au combat.

— Absolument pas, j'ai la tête solidement vissée sur les épaules. Je fais partie du clan des Ross, répliqua-t-il en relevant le menton.

Après un instant d'hésitation, elle afficha un sourire méprisant et se frotta le visage avec un pan de son manteau de laine.

Si seulement, songea-t-il, il pouvait essuyer lui-même ces lèvres pulpeuses ! Si elle n'était pas la créature sauvage dont il avait subi les coups de griffe, il se serait volontiers chargé de boire chacune des gouttes d'eau qui perlaient sur ses joues délicates.

— Hélas ! dit-elle, je ne connais rien aux clans ni aux Highlands. La folie est-elle une affaire de famille ?

— Surveillez votre langage, espèce d'effrontée.

Elle le défia du regard.

— Pourquoi m'avez-vous enlevée ?

— Je… je ne vous ai pas *enlevée*, je vous ai sauvée ! s'exclama-t-il.

Elle le considéra d'un air ébahi puis remit sa capuche.

— Hum… pesta William entre ses dents. Ce n'est pas moi qui ai décidé de venir à votre secours. Si vous continuez à me compliquer les choses, je…

— Vous allez me brutaliser ?

Il grommela un juron inaudible, tourna les talons et siffla pour appeler son destrier.

— Toutes les mêmes ! maugréa-t-il.

— Pardon ?

— Les femmes de votre genre sont toutes égoïstes ! À croire qu'on ne vous apprend à vous soucier que de votre apparence. Non seulement vous êtes gâtée par la vie, mais vous êtes ingrate.

— Ingrate ?

William guida son cheval jusqu'au ruisseau, s'accroupit et lui rinça le garrot.

— Expliquez-moi donc, insista-t-elle, pourquoi je devrais vous être reconnaissante alors que vous avez transformé une place de marché en champ de bataille. Vous m'avez enlevée, contre mon gré et…

— Je n'ai rien à ajouter, milady ! Plus tôt je me débarrasserai de vous, mieux je me porterai.

Il se redressa.

— Si vous me promettez de vous comporter raisonnablement, poursuivit-il, je vous autoriserai à chevaucher derrière moi. Gilbert pense sans doute qu'avec le…

À cet instant, il reçut un violent coup sur le crâne. Instinctivement, il se retint de tomber en s'agrippant à la selle de sa monture et, hébété, plissa les paupières. Une horrible douleur lui vrilla les tempes, mille éclairs l'éblouirent. Il déploya un effort considérable pour faire face à l'Anglaise.

— Le… balbutia-t-il… le message de votre sœur…

Il avança, vacillant, et, incapable de lever un bras pour se protéger, vit un nouveau coup s'abattre sur lui.

L'Anglaise disparut de son champ de vision tandis qu'il s'effondrait sur le sol caillouteux. Les éclairs disparurent, laissant place à un abîme où régnaient un silence de plomb et une obscurité insondable.

3

— Elle est la gentillesse incarnée, commenta la mère supérieure. Intelligente et charmante, de surcroît. Oui, Laura Percy est un ange du Ciel envoyé pour nous aider à surmonter ces temps difficiles.

Un petit moine efflanqué et bigle fit signe aux trois costauds originaires des Lowlands qui l'accompagnaient de patienter dans le corridor et emboîta le pas à la vieille religieuse. L'étude – pièce froide et spartiate – servit de cadre à leur entretien. Un modeste feu brûlait dans l'âtre.

La mère supérieure désigna deux trépieds disposés près du foyer. Sans mot dire, le moine ôta du siège une corbeille pleine de canettes de fils colorés. La vieille dame s'assit, prit son métier à broder, et attendit que son visiteur poursuive.

— Donc, cela fait trois mois qu'elle est chez vous, dit-il.

Elle opina.

— Nous l'avons accueillie dans une période critique. J'étais alitée depuis plusieurs jours. Les sœurs craignaient que je rende mon dernier soupir et les laisse se débrouiller toutes seules. Qui se serait occupé du potager ou du lin à vendre sur les marchés ? J'ai peur que tout cela ne soit trop dur pour elles. Et puis… hum… inutile de vous apprendre que nous sommes dans le besoin.

Le petit louchon ramassa négligemment dans le foyer une motte de tourbe destinée à alimenter le feu.

— Elle est arrivée par bateau, n'est-ce pas ?

— Oui, répliqua la mère supérieure tout en brodant un motif compliqué. J'étais bien trop souffrante pour remarquer quoi que ce soit mais, d'après ce que m'ont rapporté les sœurs, la tempête qui a dévasté nos champs de lin a aussi conduit cette jeune femme jusqu'à nous. Des bourrasques impressionnantes, m'a-t-on dit.

« Le navire qui transportait Laura a dû s'abriter ici, à Loch Fleet, plutôt que de gagner l'estuaire de Fearnoch. Grâce à Dieu, Laura Percy m'a remplacée dans mes fonctions, a rassuré les nonnes et remis un peu d'ordre dans les affaires de notre couvent. Ah ! cette petite m'a même soignée comme un coq en pâte.

Les mains de la mère supérieure qui voletaient sur l'ouvrage s'immobilisèrent. Elle darda sur le moine ses yeux noirs.

— Certaines couventines croient que leurs prières ont dirigé les vents et poussé ce bateau vers notre côte.

Le petit moine la dévisagea puis jeta la motte de tourbe dans les flammes.

— Sans doute, grommela-t-il. Vous disiez que vous l'attendez d'une minute à l'autre ?

— Oui, répondit-elle en reprenant son ouvrage. Avant la tombée de la nuit, c'est certain. Mais d'abord, laissez-moi vous dire tous les bienfaits que nous devons à Laura Percy. Puisque vous aurez le privilège de l'escorter jusqu'à sa mère, vous souhaitez certainement connaître tous les détails. Je compte sur vous pour complimenter cette dame, lady... quel est son nom, déjà ?

— Comme sa fille !

— Mais... je la pensais écossaise. D'après les paroles de Laura...

— En effet, coupa-t-il, irrité. Sa mère s'appelle Diana Erskine Percy.

— Ah, voilà ! Lady Diana Erskine. Elle a élevé Laura d'une manière admirable.

Contenant difficilement son exaspération, le moine se leva et s'approcha de la fenêtre qui donnait sur la route de Fearnoch.

— Je ne manquerai pas de lui transmettre le compliment, dit-il.

— Laura a un excellent sens de l'organisation. Un seul coup d'œil lui suffit pour analyser une situation.

— Combien de personnes l'ont accompagnée à Fearnoch, aujourd'hui ?

Prise de court, elle hésita.

— Eh bien… comme vous l'avez deviné, nous ne l'envoyons pas au marché toute seule. Notre modeste couvent de Ste Agnes se trouvant sur le chemin qui mène à Rumster Castle, nous ne pouvons prendre de risques inconsidérés. J'ai simplement demandé une faveur à notre bienfaiteur, sir Walter, et il nous l'a très obligeamment accordée.

Le petit moine pivota et effleura sa barbe grisonnante.

— Quel genre de faveur ?

— Une escorte pour les jours de marché. Comme Laura est à moitié anglaise et… franchement ravissante… avec tant de marauds sur les chemins, la prudence est de mise.

Le moine opina d'un air songeur et retourna à sa contemplation de la route. Les ombres s'épaississaient. La nuit ne tarderait pas.

— Vous ai-je dit qu'elle excellait à…

— Oui, l'interrompit-il. Avait-elle beaucoup de bagages ?

— Des bagages ? Non, notre Laura n'était pas très chargée.

— Qu'avait-elle ? Une malle ?

Il y eut un long silence. La mère supérieure n'appréciait visiblement pas cet interrogatoire.

— Puisque vous l'accompagnerez, il faut que vous sachiez…

— Qu'avait-elle à son arrivée ?

— Peu de chose, répondit-elle, stupéfaite. Rien qui nécessite une malle. Elle n'avait qu'un petit sac de voyage.

— Et que contenait-il ?

— Des effets personnels, rien d'exceptionnel.

La religieuse scruta son interlocuteur.

— Je ne vois pas en quoi les affaires de voyage de Mlle Laura vous concernent.

— Depuis qu'elle est ici, a-t-elle reçu quoi que ce soit de sa mère ?

— Non, justement, et elle le regrette parfois.

— Donc, elle n'est pas en contact avec sa mère.

Choquée par le ton dédaigneux du moine, la mère supérieure posa son métier à broder sur ses genoux.

— En effet. Vous êtes le premier à nous donner des nouvelles de cette dame.

— Et ses sœurs ? Lui ont-elles envoyé quelque chose ? Un message, ou peut-être un paquet ?

Une lueur inquiète dans les yeux, la religieuse dévisagea son interlocuteur. Puis elle jeta son ouvrage dans la corbeille, à ses pieds, et se leva.

— Je n'ai pas à me mêler de tout cela, dit-elle posément. En fait, je vous en ai dit plus que je ne l'aurais dû.

— Répondez-moi : elle a reçu un paquet ?

Elle éluda la question.

— Laura ne tardera plus. Vous aurez tout le loisir de la questionner. À présent, vous pouvez rester ici, au chaud. Quant à moi, je vais m'assurer qu'il y a de quoi souper pour tout le monde.

Comme elle s'apprêtait à quitter la pièce, le moine lui barra le passage.

— Y avait-il un paquet, oui ou non ? gronda-t-il, menaçant. Si vous vous taisez, je soutirerai le renseignement à vos couventines. J'en trouverai bien une qui soit moins réticente.

Elle crispa la mâchoire.

— Écoutez, je suis responsable de ce couvent. J'ignore quelles sont les coutumes de l'autre côté des Borders, en Angleterre, mais ici on ne s'adresse pas aux gens comme vous le faites.

— Rappelez-vous que je suis missionné par…

— L'émissaire de la famille de Mlle Laura pourrait montrer plus de savoir-vivre. Maintenant, asseyez-vous devant le feu et reprenez vos esprits. Laura vous rejoindra dès son retour de Fearnoch.

Elle le salua d'un hochement de tête et quitta la pièce.

La pierre aux bords acérés lui tomba des mains et roula sur la rive sablonneuse du ruisseau. Laura s'agenouilla auprès du Highlander inconscient. Elle le secoua.

— Vous avez parlé de ma sœur ? Laquelle ?

Pas de réponse.

Sans doute l'avait-elle frappé trop fort… Elle observa attentivement son visage livide, toucha doucement son front constellé de grains de sable. Puis, avec précaution, elle tâta la veine, sur son cou, où battait son pouls.

Écartant ses épaisses boucles brunes, elle lui palpa le crâne, à la recherche d'une bosse. Elle sursauta quand ses doigts rencontrèrent une plaie chaude et sanglante. Regardant de plus près, elle s'aperçut avec horreur qu'elle lui avait entaillé le cuir chevelu.

Tirant de sa manche un mouchoir joliment brodé que la mère supérieure lui avait offert en témoignage de gratitude, elle tamponna la blessure. Le tissu immaculé s'imbiba de rouge.

Elle alla rincer son mouchoir dans le ruisseau glacé.

Certaine d'avoir affaire à un homme de sir Arthur Courtney – personnage exécrable – ou à quelque autre lieutenant du roi d'Angleterre, elle n'avait pas hésité à l'estourbir. La pièce d'or ornée de la rose des Tudor que manipulait le Highlander lui avait mis la puce à l'oreille.

Or, à présent qu'elle avait à ses pieds ce corps inerte – vulnérable et blessé –, le doute s'instillait en elle.

Que lui avait-il dit, exactement ? Qu'elle avait besoin d'aide. Mais de quelle aide ?

Et ces dernières paroles avant de perdre conscience… Il avait parlé de sa sœur…

Certes, il était possible que l'une des deux sœurs de Laura, Catherine ou même Adrianne, ait engagé cet individu pour lui délivrer un message. Ou alors… Avait-il cru qu'elle était en danger avec le clan des Sinclair ?

Elle ne savait plus que penser.

Il avait dit s'appeler Ross. Contemplant le tartan rouge et noir, elle reconnut les couleurs du clan rival des Sinclair – elle les avait suffisamment côtoyés pour le savoir. Les Ross régnaient en maîtres sur d'immenses étendues de lande au sud et à l'ouest de Fearnoch. D'après les Sinclair, les deux clans se disputaient les terres au nord de l'estuaire de Fearnoch depuis la sombre époque des Vikings.

Prestement, elle détacha le fourreau de l'épée de William et le posa par terre, à côté du poignard qu'elle lui avait retiré aussi.

Soudain, tout lui parut clair comme de l'eau de roche. Ses sœurs ignoraient qu'elle avait trouvé refuge au couvent de Ste Agnes. Elles la croyaient au sanctuaire de St. Duthac, voisin du village de Tain, au sud de l'estuaire de Fearnoch. Au beau milieu du territoire des Ross.

Cette subite illumination ne la réconforta pas pour autant.

Elle se pencha vers le ruisseau, rinça de nouveau son mouchoir et nettoya délicatement la plaie sur le crâne du Highlander en se gourmandant d'avoir agi aussi impulsivement et d'avoir commis une si grossière erreur.

À la réflexion, cela lui semblait tout naturel que ses sœurs tentent de la contacter par l'intermédiaire d'un membre du clan des Ross.

Par conséquent, il n'était pas étonnant non plus – compte tenu de l'animosité évidente entre les Ross et les Sinclair – que cet homme l'ait crue captive.

— Pourquoi ne pas vous être expliqué ? murmura-t-elle en se parlant à elle-même, puisqu'il ne reprenait pas ses esprits. Au lieu de me brutaliser. Si je vous laissais ici, ça vous servirait de leçon !

Elle était cependant bien incapable de l'abandonner dans cet état. Selon toute vraisemblance, nul ne viendrait ici le secourir avant le printemps. Et même si sa blessure avait cessé de saigner et que son visage paraissait moins pâle, Laura ignorait combien de temps encore il resterait inconscient. Si le froid glacial ne le tuait pas, un prédateur s'en chargerait assurément.

Tournant la tête, elle aperçut le cheval qui la considérait avec curiosité.

— Tu ne veux pas que je quitte ton maître, n'est-ce pas ?

Le bel étalon lui répondit en s'ébrouant et en frappant le sol du sabot.

— Très bien ! Dans ce cas, donne-moi un coup de main.

Accroupie, elle tendit le bras. L'animal s'avança lentement vers elle, lui renifla la paume. Laura se redressa, saisit les rênes qu'elle attacha à la branche d'un arbre. Puis elle s'intéressa au contenu des deux grandes sacoches qui pendaient sur les flancs du destrier.

— Impossible de le ramener chez lui, dit-elle en se munissant d'une couverture grise.

Le cheval secoua la tête, hennit.

— Ce n'est pas la peine d'insister. Je ne connais pas le chemin, et j'ignore si nous sommes loin de Tain. Et puis, même si je te faisais confiance pour nous conduire là-bas – et que nous y parvenions par je ne sais quel miracle –, ça m'étonnerait que sa famille m'accueille à bras ouverts, vu la blessure que je lui ai infligée.

L'étalon agita ses oreilles, tourna ses naseaux vers son maître.

— Non, lança-t-elle, catégorique. Imagine que les Sinclair nous arrêtent. Dieu sait ce qu'ils lui réserveraient. Et jamais je ne saurais ce qu'il avait à me dire sur mes sœurs.

L'animal s'ébroua de nouveau.

— On ne va pas rester ici, ne te tracasse pas. Nous irons au couvent de Ste Agnes. Mais… je vais avoir besoin de ton aide, mon ami, pour le hisser sur ton dos.

Laura s'accroupit, fit basculer le Highlander sur le flanc. Il émit un faible grognement.

— Doux Jésus ! soupira-t-elle, frappée par sa beauté.

Il était grand et mince. Ses longs cheveux encadraient un visage aux traits énergiques et au teint légèrement hâlé. Machinalement, elle effleura la fine balafre qui courait sur le côté gauche de sa mâchoire. Elle recula vivement quand le guerrier grommela de nouveau.

Il était temps d'agir, se tança-t-elle, et vite – avant que le gel ne les pétrifie.

Laura empoigna les mains du bel inconnu, tira pour le redresser. Elle réalisa que le cheval était trop loin et qu'elle ne parviendrait pas à hisser ce corps inerte sur sa selle.

Que faire ?

Soudain, elle se sentit désemparée. Elle lui lâcha les poignets et grimaça quand la tête du Highlander heurta le sol gelé avec un bruit sourd.

Retournant fouiller dans les sacoches du cheval, elle en sortit une lanière de cuir. Elle s'en servit pour lier les poignets et les chevilles du blessé, et commença à le traîner – avec toutes les peines du monde – jusqu'à un énorme rocher saillant du ruisseau sur lequel elle l'assit dans un dernier effort.

— Ne bougez pas, dit-elle à bout de souffle.

Elle fit descendre le cheval le long de la berge pentue et le positionna juste au-dessous du rocher duquel pendaient les jambes de son maître.

— Maintenant, il ne me reste plus qu'à le mettre en selle, marmonna-t-elle pour se donner du courage.

Avec d'infinies précautions, elle fit basculer l'homme sur la selle.

— Bravo ! se félicita-t-elle en reculant, un sourire triomphant aux lèvres. Ça lui servira de leçon, de monter son cheval comme il m'a obligée à le faire. Chacun son tour. Et s'il a un haut-le-cœur, il attendra…

Laura utilisa le reste de lanière pour fixer l'épée à l'une des sacoches. Elle ramassa le poignard du guerrier qu'elle glissa dans une fente de la doublure de son manteau. Après quoi elle enroula la couverture grise autour de la silhouette voûtée du Highlander. Calant un pied dans l'étrier, elle enfourcha le cheval derrière son compagnon dont elle agrippa la ceinture et piqua des deux. L'animal partit au trot sur la sente qui longeait le ruisseau, en direction du nord.

Laura nourrissait l'espoir de retrouver le chemin menant au couvent. C'était l'occasion ou jamais de tester ce sens de l'orientation que ses sœurs lui avaient souvent envié. Elle prit pour repère Loch Fleet qui s'étirait sur plusieurs milles à l'intérieur des terres et près duquel se situait le sanctuaire de Ste Agnes.

Le soleil de l'après-midi continuait de darder ses rayons sur les collines escarpées de l'ouest, transperçant les sombres nuages qui avançaient lentement. Le vent glacé se leva, le froid mordant lui cingla le visage. Son protégé n'avait pas encore repris connaissance.

L'angoisse l'envahissait peu à peu, et la chaleur des cuisses du Highlander contre les siennes constituait un maigre réconfort.

Alors que le crépuscule commençait à envelopper la forêt alentour, ils sortirent du couvert des arbres. Dans le lointain, le couchant se reflétait sur les bâtisses du couvent qui dressait ses murs au-dessus de l'étendue argentée de Loch Fleet.

— Dieu merci, soupira-t-elle, la chance nous sourit.

Entre chien et loup, ils parvinrent à Ste Agnes. Laura contempla les volutes qui s'échappaient de la cheminée.

— Tiens, c'est bizarre… marmonna-t-elle.

D'habitude, la mère supérieure usait de l'âtre avec parcimonie, et, ce soir, la fumée témoignait d'un feu généreux.

Sachant que les couventines gaspillaient très peu pour leur confort, Laura y vit un signe alarmant. Ce ne fut malheureusement pas la seule chose qui la préoccupa. Au milieu du modeste verger, au-delà des dépendances, elle distingua les silhouettes de plusieurs chevaux attachés aux grilles du couvent.

En proie à un mauvais pressentiment, elle ralentit l'allure, sortit du chemin et gagna l'entrée secondaire.

Ste Agnes ne ressemblait pas aux autres lieux saints qui accueillaient leur flot régulier de visiteurs. Même si les pensionnaires ne menaient pas une existence absolument claustrale, leur frugalité était notoire dans le voisinage. Les gens préféraient donc chercher logis ailleurs qu'au couvent.

Par voie de conséquence, à l'exception de la visite hebdomadaire des quelques guerriers des Sinclair qui raccompagnaient Laura, personne n'y faisait escale.

Elle mit pied à terre pour ouvrir la grille. Une vague intuition la traversa : ces mystérieux hôtes n'étaient pas les guerriers des Sinclair venus annoncer son enlèvement au marché de Fearnoch.

Brusquement, Guff, le factotum de Ste Agnes, accourut, l'air affolé.

— Nous avons des visiteurs ? demanda-t-elle.

— Oui, mam'zelle Percy. Et pas des plus recommandables, je vous le dis !

Lui prenant les rênes des mains, il darda un regard soupçonneux sur l'étalon et le corps inerte emmitouflé dans la couverture.

— En tout cas, ils n'ont pas d'aussi beaux chevaux. Vous avez commis un meurtre pour le dégoter ? chuchota-t-il en désignant le Highlander affalé.

Ravie de retrouver Guff – homme à tout faire et sacré boute-en-train, Laura sourit. Elle contourna l'animal pour examiner la tête du Highlander.

— Les Sinclair sont-ils revenus de Fearnoch ? s'enquit-elle.

— Non, pas une âme n'est revenue de la ville. J'ai pensé que vous les aviez semés, et puis…

Il s'interrompit et jeta un regard inquiet vers le Highlander toujours affalé sur l'encolure du cheval.

— Il n'est pas mort, le rassura Laura. Je l'ai seulement assommé avec une pierre. Ne vous inquiétez pas, il a le crâne solide. Et puis, il l'avait cherché.

— Tudieu ! s'exclama Guff, estomaqué. C'est le laird !

Elle dévisagea son interlocuteur puis scruta de nouveau le Highlander.

— Comment ? Qu'avez-vous dit ?

— C'est le laird en personne, mam'zelle ! William Ross de Blackfearn. Son frère est le nouveau prévôt de St. Duthac. Leur clan fait la pluie et le beau temps sur les terres du sud. Ils vont être diablement fâchés s'ils apprennent que vous avez trucidé leur chef.

Laura sentit brusquement son estomac se nouer. L'affaire était infiniment plus grave qu'elle ne l'avait imaginé. Elle riva des yeux inquiets sur le Highlander, balaya une mèche de son front livide.

— Je vous le répète, il n'est pas mort, dit-elle plus pour se rassurer que pour répondre à Guff. Maintenant, aidez-moi à le porter jusqu'à la salle capitulaire.

— Non, impossible ! Y a des Lowlanders qui traînent ici depuis une bonne partie de la journée, et ça ne me dit rien qui vaille.

— Comment cela ? Que veulent-ils ?

— Hé ! Vous, pardi !

Épouvantée, Laura se raidit.

Pas de panique ! se tança-t-elle.

Elle déploya un effort surhumain pour calmer la peur qui la paralysait. En vain.

D'un coup, le douloureux souvenir de sa famille déchirée rejaillit. Elle pensa à son père emmené de force par les fantassins du roi d'Angleterre, et condamné à mort dans la Tour de Londres. Mon Dieu, non…

La voix de Guff la tira de ses sombres pensées.

— La mère supérieure n'est sortie qu'une fois de tout l'après-midi. Y a un vieux moine, une espèce de louchon grincheux, qui l'a harcelée de questions.

Guff fit descendre le laird du cheval, le tint fermement contre son épaule et chuchota à Laura :

— Je l'emmène dans ma cabane. Vous feriez bien d'attacher cet animal derrière les pommiers, là-bas, loin des regards. Il vaut mieux ne pas attirer l'attention de ces malandrins. Ils m'ont l'air dangereux.

Laura opina. Remerciant le Ciel d'avoir envoyé Guff à son secours, elle conduisit l'étalon à l'abri des arbres qu'il lui avait indiqués.

Que faisaient ici ces gens des Lowlands ? Pourquoi un religieux les accompagnait-il ? Et s'il s'agissait de messagers mandatés par sa mère…

Le mystère qui entourait ces visiteurs la plongea dans un abîme de perplexité.

Mille pensées se bousculaient dans son esprit. Elle songea à nouveau à son père qui avait péri dans les geôles de la Tour de Londres pour avoir défié le roi d'Angleterre et refusé de signer le Serment de Succession. La famille de Laura avait dû fuir l'Angleterre et migrer vers l'Écosse. Originaire de la région, lady Diana avait tout organisé afin que chacune de ses filles se réfugie dans un lieu différent des Highlands, tandis qu'elle-même se cacherait dans la région des Borders.

Depuis ce jour maudit où elles avaient été contraintes de se séparer, les femmes de la famille Percy s'étaient toujours fiées à leur instinct, n'accordant que très rarement leur confiance. Le danger pouvait surgir de toute part. Laura, ses sœurs ainsi que leur mère étaient pourchassées non seulement par les sbires du roi d'Angleterre, mais aussi par un ennemi bien plus ancien – un adversaire plus puissant qu'un souverain.

Ses sœurs lui manquaient terriblement. Catherine, l'aînée, était la rêveuse ; Adrianne, la benjamine, la plus téméraire. Laura, pour sa part, incarnait la voix de la raison.

Une vive appréhension la taraudait.

Jamais lady Diana n'aurait dépêché une nuée de messagers aussi peu discrets pour établir le contact avec sa fille Laura.

Un frisson lui parcourut l'échine et elle se hâta de regagner la cabane du factotum. Vivement, elle entra puis referma la porte derrière elle. Ses yeux s'habituèrent vite à la pénombre qui régnait dans cette masure qui ne comportait qu'une seule pièce. Dans un recoin, elle distingua la silhouette de Guff penché sur le Highlander.

— Il est en train de reprendre ses esprits, mam'zelle. Mais, franchement, vous n'y êtes pas allée de main morte. Pourquoi diable…

Il s'interrompit quand le battant s'ouvrit sur un grand type aux épaules carrées. Laura tressaillit. Armé d'une longue épée, le Lowlander s'écarta pour laisser passer un moine efflanqué – le vieux louchon dont avait parlé Guff.

— Mademoiselle Percy ! s'exclama celui-ci sur un ton menaçant. Nous commencions à nous impatienter. Quelle impolitesse de nous faire autant languir !

Crispant ses doigts sur les pans de son manteau, Laura braqua sur le visiteur un regard apeuré.

4

Un vent glacé courait en rafales à la surface des eaux ténébreuses du loch, virevoltait au-dessus de la lande, et s'engouffrait entre les rocs saillants. Il poussait un cri strident à l'abord des murailles grises de Hoddom Castle, fouettait la fenêtre en semblant hurler : *Ouvrez-moi !*

Dans une niche perçant l'épaisse paroi, la flamme de la torche vacilla quelques secondes avant de s'éteindre. L'obscurité s'abattit sur le lit. Captive de la nuit, Miriam Ross se mit à trembler comme une feuille et agrippa ses draps immaculés.

À l'extérieur, le vent hurlait sans discontinuer. Le volet claqua avec un bruit assourdissant, puis le loquet céda et la fenêtre s'ouvrit en grand. La brise hivernale tourbillonna dans la chambre.

En proie à la terreur, la fillette rejeta vivement draps et couvertures, sauta du lit et se rua vers la porte. Le battant en chêne massif grinça sur ses gonds. Miriam se précipita pieds nus dans le corridor.

Soudain, croyant entendre un gémissement dans son dos, elle jeta un coup d'œil en arrière, perdit l'équilibre et tomba de tout son long.

Sans prêter attention à son genou écorché, elle se releva et courut à perdre haleine vers la douce lumière ambrée des cuisines du château.

Dans la pénombre, elle se fraya un chemin parmi les commis endormis sur les dalles et s'approcha de l'âtre où le feu brûlait encore. Trouvant une place libre près du foyer, elle s'y recroquevilla.

Après avoir tiré sur elle une toile de jute, elle jeta un regard circulaire sur les ombres rassurantes – Miriam préférait de loin la compagnie des ombres à la nuit noire. Elle huma les fumets qu'exhalaient les fourneaux, prêta l'oreille au murmure régulier des ronflements alentour.

Tranquillisée, l'enfant ferma les yeux et succomba au sommeil.

La porte s'ouvrit de nouveau. Derrière le petit louchon, plusieurs Lowlanders s'effacèrent pour laisser passer la mère supérieure.

— Soyez raisonnable, mademoiselle Percy, dit le moine, dont le regard avait quelque chose de malveillant. Nos chevaux sont prêts et nous vous raccompagnerons jusqu'à…

— Ma chère Makyn ! s'exclama la vieille religieuse en bousculant le visiteur pour se précipiter vers Laura. Guff s'est fait un sang d'encre pour vous. Avec ce froid glacial, nous avions toutes peur que vous n'attrapiez un grave refroidissement.

Laura comprit immédiatement que la religieuse rusait pour tromper la vigilance des Lowlanders. Aussi jouat-elle le jeu. Elle s'agenouilla, prit entre ses doigts les mains noueuses de la mère supérieure et baisa la bague qui ornait son majeur. Du coin de l'œil, elle vit le moine hésiter.

— Makyn, ma douce… vous tremblez… reprit la religieuse, puis s'adressant à l'intrus : Vous l'avez terrorisée. Voyez, la malheureuse est muette.

— Que… comment… bafouilla le moine l'air embarrassé. Vous prétendez que ce n'est pas Mlle Percy ?

Il s'avança et dévisagea les deux femmes.

— On n'y voit goutte ici. Qu'on m'apporte une torche ! ordonna-t-il. Je veux vérifier par moi-même.

À ce moment, dans son recoin, William Ross de Blackfearn poussa un grognement qui plongea l'assistance dans la perplexité. S'efforçant de dissimuler sa stupeur, la mère supérieure considéra Guff puis le Highlander.

Laura se précipita au chevet du laird. Il s'agissait à la fois de le protéger et d'échapper – momentanément – à la curiosité du moine.

Guff barra le passage aux Lowlanders.

— Ma mère… vous… vous voyez bien qu'elle est avec son époux, dit-il. Et il est sacrément malade !

— Ah ? s'étonna la religieuse.

Une soudaine terreur s'empara de Laura. Ce n'était plus seulement sa vie qui était menacée, mais également celle du jeune laird. Elle le recouvrit prestement de la couverture grise qu'il repoussa aussitôt. Il marmonna un juron inaudible tout en s'efforçant de se redresser.

Doux Jésus ! pria-t-elle en silence.

À l'abri de l'ample manteau qu'elle portait toujours, elle lui asséna un coup de poing dans les côtes. Le laird réagit mieux qu'elle ne l'avait espéré. Le souffle coupé, il retomba sur la paillasse sur laquelle il se recroquevilla.

— Faut pas vous approcher, lança Guff aux Lowlanders. Mon gendre délire. La fièvre l'a attrapé. C'est très contagieux ! La même fièvre a décimé une famille entière, là-bas, à Michaelmas.

Le grand Lowlander fit un pas en arrière. Le petit louchon, quant à lui, ne bougea pas.

— Je me fiche comme d'une guigne de ce malheureux, maugréa-t-il. C'est la femme qui m'intéresse. Vous allez me l'apporter, cette torche, oui ou non ?

Depuis le chevet du prétendu malade, Laura y voyait assez pour distinguer les traits du moine. Non, se rassura-t-elle, elle ne l'avait jamais croisé.

Une nouvelle crainte l'assaillit toutefois. Sa mère était connue tant à la cour d'Angleterre qu'à celle d'Écosse. Or, toutes deux se ressemblaient. Elle eut brusquement peur d'être identifiée.

Si par malheur ces individus l'enlevaient…

L'ennemi désirait s'emparer de certaines richesses que détenait, paraît-il, sa famille. Rien n'arrêterait ses ravisseurs tant qu'ils n'auraient pas leur butin. L'espace d'une seconde, elle s'imagina prisonnière et victime d'effroyables tortures.

Une seule solution pour leur échapper : trouver un subterfuge, et vite.

La mère supérieure et le moine discutaient âprement. Laura glissa une main dans la doublure de son manteau et chercha frénétiquement le poignard qu'elle y avait dissimulé.

Surtout ne pas tergiverser, s'ordonna-t-elle.

Elle agirait comme le ferait Adrianne, son impétueuse sœur, se bagarrerait bec et ongles et prendrait la fuite.

Mais... quelles étaient ses chances de survie au-delà de cette porte ? Minces, très minces, songea-t-elle en continuant de chercher l'arme à tâtons. Où était passé ce satané poignard ? Et s'il était tombé par terre pendant leur périple à cheval...

— Une torche ! cria le moine. En quelle langue faut-il que je vous parle, bon sang ?

Les murs qui s'effritaient çà et là furent soudain éclairés par une lanterne qu'on apportait. Des gouttes de sueur perlèrent dans le dos de Laura.

Elle se retourna et, au même instant, vit s'ouvrir les paupières de William Ross. Son sang ne fit qu'un tour. Malgré son teint livide, le laird avait repris conscience. En quête d'un ultime secours, elle plongea ses yeux dans les pupilles bleu saphir de William Ross de Blackfearn.

— Amenez-la-moi ! dit le moine.

Sous ses doigts effilés qu'elle avait posés sur son torse, les muscles du Highlander se raidirent. Allait-il combattre l'ennemi ? Non, cela aurait été de la folie, car les Lowlanders les surpassaient en nombre.

Laura entreprit de se redresser mais William Ross l'en empêcha en lui agrippant le poignet. Elle faillit tomber sur lui et son menton frôla sa joue râpeuse. Elle frissonna.

— Êtes-vous sourd ? tempêta le moine. Je vous le répète pour la dernière fois : amenez-la-moi !

Guff continuait de s'interposer entre son supposé gendre et les Lowlanders. La mère supérieure vint se camper près de Laura et s'adressa au petit louchon :

— Êtes-vous aveugle ?

Un demi-sourire joua sur les lèvres de Laura. La vieille religieuse ne manquait pas d'humour.

— Son époux est à l'article de la mort, poursuivit-elle. Au nom du Ciel, vous devriez respecter ce qui leur reste d'intimité… avant qu'il ne rende son dernier souffle.

La mère supérieure se lança dans une longue diatribe tandis que Laura déchiffrait l'expression du laird. Quelques centimètres séparaient leurs visages. Il exhalait une fragrance masculine mêlée d'une odeur de terre. Comme il ne lui lâchait toujours pas le poignet, elle riva ses yeux sur ses lèvres charnues.

La bouche du Highlander articula : « Mon épée. »

Laura lui posa une main tremblante sur le front. S'inclinant, feignant de l'embrasser sur la joue, elle lui chuchota :

— Elle est accrochée à la selle de votre cheval.

Il émit un juron qui fut heureusement couvert par la harangue de la religieuse.

Elle se pencha de nouveau.

— J'ai… bredouilla-t-elle dans un murmure, j'ai glissé votre poignard dans la doublure de mon manteau mais… je n'arrive pas à le retrouver.

Elle se sentit s'empourprer lorsqu'à son tour, il chercha, fouillant discrètement son vêtement, lui effleurant le corps.

Le mufle ! pesta-t-elle intérieurement.

Elle retint sa respiration tandis que les doigts vigoureux du laird se promenaient dans son dos, le long de ses cuisses. Un torrent de sensations l'agitait. Levant timidement les yeux vers ceux du Highlander, elle fut surprise par la lueur mutine qu'elle vit dans ses pupilles saphir.

Excédée, elle lui donna un coup de coude pour mettre un terme à ses scandaleuses caresses.

Dieu merci ! pria-t-elle en silence lorsqu'enfin elle trouva l'arme et referma les doigts sur la poignée.

— Poussez-vous, bon sang ! ordonna le moine.

Subrepticement, Laura extirpa le poignard de son manteau. Le laird le lui prit des mains.

— Mais… marmonna le grand Lowlander, si la fièvre…

— La fille n'en est pas morte. Ne soyez pas idiot, vous n'avez rien à craindre.

William Ross nicha la tête de Laura dans le creux de son épaule.

Que mijotait-il ? Avaient-ils une chance de s'en sortir indemnes ? Chassant toutes ses réticences, elle se laissa faire, s'abandonnant au réconfort de cette étreinte protectrice.

Un Lowlander écarta la mère supérieure.

— Lâchez-moi, espèce de babouin, s'écria-t-elle. Puisque je vous dis que Makyn est la fille de mon factotum. Bas les pattes !

Laura se raidit. William Ross lui tenait fermement la main.

— Ils la brutalisent. Je… chuchota-t-elle en essayant de se dégager.

— Attendez…

Soudain, une voix féminine retentit à l'extérieur. Un silence de plomb s'abattit instantanément sur la masure.

— Ils sont revenus ! lança la voix.

Personne ne bougea. La tension était palpable. Laura osait à peine respirer.

Dehors, on s'agitait.

Le Highlander relâcha le poignet de Laura qui pivota et vit, dans l'embrasure de la porte, la silhouette de sœur Béatrice.

— Ils sont là, ma mère, annonça celle-ci, à bout de souffle.

Tous les regards s'étaient rivés sur la petite couventine.

— Les hommes de sir Walter sont de retour. Ils vous attendent dans la salle capitulaire.

— Laura Percy est-elle avec eux ? s'enquit le louchon.

Sœur Béatrice toisa leur hôte indésirable.

— Venez voir par vous-même, rétorqua-t-elle.

Lorsqu'elle s'adressa à la vieille religieuse, le ton de sœur Béatrice s'adoucit :

— Les hommes des Sinclair s'impatientent, ma mère. Ils désirent vous parler. Il risque de neiger, alors vous comprenez, ils ont hâte de rentrer à Rumster Castle.

Laura poussa un soupir de soulagement. Il n'en fallait pas davantage pour les sortir d'embarras. S'arrachant à l'étreinte du grand Lowlander, la vieille religieuse reprit son rôle de supérieure hiérarchique et de donneuse d'ordres.

— Vous… dit-elle sèchement au moine, puisque vous tenez tant à rencontrer notre Laura, suivez-moi. Mais je vous avertis : je ne tolérerai pas que vous la fassiez voyager par une nuit pareille.

— Holà, attendez un instant…

— Oh non ! Ça suffit, maintenant. Vous partirez à l'aube. Allez, ouste !

Laura n'eut pas le loisir d'entendre la réplique du moine, car tous sortirent en coup de vent.

— Guff, lança la religieuse depuis le seuil, veillez sur Makyn et son malheureux époux. Sœur Béatrice va vous apporter du bouillon chaud.

Laura vit dans le regard de la mère supérieure une tendresse émouvante. Il s'agissait d'un adieu. La vieille dame hocha la tête puis tourna les talons et disparut dans la nuit.

Guff se mit immédiatement aux aguets tandis que le Highlander se redressait, inspectant la masure en quête d'une échappatoire.

— Ils vont revenir, dit le factotum. Ils ont posté un vigile près de l'abri aux pommes. Il surveille la cabane.

Malgré l'urgence de la situation, Laura restait pétrifiée sur place.

— Dépêchez-vous ! ajouta Guff. Cette abomination de moine va rappliquer dès qu'il s'apercevra qu'on s'est payé sa tête.

— M'aiderez-vous à échapper à ces hommes ? demanda Laura au Highlander.

— Par saint Duthac ! grogna celui-ci. Pour ensuite me faire assommer ? Vous me prenez pour un imbécile, ou quoi ?

— Comment pouvais-je savoir que vous n'étiez pas des leurs ? La façon brutale que vous avez eue de… de… m'enlever au beau milieu de la place du marché, et en plein jour…

Elle s'interrompit lorsqu'il traversa la pièce dans sa direction. Il ouvrit la porte et jeta un coup d'œil discret à l'extérieur. Un froid mordant se glissa par l'entrebâillement de la porte.

— Mam'zelle Laura a attaché votre cheval près du bosquet contre la muraille, précisa Guff.

À la hâte, Laura enleva la chaîne en or qu'elle portait au cou. Y pendait une croix ornée de pierreries – un cadeau de sa mère. Elle glissa le bijou dans la paume du factotum.

— Dieu vous bénisse, lui murmura-t-elle. Vous devez vous aussi vous enfuir. Lorsque vous le pourrez, n'oubliez pas de transmettre ma gratitude à la mère supérieure. Je lui enverrai des nouvelles dès que possible.

Puis elle darda sur le Highlander un regard plein d'attente avant de franchir à sa suite le seuil de la masure.

La nuit enveloppa Laura et William Ross de Blackfearn de son manteau couleur de suie qu'adoucissait un clair de lune complice.

Derrière l'estrade de la salle de réception, une imposante croix sertie de pierres précieuses ornait le mur. Un voile bleu ourlé d'or l'encadrait. Dans l'âtre, au centre de la pièce, de longues flammèches s'envolèrent telles des comètes.

Brusquement, à la lueur du feu, diamants, émeraudes et rubis parurent prendre vie, projetant leur éclat sur les visages perplexes de l'assistance. Les chevaliers qui avaient âprement discuté pendant des heures se turent comme par enchantement.

Hormis le crépitement des bûches dans le foyer, un silence total régna pendant quelques secondes.

Un grand chevalier aux tempes grisonnantes s'avança, prit la parole :

— Il faut agir sans plus tarder.

Ses yeux gris scrutèrent ses compagnons qui opinaient de concert.

— Voilà cinq mois maintenant que nous attendons, ajouta-t-il, et ce sont cinq mois de trop.

Un brouhaha de murmures s'éleva.

— Le temps n'a pas de prise sur les Chevaliers du Voile, enchaîna un deuxième homme plus âgé. Que sont cinq mois, cinq ans ou même cinq siècles quand on évoque le trésor de Tiberius ?

— Certes. Mais il est en sécurité, répliqua un troisième homme.

— En êtes-vous absolument certain ? On vient de nous mettre en garde contre un danger imminent.

— Et les cartes ? Qu'en est-il des cartes ? demanda un autre. On nous les avait promises.

Le chef, resté jusque-là impassible, leva une main pour faire taire les protestations.

— On nous a seulement promis que le trésor de Tiberius retournerait à son légitime emplacement, dit-il. Faut-il enfourcher nos chevaux et le subtiliser à la famille de notre frère ?

— Il le faut ! s'emporta un autre chevalier. Nous ignorons si son actuel détenteur le transmettra à son épouse et à ses belles-filles. Qu'adviendra-t-il si par malheur on se jouait d'elles ? Si on le leur dérobait ? Ou pire… si le pouvoir conféré par le trésor de Tiberius les aveuglait au point qu'elles décident de le garder jalousement ?

— Laissez-moi vous rassurer, répliqua le chef. Diana Erskine est une femme d'honneur. Elle s'est vue dans l'obligation de veiller à la sécurité de ses filles, ce qui explique le retard. Faut-il le lui reprocher ? Non. Tant que les rumeurs circuleront sur l'existence d'une carte – ou de trois cartes – personne n'osera toucher un cheveu des filles de lady Diana.

Un moine-guerrier prit la parole :

— Il paraît que beaucoup de gens les pourchassent.

— C'est vrai. Il y a même le roi d'Angleterre. Heureusement, Henri Tudor n'a pas connaissance du trésor. Il n'a qu'une idée en tête : faire disparaître la famille Percy de la surface de cette terre.

— Les trois sœurs sont en sécurité dans les Highlands.

— Que devient sir Arthur Courtney ?

— Ses propres fantassins l'ont tué.

— Et le moine ?

Le chef s'exprima sur le ton de la confidence :

— Nous avons des doutes sur sa loyauté.

— Mais s'il a échoué… nous ne pouvons nous permettre d'attendre indéfiniment.

— Oui ! aboyèrent en chœur plusieurs guerriers.

Un grand chevalier tout de noir vêtu se fraya un passage dans l'assistance pour parvenir à l'estrade. Plus d'un détailla la fibule dorée qui maintenait son tartan sur ses épaules. Le joyau représentait une main de rubis agrippant une croix de saphir.

— Mes amis ! dit-il d'une voix tonitruante. J'ai quelque chose à déclarer.

— Écoutons la Lame de Barra, rétorqua le chef avec un hochement de tête satisfait. C'est à lui d'accomplir cette mission

5

Où était passée cette péronnelle ? Cette fauteuse de troubles, cette ingrate.

William tentait vainement de distinguer sa silhouette dans la pénombre. Le vent impétueux lui rabattait les cheveux sur le visage et une horrible migraine lui taraudait les tempes. Cette peste ne l'avait pas loupé, songea-t-il. Une bosse – et non des moindres – ainsi qu'une entaille lui causaient une douleur persistante. Comme si cela ne suffisait pas, ses côtes avaient essuyé les coups de la donzelle. Il avait l'impression d'être passé sous les sabots de son cheval.

Bon sang ! Où était-elle ?

Elle n'avait tout de même pas pris autant d'avance pendant qu'il interrogeait l'homme à tout faire. Il avait simplement demandé à ce dernier combien de guerriers escortaient le moine. Il s'était également assuré que Guff avait un plan pour échapper à la furie des Lowlanders qui ne tarderait pas à exploser.

L'Anglaise avait disparu comme un elfe. Pourvu qu'elle ait rejoint son cheval !

Il s'élança dans la direction indiquée par Guff et se sentit brusquement pris de nausées. Déployant un effort surhumain pour dominer son malaise, il ralentit l'allure mais continua.

Devant lui se dressaient les arbres chétifs auxquels était attaché le bien nommé Invincible, son étalon qui, à son approche, martela le sol gelé de ses sabots et s'ébroua.

À ses côtés se tenait Laura Percy, manifestement transie de froid.

— Je commençais à croire que vous vous étiez perdu ! À présent, les Lowlanders ont dû se rendre compte que je n'étais pas rentrée avec les Sinclair. Pressons-nous.

Elle considérait de toute évidence comme acquis qu'il l'emmènerait avec lui. Quelle effrontée ! William eut une irrésistible envie d'enfourcher Invincible et de planter là cette insolente, pour se venger d'elle.

Puis il songea aux récriminations de Gilbert, son frère, s'il rentrait bredouille, sans Laura Percy, à St. Duthac. Il n'avait vraiment aucun désir d'entendre ça…

— Si nous contournons Loch Fleet, puis prenons au sud sur le chemin que nous…

Elle s'interrompit en le voyant détacher l'épée de la sacoche pour la glisser dans son fourreau.

— Comme je vous le disais, je suis capable de nous guider jusqu'à…

William se mit en selle, tira sur les rênes pour faire virer le cheval et lui donna une tape sur la croupe pour l'inciter à avancer.

Il attendait que l'Anglaise lui demande clairement de l'aide. Un court instant, il voulait semer le doute en elle. Il la regarda par-dessus son épaule, mais elle restait campée, stoïque, près de l'arbre.

— Oh… bon Dieu ! jura-t-il en se penchant vers elle.

Elle glissa dans la sienne une main glacée, cala son pied dans l'étrier et, d'un coup de reins énergique, s'assit à califourchon derrière lui. Elle lui entoura la taille. Même vêtue de son manteau et protégée par la couverture, il la sentait frissonner violemment.

Des cris s'élevèrent du côté du couvent. William éperonna sa monture et partit au galop, suivant le chemin qui longeait le loch, à l'ouest, pour ensuite bifurquer vers le nord, par un terrain caillouteux.

Leurs poursuivants emprunteraient un tracé régulier. Par conséquent, leurs routes avaient peu de chances de se croiser.

Le vent se levait de nouveau ; il y avait dans l'air une odeur annonciatrice de neige. Devant eux s'étirait un paysage de vallons boisés, de plaines et de vastes landes ondoyantes recouvertes de bruyère, au-delà desquelles se dressait Rumster Castle.

Soudain, il se mit à bruiner et, peu à peu, les gouttes de pluie fine se transformèrent en neige fondue.

Mille souvenirs traversèrent l'esprit de William. Durant son enfance puis son adolescence, il avait maintes fois parcouru le voisinage – le territoire du clan rival – en compagnie de Gilbert, son frère, et de quelques autres hommes. À l'époque, Thomas leur répétait inlassablement qu'ils étaient trop jeunes pour accompagner les guerriers des Ross dans leurs expéditions. William et son frère avaient donc pris l'initiative d'explorer la région par eux-mêmes – non sans semer la zizanie sur leur passage. Ainsi, ils rapportaient toujours à Blackfearn Castle un butin de chasse, des victuailles, tout ce sur quoi ils pouvaient faire main basse.

Ah, l'insouciance de la jeunesse...

Leurs folles équipées remontaient à quelques lustres, songea-t-il avec nostalgie.

Une brusque averse de neige fondue leur fouetta le visage. Puis les flocons ne tardèrent pas à s'épaissir et à recouvrir le sol d'un fin manteau blanc.

Sacré nom ! jura William en silence en regardant par-dessus son épaule et en apercevant les traces laissées derrière eux. Une piste qui les trahirait tôt ou tard. Aussi emmena-t-il Invincible trotter dans les eaux peu profondes du ruisseau qu'ils longeaient depuis un moment déjà.

— Vous croyez qu'ils vont maltraiter la mère supérieure et les sœurs ? demanda Laura.

Il fut soulagé d'entendre sa voix : la température polaire ne l'avait pas privée de la parole. Malgré tout, il était résolu à atteindre rapidement un abri, sans quoi sa protégée risquait de se transformer en bloc de glace.

— Il fallait y penser avant de mener ces brigands jusqu'à leur porte, répliqua-t-il.

— Ils n'ont pas eu besoin de moi pour me trouver. Je me demande d'ailleurs comment ils ont fait.

— Vous ne pensez pas qu'il aurait été plus prudent que ce satané moine vous découvre là où vous étiez censée loger, c'est-à-dire à St. Duthac ?

— Je ne vois pas la différence, maugréa-t-elle en se serrant machinalement plus fort contre lui.

Comment ne pas être troublé ? Le froid mordant ne parvenait pas à faire oublier à William ce corps charmant blotti contre le sien. Que la demoiselle soit insupportable et aussi têtue qu'une mule ne changeait rien à la réalité : elle était ravissante et extrêmement désirable.

— À propos, qui est ce moine ? s'enquit-il.

Elle observa un long silence avant de répliquer.

— C'est la première fois que je le vois.

— Quelqu'un a dû le payer pour qu'il vous capture. Et ces Lowlanders… Gilbert ne m'en avait pas parlé.

— Qui est ce Gilbert ?

Comme ils amorçaient la montée d'un talus, elle lui agrippa la taille. À travers la neige qui continuait de tomber abondamment, William distingua un passage entre deux pentes rocheuses.

— Qui est ce Gilbert ? insista-t-elle.

— Le prévôt de l'église de St. Duthac, votre protecteur et fervent admirateur. Celui qui s'inquiétait de savoir où vous étiez et qui m'a prié instamment de vous ramener.

— Guff m'a dit que vous étiez William Ross de Blackfearn. Si vous vous étiez présenté, sur la place du marché, la situation aurait été infiniment plus simple.

— Et d'après vous, quand aurais-je eu le temps pour ces mondanités ? Pendant que vous vous trémoussiez et ameutiez les Sinclair ? Ou aurais-je dû attendre le moment où vous avez essayé de me tuer ?

William tira sur les rênes pour guider Invincible vers un chemin qui s'ouvrait à eux et longeait une colline toute de blanc vêtue.

— Vous n'avez eu que ce que vous méritiez !

Elle ébaucha un mouvement pour le lâcher, mais il lui agrippa le poignet.

— Laissez vos mains où elles sont, et cessez donc de me compliquer l'existence ! Vous m'avez infligé plus de mal en une journée que je n'en ai subi en dix ans de batailles.

— Eh bien, s'il vous en faut si peu, vous êtes trop douillet.

Il garda le silence.

— Je croyais, poursuivit-elle, que nous devions nous diriger vers le sud.

— Alors vous aviez tort.

Le vent se mit tout à coup à tourbillonner, charriant neige et givre. William la sentit de nouveau tout contre lui – elle s'abritait derrière lui comme on se protège derrière un bouclier des assauts furieux de l'adversaire. Sans pour autant démordre de ses idées fixes.

— Expliquez-moi : quel est votre plan ?

— Je n'en ai aucun.

— Dans ce cas, vous feriez mieux de m'écouter car je…

— Cramponnez-vous ! ordonna-t-il.

Il commença à descendre le chemin escarpé. Ballottée sur le dos de la monture, Laura dut se raidir pour ne pas basculer. Au détour d'un amas de rochers, ils atteignirent la grève. La neige et les embruns leur fouettèrent le visage. Chevauchant à vive allure en direction du nord, ils longèrent les vagues qui déferlaient et qui, dans leur perpétuel mouvement, se chargeraient d'effacer leurs traces.

— Nous ne devrions plus être loin de Rumster Castle ! cria Laura d'une voix hachée par le galop du cheval.

William ne prit pas la peine de répondre. Il avait repéré des cabanes de pêcheurs laissées à l'abandon. C'était exactement le refuge qu'il leur fallait. Dans la semi-obscurité, les toits de chaume semblaient dépenaillés, crevés par endroits. Les charpentes paraissaient sur le point de s'écrouler.

— Je croyais que nous fuyions les Sinclair ! Vous ralentissez ? Nous n'allons quand même pas faire halte sur le territoire de sir Walter ?

Une fois de plus, William ignora les commentaires de sa protégée et dirigea Invincible vers les masures.

Plutôt que de passer par l'intérieur des terres, il avait décidé de gagner la côte et de chercher refuge dans l'une de ces cahutes dont il connaissait l'existence. D'ordinaire, elles ne servaient qu'à la belle saison. Les pêcheurs du coin y dormaient et y rangeaient leurs filets. Elles ne leur offriraient qu'une protection très sommaire contre le vent glacé, mais c'était mieux que rien, et il y avait peu de risques que les guerriers des Sinclair viennent les débusquer là, si près du château de leur maître.

— Quels sont exactement vos projets, à part nous geler jusqu'à la moelle des os ? Auriez-vous l'amabilité de me le dire ?

— Je vous le répète, je n'ai pas de plan précis. J'improvise au fur et à mesure des événements.

Des falaises peu élevées, déchiquetées par l'inlassable travail du temps et de la mer, surplombaient les cahutes. William emprunta un étroit goulet entre deux de ces parois rocheuses.

Enfin, ils atteignirent les trois humbles cabanes serrées les unes contre les autres.

Depuis la peste qui avait frappé Inverness, Fearnoch et la région, décimant la population de hameaux et villages de pêcheurs, il n'y avait quasiment plus âme qui vive à des lieues à la ronde.

Quoi qu'il en soit, William préférait être prudent. Il ordonna à Laura de rester en selle tandis qu'il mettait pied à terre et s'en allait explorer les bâtisses.

Quand il se fut assuré qu'elles étaient effectivement désertes, il en choisit une.

— Celle-là, annonça-t-il en la montrant du doigt, est assez vaste pour nous deux, et même Invincible. Certes, ça ne vaut pas les palais anglais, mais ce logis a le mérite de n'être pas trop glacial.

Afin de l'aider à descendre de cheval, il lui tendit une main qu'elle repoussa d'un air pincé. Décidément, elle semblait déterminée à refuser toutes ses attentions, quitte à se casser une jambe.

Grand bien lui fasse…

Elle se laissa glisser gauchement le long de la selle, prit pied sur le sol enneigé, dérapa… et s'étala. Ignorant de nouveau le bras secourable de William, elle se redressa à quatre pattes, puis se releva non sans mal et, drapée dans sa dignité, boitilla jusqu'à la porte.

William, pas mécontent, la suivit.

Pendant de longues minutes, ils n'échangèrent pas un mot. William en profita pour faire entrer Invincible dans la cabane, le conduisit dans un coin et frictionna de ses mains nues le vaillant animal pour le réchauffer.

Laura, qui l'observait, revint à ses obsessions.

— Combien de temps allons-nous rester ici ?

Le laird scruta la pénombre, s'accroupit près des cendres qu'il tâta. Le feu ne datait pas d'hier.

Il la considéra d'un air narquois.

— Qu'est-ce qui vous fait croire que j'ai l'intention de quitter cette ravissante demeure ? Et puis, pour commencer… j'aimerais vérifier que vous ne dissimulez pas d'arme.

Elle s'avança et le toisa.

— Je n'ai pas besoin de poignard pour être redoutable. Mes poings suffisent amplement. Vous en avez d'ailleurs eu un aperçu.

— Je vous le concède. Et je tiens à vous préciser que rien ne vous oblige à dormir à l'abri. Si cela vous chante, allez donc vous allonger dehors.

— Je n'y vois pas vraiment d'inconvénient. Néanmoins, cela me compliquerait la tâche pour vous estourbir, emmener votre cheval et fuir au triple galop.

— Sachez que, dans les Highlands, les voleurs de chevaux sont pendus haut et court. Remarquez que, pendue à un gibet, vous feriez un bien joli fruit.

— Vous, par contre… mais je m'étonne que vous ayez échappé à ce châtiment.

Une envie dévorante de lui donner une fessée magistrale – sur son joli postérieur – s'empara de William. Le souvenir des injonctions de son frère le ramena une fois de plus à la raison.

Laura commença à rassembler les bouts de bois sec qui jonchaient le sol.

— Qu'est-ce que vous fabriquez ?

— Je compte allumer du feu.

— Et inviter ainsi sir Walter à dîner ? Je vous le déconseille.

— Mais…

— Pas de feu ! La fumée trahirait notre présence.

Dépitée, Laura s'assit et se frictionna les bras. Elle était de plus en plus transie.

— Vous nous avez trouvé un merveilleux refuge, railla-t-elle. Désormais, nous n'avons plus qu'à attendre de geler sur place.

Le Highlander prit une grande inspiration pour se calmer, se baissa pour ramasser la couverture grise qu'elle avait jetée par terre, la secoua de sa poussière et la lui tendit.

Ne pas s'apitoyer sur le sort de la belle Anglaise, se gourmanda-t-il. Ne pas succomber à ce visage d'ange qu'illuminaient deux prunelles améthyste.

Que faire, sinon l'ignorer ? Cela dit, il devait surtout veiller à protéger son crâne d'une éventuelle agression nocturne.

6

— Vous ne croyez pas qu'il serait temps de vous préoccuper du sort de Mlle Percy ? demanda Francis, passablement irrité.

Le prévôt répondit au précepteur par un marmonnement ponctué d'un hochement de tête. Ils revenaient du réfectoire et se rendaient à l'étude. Willie, le gros chien de Gilbert, les précédait en trottinant gaiement.

En butte au silence du prévôt, Francis enchaîna :

— Nous voici au petit matin, et nous n'avons toujours pas de nouvelles. Avouez que ce n'est pas normal. Et puis… William n'est pas du genre à lambiner en chemin. Par saint Duthac ! Ils auraient dû arriver pour les vêpres hier soir, au plus tard. Les fermiers sont rentrés du marché de Fearnoch avant la tombée de la nuit.

Le vieux précepteur avait raison, songea Gilbert en s'immobilisant devant la petite fenêtre qui perçait le mur du long corridor.

Il scruta l'extérieur. La neige était tombée toute la nuit. À présent, un épais mélange de neige et de givre recouvrait tout le paysage. Le vent du nord qui s'était levé rendait périlleuse la situation de n'importe quel voyageur imprudent.

Où donc se trouvaient son frère et sa protégée ?

Et si William avait été blessé en tentant d'enlever Laura Percy ? Peut-être son cheval s'était-il mis à boiter. S'il claudiquait, cela expliquerait ce retard alarmant. Fallait-il envoyer des guerriers des Ross à la recherche des disparus ?

Patience… lui dictait une petite voix.

Gilbert se laissa aller à la rêverie. Il imagina William et cette frêle demoiselle faisant étape dans une auberge et profitant de l'occasion pour lier amitié. Une occasion rêvée pour son frère de passer un peu de temps avec une femme digne d'être épousée. Cela le changerait de ses habitudes de débauché.

Il réprima un sourire, et pria le Seigneur de lui pardonner ces pensées impures.

— Gilbert ! Vous ne m'écoutez pas. Dois-je envoyer frère John à Blackfearn Castle ?

— Vous disiez précédemment que les paysans les ont vus fuir le marché avant l'échauffourée, c'est cela ?

Francis opina du chef.

— En effet.

— Nous n'avons pas reçu de message des Sinclair ?

— Aucun.

Impuissant à résoudre le problème, Gilbert haussa les épaules.

— La neige les aura retardés, et William aura jugé bon de s'arrêter en chemin. Donnons-lui encore un jour.

Adossé à la selle et enveloppé de son tartan, le laird s'était enfermé dans un mutisme obstiné. Finalement, il s'était assoupi les doigts crispés sur la garde de son épée.

La confiance régnait… s'était dit Laura avec une sombre ironie.

Le vent sifflait en s'infiltrant dans tous les interstices de la cabane. Elle remonta la couverture sur ses joues que le froid pétrifiait, et regarda sans vraiment le voir un bout de ciel gris qui se découpait dans une béance du toit de chaume. L'aube pointait déjà. Des flocons de neige dansaient sur le sol en terre battue.

Une soudaine bourrasque secoua la cabane et Laura en eut la chair de poule.

Les éléments qui se déchaînaient au-dehors l'avaient empêchée de dormir une bonne partie de la nuit. Recroquevillée le plus loin possible du maudit Highlander, elle était malgré tout parvenue à se réfugier dans un semblant de somnolence.

Impossible de ne pas se remémorer les péripéties de la veille. Le laird avait accompli l'exploit de la maintenir sur son épaule – tel un sac de noix – tout en ferraillant avec les membres du clan Sinclair. Il était d'une force surprenante, d'une vivacité...

Assez ! se tança-t-elle. Inutile d'en rajouter dans les éloges.

Certes, il n'était pas de ces personnages que l'on croise sur tous les chemins. Et elle n'était pas près d'oublier la façon dont sa seule présence l'avait rassurée quand, dans la masure de Guff, feignant d'être agonisant, il l'avait étreinte.

Elle s'emmitoufla dans la couverture grise imprégnée de l'odeur du laird. Un frisson la parcourut mais, cette fois, ce n'était pas le froid qui la faisait frémir. De nouveau, elle se sentit malgré elle réconfortée.

Décidément, elle était victime d'un étrange phénomène. Une onde brûlante la saisissait chaque fois qu'elle le regardait ou lui parlait – ou se disputait avec lui.

Il lui faudrait combattre cette faiblesse.

Elle battit des paupières comme pour mieux voir la réalité : le laird était un incorrigible séducteur, un être indigne de confiance.

Par-dessus le marché, il était d'un entêtement inqualifiable. Il refusait de lui répondre quand elle demandait, à juste titre, quel serait leur itinéraire, ou le temps que durerait leur séjour dans cette bicoque branlante. En fait, elle le soupçonnait de n'en avoir pas une idée très précise. Il lui semblait fort que ce Highlander était totalement dénué de sens pratique, ce qui, pour elle, représentait un défaut majeur.

Qui sait... peut-être aurait-elle dû l'abandonner à son triste sort sur les rives de ce ruisseau après l'avoir assommé, et se sauver avec son cheval.

Trouver ensuite le couvent où se réfugier n'aurait pas été une mince affaire, même si, d'après les pensionnaires de Ste Agnes, ce n'étaient pas les institutions religieuses qui manquaient de ce côté-ci des Highlands – une contrée hostile dont Laura n'avait pas fini de découvrir le charme sauvage.

Une rafale de vent s'engouffra brusquement dans la cabane. Laura se tourna sur le flanc et avisa le coin où avait dormi le Highlander.

La place était vide.

— Seigneur ! murmura-t-elle.

Elle s'ébroua, s'assit et regarda autour d'elle. Dans la pénombre, elle ne vit ni laird ni cheval. Le sacripant était parti !

Un sentiment d'abandon la traversa telle une flèche acérée. Repoussant la couverture, elle se leva vivement. Une inspection rapide des lieux lui confirma ses soupçons : il n'y avait plus une trace du guerrier. L'idée qu'il ait attendu qu'elle dorme pour détaler la mortifia.

Pas un mot. Rien. Le couard ! pesta-t-elle entre ses dents en se couvrant de son manteau. D'un geste rageur, elle ouvrit la porte. Un vent violent charria la neige jusque dans la cahute.

Que faire ?

La veille, elle avait été trop lasse, trop exténuée, pour évaluer – ou tenter d'évaluer – la distance qui les séparait du château de sir Walter. Bien qu'elle n'y soit jamais allée, elle savait que Rumster Castle se dressait au nord, sur les contreforts escarpés de la côte. Ce ne devait pas être très loin, se rassura-t-elle.

Il n'était pas question de tergiverser longtemps. Elle avait le choix entre rester dans cette cabane et succomber au froid, ou gagner à pied le fief des Sinclair.

D'un geste déterminé, Laura mit l'épaisse couverture par-dessus son manteau, baissa sur son front sa capuche et sortit affronter les éléments.

Une bourrasque de vent faillit la renverser. Elle se campa solidement au sol et fit face à l'immensité gris sombre qui s'étendait devant elle. Telle une pluie d'aiguilles, le givre mêlé aux embruns lui picota les pommettes. Elle plissa les paupières. Impossible de distinguer au-delà de quelques enjambées.

Ne pas réfléchir ! s'ordonna-t-elle. Avancer, tant qu'il lui restait des forces.

— Quel temps épouvantable pour voyager ! grommela William en scrutant la cime des sapins malingres, près du rivage rocheux.

La solution la plus sage serait d'attendre l'accalmie avant de conduire Laura Percy à destination. Mais là-bas, à St. Duthac, Gilbert devait se faire un sang d'encre.

— Allez, viens, Invincible. Tu as eu ta ration d'eau et de toute façon, sous cette neige, l'herbe est gelée. Mon pauvre, ce n'est pas aujourd'hui que tu te rempliras l'estomac.

William Ross enfourcha Invincible et longea de nouveau la crique.

Il était peu probable que l'ennemi les ait pris en chasse. La tempête et la nuit avaient dû dissuader, du moins l'espérait-il, le moine et ses sbires de trop s'éloigner de Ste Agnes.

Dans sa recherche d'un endroit où abreuver sa monture, William avait toutefois repéré les traces d'un groupe chevauchant vers le nord, la direction de Rumster Castle. Il s'agissait certainement des guerriers des Sinclair.

Il songea soudain que l'Anglaise devait l'attendre impatiemment et soupira. Même si les vents mugissaient comme une meute de loups affamés, il préférerait affronter les éléments plutôt que de retrouver la compagnie de sa protégée. En effet, frôler une aussi belle créature et ne pouvoir goûter à ses charmes représentait pour lui un véritable supplice.

Laura Percy était la contradiction faite femme. Le jour, provocante et arrogante. La nuit, troublante et fragile. Il l'avait longuement observée. Jamais il n'avait vu sommeil plus agité. Elle tournait et virait, gémissait, sanglotait. Il émanait d'elle une tristesse à fendre l'âme. Il s'était approché, allongé près d'elle, l'avait bercée en caressant ses boucles de jais, en murmurant quelques paroles réconfortantes. Finalement, elle s'était calmée.

Cette nymphe alanguie avait éveillé en lui le désir. Quand il la couvait du regard, quand il sentait la volupté de son corps contre le sien, son bas-ventre brûlait d'un feu inextinguible. Le seul souvenir des bras de Laura lui entourant la taille durant leur long périple sur Invincible suffisait à raviver la flamme.

S'il avait pris l'air ce matin, c'était pour dompter ses pensées impudiques. Et voilà qu'elles revenaient le harceler.

En refermant la porte derrière lui, un peu plus tôt, il s'était dit : Attention, Will, prends de la distance avant qu'elle se réveille et t'ensorcelle de nouveau.

Oui, Laura Percy était une enchanteresse.

L'éloignement était souvent préférable. Son passé lui avait appris deux ou trois choses à propos de la gent féminine. Quand Mildred l'avait éconduit, il s'était juré qu'on l'y reprendrait plus. Certes, Laura n'était pas Mildred, mais toutes deux venaient du même milieu privilégié.

Tandis qu'il descendait vers la grève, le vent le frappa de plein fouet. La mer et le ciel se fondaient en une masse grisâtre.

— Par saint Duthac ! jura-t-il à voix haute.

Il y avait trop longtemps, se dit-il, qu'il n'avait joui des délicatesses d'une gourgandine. Voilà le problème.

— Invincible, nous irons bientôt aux Trois Coupes, et nous rendrons visite à ma petite Molly. Mais avant... nous devons mener l'Anglaise chez mon prévôt de frère.

Oui. C'était exactement ce dont il avait besoin pour chasser Laura Percy de ses pensées : une petite visite aux Trois Coupes.

Parvenu à la cabane, William mit pied à terre, brossa la croupe et le museau de l'animal recouverts de neige.

Puis il ouvrit la porte. À peine avait-il foulé la terre battue de la cahute qu'il s'aperçut de la disparition de Laura.

Bon sang ! Où était-elle passée ? Serait-elle allée prendre l'air quelques secondes ?

Il cria son nom.

Seul le mugissement du vent lui répondit. Il mit ses mains en porte-voix et appela de nouveau. En vain.

Scrutant l'épais manteau neigeux, William remarqua un reste d'empreintes. Une succession de pas lui confirma qu'elle avait effectivement pris la fuite.

Le laird eut un regard circulaire.

Les vagues déferlaient avec fracas sur la plage, et un brouillard à couper au couteau s'étalait alentour. Les yeux rivés au sol, William suivit les traces de pas. Puis, plus rien. Pas de silhouette à l'horizon.

— Bon Dieu ! Quelle inconsciente ! marmonna-t-il en se précipitant vers la cabane.

Il enfourcha Invincible et partit à la recherche de la jeune femme.

7

Laura avait décidé de prendre par les terres, en direction du nord. Elle s'arrêta et se perdit dans la contemplation de l'écume bouillonnante du ruisseau gris-vert.

Si elle se souvenait vaguement d'avoir souffert du froid, elle n'y était plus sensible, maintenant. Elle jeta un regard sombre vers les tours dressées à l'horizon, au-delà de l'infranchissable ruisseau. Ce devait être Rumster Castle.

Le salut était là, inatteignable. Une amère déception s'empara d'elle. Elle n'eut plus qu'une envie : s'étendre sur le doux manteau neigeux et s'assoupir.

Une voix intérieure déchira le voile de désespoir qui l'envahissait et hurla : Non ! Suis ce torrent jusqu'à ce que tu trouves un gué. Il y a forcément un passage quelque part. Courage !

Ses membres étaient cependant trop engourdis pour répondre aux ordres de son cerveau. Elle resta immobile un long moment, voûtée et frissonnante, concentrant avec grand-peine son attention sur l'imposante masse de pierre qui s'élevait dans le lointain.

Quand elle avait quitté la cabane, elle avait marché, obstinément, le front baissé pour se protéger du vent. Sa destination était gravée dans son esprit. Elle s'était rassurée en se disant que le château finirait par apparaître. Mais plus elle avançait, plus la fatigue, la lassitude s'abattaient sur elle.

Ses pensées étaient parties à la dérive. Sa perception émoussée avait peu à peu effacé les contours du paysage qui l'entourait. Tout n'était plus que mirage...

La découverte du ruisseau avait été brutale. Dieu merci, elle avait trébuché sur un rocher, ce qui lui avait évité de tomber dans les eaux glacées et tumultueuses. Le destin lui avait épargné la noyade.

Laura se retourna, scruta les traces de pas qui serpentaient au loin. Plissant les yeux, elle fut soudain victime d'une hallucination.

Elle crut voir les Moors du Yorkshire, son pays natal. La neige recouvrant l'immense lande de bruyère s'estompa sous une pluie fine. Un chemin surgi de nulle part lui parut familier. Ses sœurs et elle l'empruntaient souvent.

Puis elle entendit des éclats de voix.

Sa mère l'avait implorée de quitter la maison, d'emmener ses sœurs et de fuir. Elles avaient traversé précipitamment la cour, puis Laura avait lâché la main de Catherine et s'était arrêtée. Cela avait été plus fort qu'elle. Les hurlements des domestiques que les fantassins du roi pourfendaient lui étaient insupportables. On enlevait ses parents. On tuait tous ceux qui osaient s'interposer.

Elle était impuissante.

La petite voix revint la tancer : Secoue-toi ! Tout cela est du passé. Tu n'es pas dans le Yorkshire.

La lointaine odeur des embruns la ramena vers la réalité. Elle baissa les yeux et vit ses pieds enfoncés dans la neige. Elle voulut les bouger. Impossible. C'était comme s'ils appartenaient à quelqu'un d'autre.

Seul fonctionnait son esprit. Ses pensées vagabondaient, l'emmenant loin, très loin.

Devant elle, les tours crénelées du manoir familial se dressaient fièrement, dominant les Moors du Yorkshire. Une douce brise charriait le parfum des lilas. Était-ce déjà le printemps ? Ses sœurs viendraient la chercher, songea-t-elle tandis que des larmes roulaient sur ses joues.

Brusquement, elle entendit les cris affolés de Catherine.

— Laura !

Ô sainte Marie ! pria-t-elle. Accordez-leur votre protection, je vous en supplie !

— Laura !

Elle plaqua les mains sur ses oreilles pour faire taire les voix qui criaient son nom. La mort rôdait dans la demeure de la famille Percy. Les monstres achevaient leur tuerie.

— Laura !

Elle secoua la tête. Jamais elle ne pourrait les laisser derrière elle. Si ses parents rendaient leur dernier souffle, elle aussi s'abandonnerait à la Faucheuse.

— Laura !

Elle ouvrit les yeux et vit le laird fendre le rideau de brume sur son étalon. Ses longs cheveux châtains flottaient au vent.

Non ! Laissez-moi mourir.

Les mots résonnaient dans son cerveau mais n'avaient pas franchi ses lèvres. Le froid terrible lui avait ôté la voix.

William Ross s'accroupit et étreignit le corps trempé et transi de la jeune femme. Telle une brindille à la dérive, elle n'offrit aucune résistance. Ses mains semblaient plus froides que la glace, ses joues étaient écarlates. Elle articulait quelques paroles incompréhensibles sans qu'aucun son s'échappe de ses lèvres.

— Par tous les dieux ! jura-t-il. Il ne manquait plus que cela, qu'elle meure de froid !

Sans hésiter une seconde, il la prit dans ses bras et fit demi-tour pour rejoindre la cabane. Invincible lui emboîta docilement le pas.

Ils franchirent bientôt le seuil de la masure. William étendit Laura inerte sur la couverture. Fallait-il allumer un feu ? Même si le brouillard empêchait l'ennemi de les repérer, le vent transporterait l'odeur de la fumée. Il chassa vite ces vaines considérations et se concentra sur le véritable enjeu : la ramener à la vie. Pour cela, rien ne valait la chaleur d'un foyer.

Il se hâta de faire un feu avec les bouts de bois qui traînaient dans les recoins de la cabane. Quand les premières flammes s'élevèrent enfin, il s'agenouilla auprès de Laura.

— Seule une personne atteinte de démence aurait agi comme vous avez agi, bougonna-t-il.

William continua de soliloquer afin de s'occuper l'esprit pendant qu'il la débarrassait lentement de ses vêtements trempés et raides de givre. Il lui ôta précautionneusement son manteau qu'il suspendit à une corde tendue entre deux poutres. Puis il plaça ses bas et ses souliers près du feu.

Laura gisait immobile, les yeux clos. Sa poitrine se soulevait imperceptiblement au rythme d'une respiration ralentie. Au moins, était-elle en vie, se rassura-t-il.

— Je savais bien, marmonna-t-il, que vous étiez du genre à ne penser qu'à vous !

Il se servit de son tartan pour éponger les boucles de jais de la jeune femme. Quand il eut terminé, il entreprit de la déshabiller.

— Je vous préviens, dit-il, je ne fais pas ça de gaieté de cœur.

Il la tint contre lui tandis qu'il tirait sur les lacets du dos de sa robe. La tête de Laura roula sur son épaule lorsqu'il repoussa les cheveux qui la gênaient. La robe de lin gris perle glissa sur ses courbes gracieuses, découvrant une fine chemise, mouillée elle aussi.

Avec un juron inaudible, il la débarrassa des étoffes trempées.

— Je ne vous aime pas, pesta-t-il entre ses dents. Je déteste les femmes dans votre genre ! En fait, je me ferais arracher les yeux et planter un poignard dans le dos plutôt que d'avouer éprouver une once de plaisir.

Quand, à travers le sous-vêtement humide, il vit les mamelons de sa protégée, il tressaillit et détourna le regard. Gauchement, il le lui enleva et s'empressa de la vêtir de la longue et épaisse chemise d'homme qu'il avait récupérée dans sa sacoche de selle.

Pour la première fois, Laura émit une vague plainte. Puis elle crispa les doigts, s'agrippa au tartan de William. Il l'étreignit, posa son visage angélique contre son torse, et lui frictionna délicatement le dos puis les bras.

— Par saint Andrew ! soupira-t-il.

Il s'était juré de prendre de la distance, de s'éloigner le plus possible de cette enchanteresse, et voilà qu'il faisait exactement le contraire. Il la serrait dans ses bras ! Telle une créature surgie de ses rêves les plus fous, elle se blottissait contre lui, nue comme la main sous sa chemise de lin.

Au prix d'un effort surhumain pour ne pas penser à la douceur de sa peau ni au spectacle fugitif et néanmoins ensorceleur de ses seins que le tissu mouillé avait modelés, il s'ébroua mentalement.

— Par saint Duthac ! maugréa-t-il. Et dire que c'est mon religieux de frère qui m'a mis dans cette situation !

William replia les jambes de Laura et couvrit avec l'ample chemise ses cuisses dénudées.

— Je vous jure que... dès que cet abominable temps se sera arrangé, je vous conduis tout droit chez le père prévôt et vous dépose devant les grilles. Gilbert se débrouillera. Et je ne veux plus entendre parler de vous. Terminé !

Tout à coup, Laura tira imperceptiblement sur son tartan et se raidit un court instant. Sa joue encore fraîche lui frôla le cou. Alors qu'il observait les traits de la belle endormie, il vit des larmes perler au coin de ses paupières. Les mêmes pleurs silencieux qu'elle avait versés la nuit précédente, durant son sommeil.

Toutes ses bonnes résolutions s'évanouirent.

— Vous êtes en sécurité, ma douce.

Laura plissa machinalement le front. Un trouble indicible y creusa son sillon. Même dans la faible lumière des flammes, William décela sur son visage l'angoisse, la souffrance.

Ce fut comme si une lame invisible lui pourfendait les côtes.

Il retint son souffle, tendit le bras pour attraper un morceau de bois et nourrir le feu. Quand il bougea pour trouver une position confortable, Laura crispa de nouveau les doigts sur son plaid.

Non, se dit-il, il ne l'abandonnerait pas.

Laura Percy avait beau représenter tout ce qu'il abhorrait chez une femme – son impossible caractère et surtout son rang –, il n'était pas insensible au point de ne pas accorder à cette vulnérable demoiselle l'aide et le réconfort dont elle avait besoin.

Les heures s'égrenèrent lentement. Laura sortit peu à peu des affres de l'inconscience puis ouvrit enfin les yeux.

Elle se concentra sur ce qui l'entourait. Au-dessus d'elle, un toit de chaume. Tout près, des flammes léchaient des bouts de bois. Une main protectrice lui tenait l'épaule, une étoffe de laine rouge et noire l'enveloppait. Elle entendit le son réconfortant d'un cœur qui battait.

Rêvait-elle ?

Il lui fallut longtemps avant de réaliser où elle était et avec qui. Elle leva le nez, scruta le visage du Highlander. Il ouvrit les yeux et la contempla à son tour.

Elle ne parvint toutefois pas à comprendre pourquoi il la tenait enlacée.

Tout à coup, affolée, elle se rendit compte que sa main s'était glissée sous la chemise du laird et reposait sur sa peau. Le cœur battant à coups redoublés, elle retint sa respiration.

Ele sentit les muscles durs de son ventre et prit toute la mesure de cette position compromettante. Elle était allongée à demi nue dans les bras d'un Highlander sans peur et sans reproche – l'incarnation de l'interdit !

Les prunelles saphir de William Ross ne la quittaient pas, et elle pouvait lire dans la profondeur de ses yeux le combat qu'il menait contre lui-même. Elle détailla son visage.

Jamais elle n'avait vu chez un homme de cils aussi longs. Elle fixa la fine balafre au-dessus de la mâchoire supérieure, les lèvres charnues qui lui donnaient un air conquérant... Sa gorge se serra sous l'effet d'une subite émotion et une vive chaleur fulgura au creux de ses reins.

Elle sentit contre sa hanche la raide virilité du laird. Effarouchée, elle se dégagea vivement.

Une lueur de convoitise brillait dans les yeux de William. Elle jeta un coup d'œil à sa tenue et découvrit avec horreur qu'elle n'était vêtue que d'une chemise d'homme qui lui arrivait à mi-cuisses.

Instinctivement, elle lui tourna le dos et tira tant qu'elle put sur la chemise. Réalisant qu'elle ne parviendrait pas à cacher sa nudité, elle pivota et lui décocha un regard noir.

Évidemment, le laird n'avait pas perdu une miette du spectacle. Quand il déplia ses longues jambes et se redressa, Laura eut l'étrange impression que la cabane avait rapetissé.

Il la toisa.

— Allez-vous cesser de me lorgner, espèce de malotru ?

— Je peux essayer, mais je ne vous garantis rien.

S'approchant du modeste foyer, William vérifia si la robe grise suspendue à la corde séchait. Puis il fit de même avec un autre vêtement. Laura reconnut sa fine chemise de lin. Il promena ses yeux malicieux de l'étoffe transparente à elle.

— Est-ce que par hasard vous n'auriez pas quelque tâche à accomplir dehors ? Vous pourriez donner à boire à votre cheval, par exemple, ou…

Elle s'interrompit en voyant l'air réprobateur du laird qui répliqua sèchement :

— J'ai sorti Invincible ce matin pour l'abreuver, justement, et lorsque je suis revenu…

Les joues de Laura s'empourprèrent. Tout lui parut soudain évident.

— Je… bredouilla-t-elle… vous…

— Oui ?

Sans attendre de réponse, il se dirigea vers son cheval qui portait encore selle et sacoches, l'en débarrassa et entreprit de le brosser.

Rouge de honte, elle se leva et rejoignit le feu auprès duquel elle s'accroupit en entourant ses genoux de ses bras. Elle se remémora son angoisse première, son sentiment d'abandon. Dire qu'elle avait pensé pis que pendre de cet homme, qu'elle l'avait maudit ! Pas une seconde il ne lui était venu à l'esprit qu'une raison pratique pouvait expliquer son absence, à l'aube.

— Je… je… je suis navrée.

— Vous pensiez que je vous avais abandonnée là, c'est ça ?

— Oui…

— Pour être tout à fait honnête, j'y avais songé. Mais Invincible m'en a dissuadé. Nous n'étions pas certains que vous survivriez sans nous.

— On m'a appris à ne pas compter sur les autres. Je me serais débrouillée.

— Ah, oui… comme ce matin.

Laura ne répondit rien. Le laird avait raison. Elle n'avait pas réfléchi ; elle avait réagi sous l'effet de la colère, et son périple hasardeux avait bien failli lui coûter la vie.

Quand le cheval fut soigné et confortablement installé, elle entendit le Highlander fouiller dans ses sacoches. Elle n'osa pas lui adresser un regard lorsqu'il vint s'asseoir auprès d'elle. Du coin de l'œil, elle aperçut la flasque qu'il avait en main ainsi que les morceaux de viande séchée qu'il se mit à grignoter.

Il posa un biscuit d'avoine entre eux. Se mordillant les lèvres, Laura détourna la tête. À cet instant, son estomac gargouilla et elle se sentit rougir.

— Celui qui vous a enseigné les rudiments du parfait survivant devrait être pendu, dit-il en lui tendant la flasque qu'elle refusa d'un mouvement de tête. Allons… ça vous fera le plus grand bien.

Il lui offrit de nouveau le petit flacon qu'elle accepta, cette fois. Prudente, elle n'en but qu'une petite gorgée. Le liquide lui brûla la gorge et une divine chaleur l'envahit brusquement, lui réchauffant les entrailles.

— Qu'est-ce que c'est ?

— On appelle ça l'eau-de-vie ou, plus exactement, de l'usquabae. Elle vient tout droit des cuisines de l'église de St. Duthac.

Laura serra plus fort ses bras autour de ses jambes et se plongea dans la contemplation des flammes.

— J'ai l'impression, dit-elle timidement, que nous… que nous éprouvons l'un à l'égard de l'autre une hostilité qui… qui me semble excessive.

— J'avais mes raisons, figurez-vous.

Le sang lui monta aux joues, mais elle ne put s'empêcher de rétorquer :

— Moi aussi !

Un silence de plomb emplit la cabane. Après quelques instants, le laird secoua la tête et lui offrit un morceau de viande séchée.

— Vous en avez à peine pour vous. Je peux m'en passer.

Il lui glissa la maigre victuaille dans la paume.

— Je ne vous ai pas ramenée gelée et à moitié morte pour que vous mouriez de faim sous mes yeux.

L'esprit chevaleresque du laird eut raison des réticences de Laura. Elle accepta en le gratifiant d'un sourire sincère. Le moment d'après, ils partagèrent le biscuit d'avoine.

Tandis qu'elle mangeait, elle observa ses vêtements qui séchaient sur la corde puis la chemise d'homme dont elle était affublée. Une nouvelle gêne l'envahit. Elle eut du mal à déglutir.

— Hum… vous m'avez… déshabillée…

— Il n'y avait qu'Invincible et moi. Nous avons tiré à la courte paille, et j'ai perdu.

Confuse, Laura enfouit son visage dans l'étoffe de la chemise.

Mille pensées lui traversèrent l'esprit. Elle avait atteint l'âge de vingt ans sans jamais permettre à un homme de la courtiser, encore moins de l'embrasser. Et voilà qu'en une seule journée, William Ross de Blackfearn, laird du clan des Ross, l'avait enlevée au nez et à la barbe des villageois, et avait eu le loisir de l'admirer en tenue d'Ève. Il l'avait même enlacée.

— Si j'étais vous, je le mangerais… dit-il en désignant du menton ce qu'elle avait dans la main. Au lieu de le contempler. Vous êtes bien trop mince pour jeûner. Pas aussi gironde que les coquettes des Trois Coupes. Je parierais sans me tromper qu'elles sont plus en chair que vous.

Elle lui asséna un violent coup de coude qui le fit basculer. Il reprit sa position.

— J'en déduis que vous ne supportez pas d'être comparée à ces…

— Taisez-vous !

— Ces filles de joie, insista-t-il sur un ton provocant. Avant qu'elle n'ait pu saisir un semblant d'arme – en l'occurrence, la flasque – il lui avait attrapé les poignets et l'avait plaquée au sol. Leurs visages n'étaient qu'à quelques centimètres l'un de l'autre et Laura se surprit à le trouver extrêmement séduisant, voire… désirable. Ses prunelles saphir avaient dû troubler plus d'une femme.

— Eh bien ! Vous avez un sacré tempérament.

— Je suis pourtant la plus calme de la famille, répondit-elle en luttant – mollement – pour se libérer.

Ce n'est que lorsqu'elle céda que William la relâcha. Elle s'empressa d'instaurer entre eux une distance raisonnable. Cela n'empêcha pas William de s'approcher pour remonter le col de sa chemise sur son épaule dénudée.

— Et combien de sœurs avez-vous ?

— Elles…

Laura s'interrompit. Elle se souvint soudain des dernières paroles du laird avant qu'elle ne lui fracasse le crâne.

— Vous avez de leurs nouvelles, poursuivit-elle. Apparemment, vous aviez un message à me transmettre. Au bord du ruisseau…

— Si j'avais su que la simple évocation de votre famille vous mettrait dans un état pareil, je n'aurais pas dit un traître mot.

— Mais… je vous avais…

Elle déglutit. Avouer ses torts n'était décidément pas sa plus grande qualité, se gourmanda-t-elle.

— Je vous avais assommé avant que vous n'y fassiez réellement allusion.

— Ah…

Manifestement, il prenait un malin plaisir à l'asticoter.

— Comme c'est étrange ! railla-t-il. On vous a inculqué de drôles de leçons : récompenser la gentillesse par la violence…

— Je vous ai déjà expliqué : je croyais que vous étiez des leurs.

— Je ne vous suis pas. Vous prétendiez ne jamais avoir vu ce moine, et pourtant vous étiez convaincue qu'il était à vos trousses.

— Vous êtes William Ross de Blackfearn, le laird du clan des Ross. C'est tout ce que je sais de vous.

— Insinuez-vous par là que vous ne me faites pas confiance ?

Laura acquiesça.

— Vous aviez parlé d'un prévôt nommé Gilbert.

— Gilbert Ross est mon frère.

Laura fixa sur son interlocuteur un regard soupçonneux.

— Quand on m'a envoyée dans les Highlands, à l'automne dernier, ce n'est pas ce nom que l'on m'a indiqué.

— Vous connaissiez peut-être l'ancien prévôt, frère Jérôme. Hélas ! il est décédé au moment où l'on vous attendait à St. Duthac. Gilbert l'a remplacé dans ses fonctions.

— Comment puis-je être certaine que vous ne me mentez pas ?

— Croyez ce que vous voudrez ! répliqua-t-il en lui adressant un regard meurtrier.

Laura se sentit embarrassée en voyant les mâchoires du laird se contracter.

Il était temps, songea-t-elle, de faire amende honorable.

— Je… j'aurais dû vous croire.

Comme il gardait le silence, elle ajouta :

— Cela signifie-t-il que vous ne me direz pas ce que vous savez sur mes sœurs ?

Le laird avait les yeux rivés sur l'âtre. Il émit un long soupir puis un juron avant de darder sur elle ses prunelles bleu saphir.

— D'abord, dites-moi pourquoi vous n'êtes pas arrivée à St. Duthac il y a trois mois.

— Une grosse tempête nous a forcés à changer de cap. Le navire sur lequel j'avais embarqué a viré au nord puis jeté l'ancre à Loch Fleet.

— Loch Fleet n'est pourtant qu'à une journée de route de Tain !

Laura n'apprécia pas son ton accusateur.

Cet homme ne lui livrerait aucun renseignement tant qu'elle n'aurait pas répondu à ses interrogations. Prenant son mal en patience, elle lui raconta minutieusement son périple. Elle lui narra les conditions désastreuses du couvent de Ste Agnes et lui expliqua qu'on avait sollicité son aide. Par conséquent, elle y était restée.

— Ne pouviez-vous envoyer un message à St. Duthac ?

— C'est ce que j'ai fait. J'ai confié un parchemin aux marins qui m'avaient conduite à Loch Fleet.

— Vous avez remis une missive aux mêmes marins qui avaient affronté la houle pour vous ?

Pourquoi répétait-il bêtement ce qu'elle venait de dire ? Elle opina.

— Laissez-moi deviner. Était-ce des Lowlanders ?

— Euh... oui... les gens chargés de m'accompagner jusqu'ici habitaient les Lowlands.

Il la considéra comme si elle n'avait pas une once de jugeote. Elle fronça un sourcil perplexe.

— Et vous vous êtes dit : Comme c'est simple, de voyager à bord d'un navire ! Rassurez-moi, c'était un navire ?

Elle le scruta avec méfiance.

— Venez-en au fait.

— Vous avez pensé : Ils vont reprendre la mer, tranquillement, pour accoster à Fearnoch, à quelques encablures de là, afin de livrer un joli parchemin... de la part d'une Anglaise mignotée par la cour.

Piquée au vif, Laura se raidit et appuya son menton sur ses genoux. Soudain, la nourriture qu'elle avait ingurgitée eut un arrière-goût amer.

— Dois-je en déduire que le message n'est pas parvenu à St. Duthac ?

Le laird eut une moue méprisante.

— Une demoiselle choyée, dorlotée... À quoi vous attendiez-vous ?

— Je... je ne suis pas dorlotée, je ne l'ai jamais été. Je ne vois pas à quoi vous faites allusion. Qu'est-ce que vous...

— Bah ! La noblesse, les richesses ! Les gens de votre espèce se croient tout permis. Et les Anglais, ce sont les pires.

— Je ne vous laisserai pas m'insulter ! Figurez-vous que toutes mes richesses sont suspendues à cette corde. Je crois malheureusement que les gens que vous raillez sont de *votre* espèce, non de la mienne. Les seules personnes que j'aie au monde sont ma mère – que je n'ai pas vue depuis des mois – et deux sœurs. Auriez-vous la courtoisie – si ce n'est trop vous demander – de vous retourner pendant que je m'habille avant de prendre congé de vous ? Vous n'aurez ainsi plus à supporter quiconque de mon espèce.

Elle attendit qu'il obéisse, mais il ne bougea pas.

Laura était bien trop bouleversée pour ne pas mettre sa menace à exécution.

— Allez au diable ! De toute manière, vous avez vu tout ce qu'il y avait à voir.

Elle se leva et tendit le bras pour attraper sa robe. Il lui saisit le poignet.

— Asseyez-vous ! ordonna-t-il.

— Certainement pas, je m'en vais.

— Vous resterez ici et attendrez avec moi que la tempête se calme, dussé-je vous suspendre avec vos vêtements.

Elle croisa son regard de braise et en eut des frissons dans tout le corps. De toute évidence, il ne plaisantait pas. Elle n'avait cependant nulle envie de se laisser intimider.

— Je reste… pour le moment, concéda-t-elle.

William lui relâcha enfin le poignet. Elle se rassit. Cette fois-ci, elle prit soin de s'installer le plus loin possible, d'où elle pourrait le surveiller.

Tous deux gardèrent le silence. Laura écouta le vent qui assénait ses rafales sur les murs branlants de la masure. Une fine vapeur se dégageait de ses vêtements, constata Laura. Grâce à Dieu, songea-t-elle, ils seraient bientôt secs.

Le magnifique cheval du Highlander s'ébroua dans son coin.

Elle lança un regard à la dérobée à William Ross de Blackfearn. Lui aussi était magnifique. Il avait la stature d'un guerrier, des cuisses musclées sous son kilt rouge et noir.

Tirant sur les manches de la chemise, elle pria le ciel pour que sa robe sèche vite.

Le laird brisa enfin le silence.

— Je n'ai de nouvelles que d'une de vos sœurs.

Surprise, Laura fixa ses yeux écarquillés sur son interlocuteur. Il jouait avec la pièce d'or gravée à l'effigie des Tudor qu'il examinait attentivement.

— Laquelle ? demanda-t-elle en proie à une vive inquiétude.

Et s'il était arrivé malheur à l'une d'elles ?

Son regard suivit machinalement la danse de la pièce d'or.

— Le message reçu par Gilbert provenait de Catherine Percy Stewart.

— Pardon ?

William darda sur elle un regard en coin.

— Si aucune de vos sœurs ne s'appelle Catherine, alors j'ai cherché la mauvaise…

— Si, si, s'empressa-t-elle de dire. Mais vous avez prononcé le nom de Percy… Stewart.

— Oui. Catherine Percy Stewart, comtesse d'Athol. Châtelaine de Balvenie Castle.

— Elle est mariée ? Elle…

Déconcertée, Laura fut incapable d'articuler un mot de plus.

Sa sœur Catherine, mariée…

Ses yeux s'embuèrent de larmes. Une foule d'émotions tourbillonnait dans son esprit. Le bonheur succédait à la joie, la curiosité à l'incrédulité. Elle se hâta d'essuyer une larme.

S'arrachant au regard inquisiteur du laird, elle appuya son menton sur ses genoux, scruta l'obscurité et s'immergea dans ses pensées.

Une telle nouvelle bouleversait le cours des événements. Rien ne serait plus comme avant. Sa sœur avait épousé un homme qui lui avait offert sa protection, son amour… Leur mère était-elle au courant ?

Pour la première fois depuis qu'elle avait fui l'Angleterre – depuis qu'elle avait quitté ceux qui lui étaient chers – Laura se sentit terriblement seule.

William se leva, secoua les vêtements presque secs.

— John Stewart est quelqu'un de bien, dit-il d'une voix caressante. C'est un riche propriétaire terrien, titré de surcroît. Du sang royal coule dans ses veines. C'est un homme généreux. Votre sœur ne manquera de rien.

Ces dernières paroles irritèrent Laura.

— Toutes trois, nous aurions pu avoir tout ce que nous désirions, en Angleterre. Nous étions intègres et avons toujours refusé de nous vendre.

— Qu'est-ce qui vous fait penser qu'elle s'est vendue ? Quel Highlander digne de ce nom s'abaisserait à acheter une épouse ?

— Je... bredouilla-t-elle, je suis désolée. Ce n'est pas ce que je voulais dire.

Il la considéra longuement avant de poursuivre.

— Je ne sais rien de vous ni de votre famille. Ce que je sais, en revanche, c'est que vous côtoyer n'est pas de tout repos.

Il esquissa un demi-sourire.

— Je n'ose imaginer quel peut être le tempérament de vos sœurs.

— Catherine est une femme d'honneur.

— Je n'en doute pas, répliqua-t-il. Sinon, comment expliquer que le comte d'Athol se soit épris d'elle ?

Il marqua une pause.

— D'ailleurs, sa lettre recelait d'autres informations.

Laura retint sa respiration, attendit.

William faisait négligemment glisser sa pièce d'or entre ses doigts...

— Que disait cette missive ? s'enquit-elle, à bout de patience.

Elle vit une lueur effrontée dans la profondeur bleutée des prunelles du guerrier.

— Je ne me souviens pas de la totalité du message.

Il fit mine de fouiller dans sa mémoire.

— Attendez que je réfléchisse… D'après mon frère, le comte s'exprimait de manière plutôt… naïve, ce qui ne lui ressemble pas. Athol ne cessait de s'extasier sur les… ravissements du mariage.

— Vraiment ? s'enthousiasma Laura.

— Oui, bien que cela soit difficile à croire.

Elle le considéra avec mépris. William se retint de sourire.

— Ah oui… Il parlait d'aider son épouse à créer une école. Curieusement, il mentionnait également un demi-frère dont il venait de découvrir l'existence.

— Rien d'autre ?

— Si. Il faisait allusion au printemps. Il vous réserve une surprise pour le printemps.

— Quelle surprise ?

— Un nourrisson. Ils attendent un enfant.

— Quoi ? s'exclama-t-elle, stupéfaite. Ma sœur va accoucher ?

— Oui.

D'un seul coup, les larmes la submergèrent, roulèrent sur ses joues. Elle balaya la cabane du regard à la recherche d'un tissu susceptible d'essuyer ses pleurs. Ne trouvant que les manches de la chemise d'homme qu'elle portait, elle y enfouit son visage.

— Rassurez-moi, ce sont des larmes de joie, n'est-ce pas ? demanda William.

Quand il la prit dans ses bras pour la réconforter, elle se mordit la lèvre, se tamponna les joues. Peu à peu, son corps se détendit.

Lorsqu'elle releva la tête, elle vit le regard attendri de William. Les petites rides au coin des yeux se plissèrent davantage et il la gratifia d'un sourire chaleureux.

[illegible]

[illegible]

[illegible]

[illegible]

[illegible]

[illegible]

[illegible]

[illegible]

[illegible]

8

Regarder tomber la neige était un merveilleux spectacle, songea Gilbert. Si l'on est à l'abri et au chaud...

Lorsque le paysage disparaît sous l'épais manteau immaculé, on prend toute la mesure du pouvoir du Créateur, on découvre Son œuvre avec un œil neuf. L'automne, saison moribonde, cède la place à l'hiver, à une blancheur pure qui recouvre le monde et apporte un doux espoir.

Dans Son génie, Il avait tout prévu : la mort, le repos puis la résurrection au printemps.

Fasciné par le tableau qui s'offrait à lui, Gilbert entendit la porte de l'étude se fermer sur le dernier des religieux quittant la bâtisse principale.

Une entêtante pensée le taraudait. Cela faisait bien longtemps qu'il était dans le secret. Avant de mourir de manière tragique, Mildred s'était confessée. Ses paroles étaient certes destinées au Créateur, mais elles ne cessaient de troubler l'esprit du jeune prévôt.

Gilbert Ross avait prié, demandé conseil au Seigneur, Le suppliant de l'aider, de l'éclairer de Sa divine lumière. Et voilà qu'à présent, ici même – alors qu'il avait baissé les bras – le Créateur était en train de lui répondre.

— Il n'apporte pas seulement une réponse, Willie, chuchota-t-il en caressant le museau du gros chien qui réclamait les attentions de son maître. Le Seigneur s'occupe de tout. Sous cette couche de neige, il y a la résurrection.

Il se retourna pour contempler l'esquisse de la fillette qui lui souriait au-dessus de la cheminée.

— Tout va s'arranger, Miriam.

Une soudaine bourrasque franchit les murs lézardés de la cabane. Quelques flocons de neige frôlèrent le cou du Highlander qui tenait Laura enlacée. Il l'étreignit plus fort, comme pour la protéger du froid.

La voix de la raison lui dictait de la repousser, de prendre autant de distance que possible. Or, son corps ignorait obstinément les ordres de son cerveau. Ses doigts caressaient tendrement les longues boucles de jais de Laura.

Il observa la fine chemise qui épousait ses courbes gracieuses, s'attarda sur les parcelles de peau dénudée qu'elle découvrait.

Ce vêtement lui avait toujours plu, mais jamais autant qu'en ce jour.

Une nouvelle fois, la vision de cette charmante créature entre ses bras éveilla ses ardeurs. Le désir le consumait à petit feu. Il prit une profonde inspiration pour se calmer.

Comme il scrutait le feu qui pétillait, Laura changea de position. Sa main délicate glissa sous la chemise du laird. Par saint Duthac ! Elle savait torturer un homme…

Un murmure de voix féminine le tira heureusement de ses rêveries.

— Savez-vous pourquoi ils se sont mariés aussi vite ?

Il repoussa une mèche folle qui bouclait devant les yeux de Laura. Comme elle était belle !

— Je n'ai…

Il s'interrompit, s'éclaircit la gorge.

Elle promena ses doigts effilés sur ses pectoraux. William s'efforça de détacher les yeux de ce visage d'ange. Il fixa les flammes qui dansaient en essayant de songer au temps qu'il faisait, à son épée qu'il faudrait aiguiser, aux leçons de morale que lui assénait son frère. Il devait penser à tout sauf à Laura Percy qui frémissait d'aise dans ses bras, allongée sur la terre battue de cette cabane délabrée.

— Que vouliez-vous dire sur ma sœur et John Stewart ?

Réponds par une banalité, un propos anodin ! s'ordonna-t-il.

Il baissa les yeux et rencontra les prunelles violettes de Laura – deux somptueux joyaux.

— Je… si votre sœur vous ressemble, le comte d'Athol était condamné d'avance.

Un sourire radieux illumina le visage de Laura tandis qu'une légère rougeur colorait les joues de William.

— Voilà le premier compliment depuis notre rencontre.

— Hum… Eh bien… bredouilla-t-il, il m'a échappé. C'est sans doute le manque de sommeil.

— Vous reverrai-je ? Si nous parvenons sains et saufs à St. Duthac… je… je veux dire… puisque vous êtes le frère du prévôt… j'espère… Je ne voudrais pas paraître impudente. Je…

Ses paroles décousues faisaient écho au trouble qui agitait le laird. Ses doigts rugueux effleurèrent la joue veloutée de Laura qui fixa sur lui ses grands yeux interrogateurs.

— Je ne sais pas si… commença-t-il. Je crois que nous gravissons une pente dangereuse, mademoiselle Percy.

Il effleura de l'index sa bouche pulpeuse, la commissure de ses lèvres. Elle frissonna légèrement.

— Je vous préviens, poursuivit-il, c'est le moment ou jamais de vous servir d'une arme – laquelle, je l'ignore – car ce à quoi je pense… Eh bien, cela mériterait peut-être un autre coup sur le crâne… histoire de me remettre les idées en place.

Au lieu de s'écarter, elle se lova contre lui.

— Je vous trouve bien téméraire, mademoiselle Percy.

— Ah… vraiment ?

William hésita un instant puis effleura des siennes ces lèvres si tentantes. C'était un chaste baiser, à peine un frôlement, un avant-goût d'un délicieux nectar. Cette frêle créature était la plus exquise des gourmandises. Il voulait se délecter de ce fruit défendu, prendre tout son temps.

Laura leva ses doigts tremblants, les posa sur sa bouche.

— Jamais je n'ai été embrassée…

— Je ne vous ai pas réellement embrassée, pas convenablement.

Il se pencha de nouveau et, cette fois, écrasa ses lèvres sur les siennes. Ce n'était plus tendresse, mais fougue et désir, quintessence de la passion. Leurs langues se mêlèrent dans une danse endiablée.

La voix de la raison tenta une incursion dans l'esprit enfiévré du laird. Des pensées fugitives le harcelèrent.

Prends garde à toi ! susurrait la voix qu'il choisit d'ignorer.

Laura enroula les bras autour du cou de William, se pressa contre lui. Tout en continuant de l'embrasser, il lui caressa le dos à travers l'étoffe de sa chemise. Elle se dégagea un court instant pour reprendre son souffle. Brûlant de désir, il lui laissa à peine le temps de respirer et prit de nouveau ses lèvres.

Les images de cette déesse qu'il avait déshabillée revinrent le hanter. Il n'eut plus qu'une idée en tête, la dévêtir encore.

Ses mains musardèrent le long de ses hanches, glissèrent sur ses seins. Le contact de ses doigts sur les mamelons dressés de désir sous la chemise le rendit fou.

Surprise par cette indécente caresse, Laura s'arracha à leur étreinte. Comme pour l'empêcher de protester, elle posa les doigts sur les lèvres charnues de William. Il sentait le sang battre à ses tempes, un feu inextinguible lui enflammait les sens.

Il contempla le visage empourpré de la jeune femme. Ses joues avaient la couleur des pétales de rose. Jamais il n'avait connu plus joli brin de fille. Non, rectifia-t-il en silence. Jamais plus belle femme n'avait frayé avec lui.

Leurs regards se croisèrent. Les yeux violets de Laura étaient brouillés de larmes.

— Je suis désolée, chuchota-t-elle en s'écartant.

Elle se leva, chancela, se rattrapa maladroitement au mur et tira sur sa chemise pour dissimuler sa nudité.

— Je ne... bredouilla-t-elle. Je n'aurais pas dû... je n'ai jamais été aussi hardie de ma vie. Je ne peux pas.

William n'eut pas besoin d'en entendre davantage. Il se redressa vivement. Quoi qu'ils en disent, songea-t-il, tous deux éprouvaient ce besoin avide de l'autre. Rien n'était plus évident.

Quoi qu'il en soit, il devait respecter le choix de la jeune femme. Plus tard, sans doute... Il était déterminé à goûter aux charmes de Laura.

Plus tard, se répéta-t-il.

Il rassembla ses forces, prit son épée et se dirigea vers la porte qu'il ouvrit en grand.

Le vent glacé lui cingla le visage. Sans un regard en arrière, sans prêter attention aux éléments qui se déchaînaient, il descendit vers la plage.

L'esprit embrumé, Laura regarda impuissante le battant se refermer. Un voile de tristesse s'abattit sur elle et des larmes roulèrent sur ses joues. Une sensation de perte mêlée de regret l'envahit tandis que ses yeux restaient rivés sur la porte close.

La passion, la déraison, le désir de se fondre en lui, de ne faire plus qu'un avec cet homme... ces sensations étaient inédites pour elle. Pourtant, elle s'était comportée comme la plus audacieuse des péronnelles, telle une de ces filles de peu qui fréquentaient les tavernes.

La fougue de cet homme, ses bras robustes, son torse puissant, l'ardent baiser qu'ils avaient échangé, tout cela l'avait aveuglée.

Une femme habituée aux manières charmantes de la cour ne pouvait que céder au charme sauvage d'un tel guerrier. Que sa sœur se soit décidée aussi vite pour convoler en justes noces avec un Highlander ne la surprenait finalement qu'à moitié.

Profitant de la sortie du laird, elle se hâta de récupérer ses vêtements enfin secs. Il était temps, se dit-elle. Temps de se vêtir correctement, de réfléchir posément et de trouver une explication sensée à ses actes.

William reviendrait, se rassura-t-elle en jetant un coup d'œil inquiet à Invincible.

— Tu dois penser que les humains sont de curieuses bêtes, n'est-ce pas ?

Le cheval s'ébroua. Elle sourit.

Son regard se posa sur les vêtements qu'elle avait en main. Elle avait beau les agripper – comme pour redescendre sur terre –, les images de leurs ébats tourbillonnaient dans son esprit. Le souvenir de leurs bouches scellées, de leurs salives mêlées lui revint en tête. Elle eut toutes les peines du monde à oublier le plaisir éprouvé lorsqu'il avait effleuré ses seins.

Elle s'en voulut de s'être laissé séduire. Il fallait mettre un terme à cette folie, sinon qu'adviendrait-il de son âme ? Et de celle du laird ?

Au moment de se rhabiller, elle décida de garder sur elle la chemise de William.

Dans le foyer, les dernières braises finissaient de s'éteindre. Un filet de fumée s'en échappait. Laura hésita puis décida de ne pas rallumer le feu. Le Highlander les avait déjà suffisamment mis en danger en s'approchant autant de Rumster Castle.

Non, se gourmanda-t-elle, ne sois pas ingrate. Il a pris ce risque pour te secourir.

Laura venait de mettre ses bottines quand tout à coup elle entendit des éclats de voix. S'immobilisant, elle tendit l'oreille puis s'approcha prudemment du mur pour regarder par une lézarde.

Elle distingua trois hommes adossés au mur de la cabane sise au-delà du promontoire. La neige et le givre recouvraient leurs tartans. Ils fixèrent leurs regards soupçonneux sur la cahute qui l'abritait et la panique s'empara d'elle à la pensée des dernières volutes de fumée qui s'échappaient par les trous du toit de chaume.

Où était William ? s'alarma-t-elle. Ces individus étaient-ils à la solde de sir Walter – laird des Sinclair ? Saisie d'effroi, elle frémit en voyant leurs armes dégainées. Venaient-ils de se servir de leurs épées ? Avaient-ils déjà blessé ou, pire, tué quelqu'un ? Et si, par malheur, ils avaient repéré William et versé son sang ?

Écartelée entre terreur et révolte, elle resta sans bouger quelques secondes. Elle se sentit soudain coupable. Si le laird était sorti pour reprendre contenance, c'était à cause d'elle. Par conséquent, s'il s'était jeté dans la gueule du loup, elle était seule fautive.

Non ! se tança-t-elle. Ce n'était pas le moment de réfléchir mais d'agir. Elle fuirait, le sauverait – ou vengerait sa mort. D'une manière ou d'une autre, elle devrait affronter l'ennemi.

Comme les trois inconnus avançaient vers la cabane, Laura se mit en quête d'une arme. Peu de choix s'offrant à elle, elle empoigna le plus gros des morceaux de bois restants et se fondit dans l'ombre.

La porte s'ouvrit brusquement et un homme entra dans la cahute.

— Son cheval est ici ! cria-t-il à ses comparses. C'est bien ce que nous pensions. Il n'est pas parti vers le sud.

Tapie dans son recoin, Laura observa les deux individus qui entrèrent à leur tour. Puis, aussi vive que l'éclair, elle asséna un violent coup sur le crâne du troisième homme qui tomba comme une masse sur le deuxième, qui trébucha. Médusé, le chef n'eut pas le temps d'articuler un mot avant de recevoir le gourdin en plein visage. Laura se baissa et saisit promptement l'arme qu'il avait laissée tomber.

— Cela vous apprendra à vous en prendre à des innocents ! s'exclama-t-elle en cinglant l'air avec la lourde épée.

La lame n'atteignit pas sa cible car on venait de la saisir par la taille. Pendant qu'elle gesticulait et se démenait comme un beau diable, deux des hommes se relevèrent et roulèrent des yeux ébahis. Le troisième gisait toujours au sol. Elle n'avait pas vu arriver le quatrième, celui qui la retenait captive.

— Par tous les saints ! jura celui-ci.

Laura se démancha le cou pour braquer un regard ahuri sur William Ross. Avec brusquerie, il la relâcha.

— Vous ! souffla-t-elle.

Il la considéra d'un air peu amène.

— Dieu soit loué, ils ne vous ont pas tué ! ajouta-t-elle.

— Qu'est-ce que vous racontez ? Seriez-vous dérangée ?

— Je… mais… où étiez-vous passé ? demanda-t-elle dans un murmure.

— Je marchais sur la plage pour me calmer et éviter de vous étrangler.

— Et ces hommes… je… je suppose que ce sont vos gens.

— Oui. Je ne les ai vus que lorsqu'ils ont franchi le seuil.

Elle entendit dans son dos un gloussement qui se transforma en toussotement. William fusilla ses hommes du regard.

— Pour une personne qui prétend agir de manière logique et planifiée, vous m'étonnez ! commenta-t-il. Vous vous êtes comportée comme le plus imprudent des marmots.

— Espèce d'ingrat ! Et dire que j'avais l'intention de tuer ces individus parce que j'ai cru qu'ils vous avaient ôté votre misérable petite vie !

Un sourire méprisant courut sur les lèvres du laird.

— Ah ? Et comment comptiez-vous procéder ? En les frappant avec une bûche vermoulue ? Jocky a le crâne plus dur qu'on ne le croit.

William se tut un court instant.

— Mademoiselle Percy, reprit-il, ce n'est pas une malheureuse brindille qui va blesser un Highlander.

— Permettez-moi d'en douter, rétorqua-t-elle en jetant un regard de défi en direction du nommé Jocky qui se massait la nuque.

Le laird désigna du menton les deux autres hommes qui ne perdaient pas une miette de la joute verbale opposant leur maître et la jeune femme.

— Et qu'auriez-vous fait de ces quatre bras costauds s'ils avaient essayé de vous occire ?

— J'avais un plan. Je suis parfaitement capable de me débrouiller seule !

— Vous parlez d'un plan !

L'air menaçant, il s'approcha, pointant sur elle un doigt accusateur.

— S'il y avait eu une once de jugeote dans votre petit crâne, vous auriez sauté sur mon cheval et décampé. Au passage, vous auriez bousculé deux de ces hommes – comme au jeu de quilles – et auriez été loin avant qu'ils n'aient eu le temps de dire ouf.

William s'approcha du feu et donna un coup de pied dans les cendres pour étouffer les braises. Jocky prit la parole.

— Mam'zelle, vous avez bien fait de suivre votre idée. Je préfère de loin recevoir un coup sur la caboche que de passer sous les sabots de cet animal.

— Tiens ta langue, veux-tu ? ordonna William Et vous, ramassez vos affaires, lança t il à Laura. Trêve de bavardage, je vous raccompagne à St. Duthac.

Sans plus de cérémonie, il lui tourna carrément le dos. Ce soudain mépris chagrina Laura. Manifestement, il lui tardait de se débarrasser d'elle…

William interrogea ses hommes – qui ressemblaient davantage à des vagabonds qu'à de vaillants guerriers.

Tout en écoutant leur conversation, Laura mit son manteau, noua le ruban autour du cou. Ses compagnons ne rechignèrent pas quand leur maître les réprimanda sèchement.

Ceux-ci expliquèrent au laird leurs pérégrinations. Suivant le flair légendaire de Jocky, ils avaient pris au nord. À cause de la tempête, ils avaient dû s'arrêter pour la nuit et avaient dormi dans les ruines du château de Loch Fleet. Au petit matin, ils avaient repris la route en direction des cabanes de pêcheurs. Jocky savait que William, dans ses périples d'adolescents, avait maintes fois utilisé ces abris précaires. La fumée s'élevant au-dessus du toit de chaume avait confirmé ses soupçons.

Aux yeux de Laura, il semblait parfaitement incongru qu'un laird voyage sans escorte. Finalement, elle comprit que ces gens n'étaient autres que des fermiers dévoués à la cause de leur maître.

Ces trois individus avaient tout l'air d'être de joyeux drilles qui devaient régulièrement accompagner William dans ses frasques. Plus souvent qu'à leur tour, ils avaient dû avoir maille à partir avec les Sinclair.

Il suffisait de les entendre : ces hommes sacrifieraient leur vie pour William Ross.

Comme ils n'en finissaient pas de discuter et continuaient de l'ignorer, Laura alla chercher un semblant de réconfort auprès d'Invincible dont elle caressa l'encolure. Le contact avec la robe de l'animal était doux et chaud. Son odeur lui rappela soudain les écuries familiales, dans le Yorkshire. Plus elle caressait le cheval, plus elle sombrait dans la rêverie – ou le souvenir du tragique passé de sa famille.

Ressaisis-toi et oublie le passé ! Vis au jour le jour, se sermonna-t-elle.

L'avenir se présentait sous des auspices relativement favorables. Catherine était mariée à un comte. Jamais elle n'aurait imaginé qu'une de ses sœurs épouserait un Highlander, et encore moins aussi vite. Leur séjour au fin fond de l'Écosse n'avait au départ qu'un seul objet : leur sécurité.

Le destin semblait en avoir décidé autrement. Sur un chemin semé d'embûches, Éros avait décoché une flèche et fait une heureuse victime. Catherine.

9

Les deux moines campés devant la chapelle d'Ironcross Castle arboraient une mine sombre. Ils s'écartèrent pour laisser passer une nuée d'enfants chahuteurs qui franchissaient le seuil du sanctuaire, chaperonnés par plusieurs dames grondeuses.

Le laird des MacInnes et son épouse contemplèrent leurs enfants qui jouaient à se lancer des boules de neige. L'écho de leurs voix rieuses résonna sous les arcades menant à la cour intérieure du château.

Quand les serviteurs les dépassèrent à leur tour, le premier moine, un grand échalas boiteux, émit un juron inaudible. L'air guilleret, un prêtre bedonnant qui les avait repérés s'approcha. Les deux religieux entreprirent de rebrousser chemin.

— Frère Jacob ! s'exclama le prêtre en s'adressant au petit louchon, le deuxième moine. Quelle divine surprise de vous savoir de retour aussi vite ! Ce mauvais temps ne vous a pas trop retardé ?

— Non, non, grommela Jacob.

— Vous m'en voyez ravi. Avez-vous accompli votre œuvre de charité dans le nord ?

Manifestement embarrassé, le louchon braqua un regard plein d'attente sur l'échalas boiteux, son acolyte et supérieur, qui vint à son secours et prit immédiatement la parole.

— Jacob souhaitait rendre visite à notre frère malade, à Inverness. Son voyage s'est avéré vain, car notre frère s'était déjà endormi dans les bras du Seigneur.

Le prêtre bedonnant eut une moue compatissante.

— Paix à son âme! Voilà une bien triste nouvelle. Une perte pour votre ordre… et pour l'Église, bien sûr. Mais il y a sans doute un enseignement à tirer de cela. Vous, les moines anglais devriez songer à prendre un peu d'embonpoint. Les hivers sont extrêmement rigoureux, dans les Highlands. Courez voir Gibby, aux cuisines. Avec elle, vous serez comme des coqs en pâte. Hé! Hé! quand je suis arrivé ici, j'étais aussi maigre qu'un moineau. Voyez le résultat.

— Père, coupa l'échalas boiteux, je crains, justement, que nous ayons besoin de votre aide. Pour une raison qui nous échappe, la cuisinière nous a pris en grippe. Elle nous refuse l'accès à l'office. J'ignore si c'est parce que nous sommes anglais, mais elle semble avoir ordonné à ses commis de nous servir de minuscules portions. Si vous acceptiez d'intercéder en notre faveur… Une recommandation de votre part ferait toute la différence.

Le prêtre frotta pensivement son double menton.

— Hum… je vais voir ce que je peux faire, mes amis.

— Veillez à nous réserver un bon souper, mon père.

Le prêtre bedonnant opina du chef, marmonna dans sa barbe et s'éloigna d'un pas pressé vers la grand-salle d'Ironcross Castle au-delà de laquelle se trouvaient les cuisines.

Les deux moines entrèrent dans la chapelle à présent déserte. Quand l'échalas boiteux claqua la porte derrière eux et lui fit face, le louchon eut un mouvement de recul.

— Rien n'était plus simple! fulmina-t-il, le regard étincelant de colère. On vous avait tout préparé. Il ne vous restait plus qu'à cueillir la jeune femme et à l'amener ici.

— Oui… mais elle était absente quand nous sommes arrivés. Et la mère supérieure s'est jouée de nous en la faisant passer pour la fille de son factotum. Le temps de nous retourner, elle avait déjà pris la poudre d'escampette.

— Imbécile ! Vous connaissez le châtiment réservé à ceux qui échouent.

— Je n'ai pas échoué ! Je… je sais où elle se cache, balbutia le louchon.

— Dans ce cas, vous auriez dû vous jeter à ses trousses. Je n'ai pas rêvé, vous aviez des hommes pour vous seconder. Au lieu de cela, vous revenez bredouille, en geignant comme un abruti.

— Mais… nous ne pouvions pas prévoir que le laird des Ross s'apprêtait à l'enlever sous notre nez.

— Quoi ? Vous disiez qu'elle s'était enfuie…

— Oui, avec l'aide de William Ross. Elle a dû préparer elle-même son enlèvement. Ce n'est pas possible autrement. Le maraud l'a ravie sur la place du marché puis l'a aidée à s'enfuir. Ensuite, ils ont disparu dans la tempête. Le scélérat a dû la conduire à St. Duthac, à Tain, j'en suis quasiment certain.

— Que ces Highlanders aillent tous rôtir en enfer ! pesta le grand en claudiquant jusqu'à l'autel – le petit le suivit tel un chiot obéissant. Ces demeurés de St. Duthac ne s'étaient peut-être même pas aperçus de l'absence de Laura Percy.

— Je les ai pourchassés jusque sur les terres des Ross, et j'ai pensé que vous ne voudriez pas combattre leur clan pour cette demoiselle.

— Nous la tenions, cette petite garce ! s'emporta l'échalas boiteux en tapant du poing sur l'autel, ce qui fit vaciller les flammes des cierges. D'après vous, elle serait donc à St. Duthac ?

— Oui, le sanctuaire de Tain. Le frère du laird des Ross en est le prévôt.

— Dire que c'est exactement l'endroit où elle devait initialement se rendre ! Les Sinclair vous ont-ils été d'une aide quelconque ?

— Non. Si la mère supérieure de ce petit couvent ne s'en était pas mêlée… Elle a persuadé les guerriers des Sinclair que Laura Percy avait suivi le laird de son plein gré. Alors ils n'ont pas cherché plus loin, ils ont baissé les bras. Et si je désirais tant retrouver Laura, a-t-elle dit, je n'avais qu'à demander à William Ross. Cette religieuse est d'une incroyable perfidie. J'ai fait de mon mieux, je vous le jure.

Les yeux rivés sur ses mains osseuses, l'échalas garda le silence un long moment avant de répondre posément.

— L'opportunité de la capturer par nous-mêmes nous a échappé. Heureusement, dans notre malheur, la chance nous sourit. Les Chevaliers du Voile brillent par leur ânerie, car ils ont choisi la Lame de Barra pour me prêter main-forte.

Laura remercia avec gratitude le novice pour les vêtements secs qu'il lui apportait et ferma la porte de la modeste cellule qu'on lui avait préparée. Dès qu'elle se serait changée, elle rencontrerait le père prévôt. Malgré l'heure tardive, elle était impatiente de faire sa connaissance.

Le message l'informant de son retard n'était visiblement jamais parvenu à son destinataire, ce qui ne fit qu'accroître son sentiment de gêne vis-à-vis de ses hôtes. Elle s'en excuserait bientôt et tenterait d'établir une relation de confiance avec le maître des lieux – contrairement à celle, plutôt hostile, bâtie avec son frère aîné, William.

Elle fut surprise et soulagée de découvrir des vêtements soigneusement empilés sur le coffre en bois. Il s'agissait de ses effets personnels qu'on lui avait retournés de Ste Agnes, à la demande expresse du prévôt.

Gilbert Ross semblait infiniment plus prévenant que le laird.

En ôtant sa robe, Laura réalisa qu'elle portait toujours la chemise de William. Rêveuse, elle examina les manches retroussées de l'habit trop ample pour sa frêle personne et le souvenir des moments d'intimité qu'ils avaient partagés lui revint. Elle frissonna d'aise, poussa un long soupir, et finit de se déshabiller.

Après s'être rapidement débarbouillée au-dessus de la table de toilette, elle peigna ses longues boucles emmêlées en songeant à tout ce qui s'était passé en si peu de temps.

— Bon, ce voyage est bel et bien terminé ! marmonna-t-elle. Estime-toi heureuse. C'en est fini de son arrogance, de cette... promiscuité.

Laura enfila une nouvelle chemise – Dieu merci, un sous-vêtement féminin – ainsi qu'une robe austère dont elle noua les lacets de l'encolure. Ses pensées dérivèrent de nouveau. Elle se remémora le périple depuis la cabane de pêcheurs jusqu'à St. Duthac. Laissant ses trois compagnons le suivre à pied, le laird s'était empressé d'enfourcher Invincible. Durant leur chevauchée vers le sud, il ne lui avait pas une seule fois adressé la parole. Impossible de savoir si son humeur s'était apaisée.

Qu'avait-elle fait pour susciter chez cet homme une telle indifférence ?

Était-ce l'accueil qu'elle avait réservé à ses hommes lorsqu'ils avaient pénétré dans la cabane ? Ou alors lui reprochait-il d'avoir mis un terme à leurs ébats ? Si tel était le cas, il devrait plutôt lui en être reconnaissant...

Parvenu dans la cour de St. Duthac, William l'avait fait descendre de cheval sans ménagement. Puis, après l'avoir conduite jusqu'à la salle capitulaire, il était remonté en selle et avait détalé sans autre forme de procès.

Un vieux religieux plutôt grincheux répondant au nom de Francis l'avait ensuite menée à sa cellule sise dans un bâtiment jouxtant la salle capitulaire.

Fin prête, Laura sortit dans le corridor.

Deux raisons expliquaient son impatience à rencontrer Gilbert Ross. Certes, elle désirait entrer dans les bonnes grâces du père prévôt, mais surtout elle brûlait d'avoir des nouvelles de sa sœur Catherine, après ces longs mois de séparation.

Le novice l'accompagna jusqu'à l'étude du prévôt. En chemin, Laura observa attentivement les lieux qu'un lourd silence imprégnait de solennité. Les corridors déserts, la sérénité et l'ordre qui régnaient, la chaleur, la propreté, tout témoignait d'un grand sens de l'organisation. À première vue, le père prévôt semblait mener sa communauté religieuse d'une main de maître.

Le novice frappa trois coups à la porte du cabinet de travail. Une voix masculine répondit aussitôt et le garçon fit signe à Laura. Alors qu'elle avançait, elle buta dans une masse énorme étendue sur les dalles. Le prévôt la rattrapa promptement par le bras et se confondit en excuses.

— Je suis navré, mademoiselle Percy ! Willie a la sale manie de se coucher là où il ne faut pas.

Sans bouger, le gros chien leva son regard ensommeillé vers l'intruse. Il étira une patte puis une deuxième, et bâilla à s'en décrocher la mâchoire.

— Willie... répéta machinalement Laura. J'espère que je ne lui ai pas fait mal.

— Ne vous inquiétez pas, vous l'auriez entendu protester. Malgré son air de molosse, c'est une bête inoffensive. C'est vraiment une bonne pâte.

Un sourire aux lèvres, Laura détailla son hôte. Hormis le grand gabarit, il ne ressemblait pas à son frère, le laird. Ses traits étaient plus fins, son teint plus pâle. À la différence de William, Gilbert arborait un large et chaleureux sourire.

— Je vous remercie de me recevoir à une heure aussi tardive, dit-elle.

— C'est un plaisir de faire *enfin* votre connaissance. Votre cellule vous satisfait-elle ?

— Oui. Merci pour tout, père prévôt. Avant toute chose, j'aimerais que vous acceptiez mes plus sincères excuses pour n'être pas arrivée lorsque vous m'attendiez. J'aurais dû remettre ma lettre à un messager plus à même de vous la délivrer.

— Ce n'est rien, mademoiselle Percy. Je suis le premier fautif.

— Pardon ?

— Voyez-vous, jusqu'à ce que je reçoive une missive du vénérable comte d'Athol, j'ignorais tout de votre venue.

Gilbert l'invita à s'asseoir sur le banc.

— La mort du précédent prévôt nous a tous bouleversés, enchaîna-t-il. Personne n'avait prévu sa triste fin. Ah... les voies du Seigneur sont impénétrables.

Il leva les yeux au ciel, marqua une pause, et reprit :

— La correspondance entretenue avec votre mère a hélas ! été perdue, ainsi que d'autres papiers d'importance.

— Ah ?

Laura jeta un coup d'œil sur les piles de manuscrits, les registres bien alignés. Un encrier et des plumes trônaient en bout de table.

— Disons plutôt qu'ils ont été égarés. Nous avons néanmoins retrouvé certaines des lettres de votre mère. Les ayant parcourues, je comprends le secret qui entourait votre arrivée. Je suppose que mon prédécesseur a choisi de ne pas nous annoncer votre venue, ni même aux pensionnaires du couvent voisin, afin de vous protéger.

Ces dernières paroles attisèrent la curiosité de Laura.

— Si vous n'y voyez pas d'objection, je souhaiterais prendre connaissance de ces lettres.

— Bien sûr. Je vous les transmettrai demain, si cela vous convient.

— Merci.

— Ma négligence m'est apparue lorsque j'ai reçu une missive de l'époux de votre sœur. C'est alors que j'ai demandé l'aide de mon frère, le laird des Ross.

L'idée qu'elle ait osé assommer son sauveur la mortifia soudain.

— Heureusement, mon frère est très doué lorsqu'il s'agit de se faire des amis dans... disons, toutes les classes de la société. Deux jours seulement après ma requête, on l'informait de vos fréquentes visites au marché de Fearnoch.

Le prévôt s'approcha, plongea ses yeux bleu azur dans ceux de Laura.

— J'ai oublié de vous demander si vous aviez fait un agréable voyage.

Laura s'empourpra. La naïveté avec laquelle il venait de s'exprimer lui parut suspecte. Le laird avait dû s'entretenir avec son frère. Que lui avait-il dit ? Était-il allé jusqu'à lui narrer leur nuit passée dans la cabane ?

— Tout a été… parfait, bredouilla-t-elle. Hormis le fait que… je n'avais jamais voyagé par si mauvais temps.

— Oh ! Cette tempête n'en finira pas, soupira son interlocuteur en ouvrant le battant d'une armoire.

Laura darda un regard scrutateur sur les rayonnages où étaient méticuleusement rangés des ouvrages reliés, des parchemins enrubannés, des dossiers en cuir débordant de documents.

Quand son regard croisa celui du prévôt, elle s'aperçut qu'il l'observait avec sérieux. Une pensée fugitive la traversa. Et si William lui avait raconté avec force détails leur houleuse rencontre ?

— Est-ce que… votre frère s'est lui aussi plaint des intempéries ? s'enquit-elle.

Une lueur malicieuse brilla dans les prunelles de Gilbert Ross.

— Vous me demandez si nous avons parlé de la pluie et du beau temps ? Non, mademoiselle Percy.

— Hum… Je vous le confesse, lorsque votre frère s'est approché de moi, sur la place du marché, j'ignorais ce qu'il avait en tête. Alors j'ai… il y a eu une petite échauffourée. Les ennuis ne faisaient que commencer…

Laura émit un long soupir avant de relater le cours des événements, en omettant bien entendu ces instants d'égarement où elle avait embrassé William Ross.

— Par conséquent, conclut-elle, les yeux rivés sur ses mains crispées, votre frère me déteste. Il m'en veut sans doute d'avoir transformé une simple mission en pénible expédition. Cependant, malgré ce qu'il a dû vous dire me concernant – mon égoïsme, mon ingratitude ou je ne sais quoi d'autre –, sachez que je lui suis reconnaissante de m'avoir secourue, ainsi que je vous le suis de m'offrir l'hospitalité.

Un long silence emplit la pièce. Quand Laura leva les yeux et regarda son interlocuteur, le prévôt – qui s'était assis en face d'elle pendant son récit – la considérait avec attention.

— Y a-t-il autre chose qu'il vous ait raconté et que j'aurais omis de vous signaler ?

Un sourire malicieux joua sur les lèvres de Gilbert Ross.

— La sacoche. Quand William est entré dans l'étude, annonçant votre arrivée, il s'est mis à se plaindre à propos de la sacoche que je lui ai offerte le jour où il est devenu laird. Elle était, selon lui, trop large ou trop étroite, trop ornée ou trop peu, etc. Mais... pour être tout à fait honnête, il n'a fait aucune allusion aux péripéties que vous venez de me narrer.

Ne sachant que dire, Laura s'enquit de la « précieuse » sacoche.

— Était-ce un cadeau récent ?

Le prévôt ne s'était pas départi de son air espiègle.

— Non, non, elle a plus de deux ans. Avant ce voyage, il ne s'en était jamais plaint.

Les joues de Laura s'empourprèrent. Un déplaisant sous-entendu flottait dans la conversation. Regardant autour d'elle pour reprendre contenance, elle aperçut au-dessus du manteau de la cheminée le portrait d'une fillette. Ses grands yeux rieurs lui semblèrent familiers.

Avant qu'elle n'ait le loisir de formuler la question qui lui brûlait les lèvres, le père prévôt reprit la parole.

— Cette esquisse représente ma nièce. Elle s'appelle Miriam.

— Habite-t-elle la région ?

— Elle devrait. Cette enfant est orpheline. Pour répondre à votre interrogation, non, elle n'habite pas ici.

— Pourquoi cela ? Qui est son tuteur ?

— Ah... soupira-t-il en secouant la tête.

Il se leva de son bureau, s'approcha de l'armoire encore ouverte, y prit une lettre puis ajouta :

— C'est une longue histoire que je me ferai un plaisir de vous raconter quand vous serez reposée et habituée à votre nouveau foyer. Pour le moment, je pense que vous devez être impatiente de lire ce courrier envoyé par votre sœur. Il accompagnait le message du comte que je tiens également à votre disposition.

Le cœur de Laura battait à coups redoublés quand elle eut le parchemin entre ses mains tremblantes.

— Puisque vous voilà saine et sauve à St. Duthac, je vais écrire au comte d'Athol. Je suis heureux de pouvoir lui communiquer une excellente nouvelle.

— Père prévôt, je suis sincèrement désolée pour tout le souci que j'ai pu vous causer.

Gilbert Ross lui adressa un sourire bienveillant tandis qu'il la raccompagnait jusqu'au seuil.

— Oubliez tout cela. Lisez cette lettre, et reposez-vous. Demain, je vous ferai escorter jusqu'à notre couvent et vous présenterai à la mère prieure. Cependant, je préfère vous prévenir que la vie à St. Duthac n'est pas aussi trépidante que celle à laquelle vous étiez habituée.

— Je vous rassure, père prévôt, je ne désire rien tant que la paix.

Une domestique transportant une pile de bols en bois dépassa la fillette assise près de l'âtre, et gagna les cuisines. La clameur des hommes qui se querellaient dans les appartements du laird traversa les murs, parvint aux oreilles des gens qui s'affairaient dans la grand-salle.

— Est-ce que grand-père est encore fâché après moi, nounou Jeanne ? demanda l'enfant.

— Lord Herries a raison d'être en colère.

L'opulente gouvernante se leva afin d'examiner de plus près le motif de broderie sur le métier devant elles.

— Tu as sept ans, Miriam, ajouta-t-elle. Sais-tu ce que font les filles de ton âge ?

Scrutant la porte donnant sur la chambre de son grand-père, la petite hocha la tête, faisant voler ses boucles brunes.

— Elles cousent, elles tissent. Elles chantent et amusent les grands. Elles s'occupent du petit frère si elles en ont un, elles sont polies avec les personnes âgées si elles ne sont pas mortes.

La gouvernante fronça les sourcils.

— Et… quoi d'autre ?

Miriam haussa ses frêles épaules. Dans ses yeux d'un bleu céruléen on pouvait voir une lueur de tristesse bien trop précoce pour une enfant de son âge.

— Et elles n'ont pas peur dans le noir, chuchota-t-elle timidement.

— Pas peur dans le noir, répéta d'une voix haut perchée la gouvernante. Peux-tu m'expliquer pourquoi tu t'enfuis de ton lit pour aller rôder dans les cuisines comme une voleuse ? Tu es une enfant bien trop gâtée, voilà ce que tu es, Miriam Ross. Je ne connais pas d'orpheline qui soit autant choyée.

La fillette se concentra sur son ouvrage. Un instant plus tard, son aiguille se planta dans son index. Elle fixa ses prunelles bleu ciel sur la goutte de sang qui perlait au bout de son doigt.

— Ah la la ! s'exclama la gouvernante en lui retirant vivement l'ouvrage des mains. Regarde ce que tu es en train de faire ! Allez, ouste ! Et surtout ne t'essuie pas sur ton tablier tout propre. Ne reviens que lorsque tu auras cessé de saigner.

Miriam se leva lentement et jeta un coup d'œil inquiet vers la porte menant à la chambre de son grand-père.

— Est-ce que je peux montrer mon doigt à grand-père ?

— Lord Herries t'a déjà dit qu'il ne désirait pas te voir. C'est un homme très occupé, il n'a pas de temps à perdre avec toi. Allez, file !

10

Dans les appartements du laird des Ross, chaque détail rappelait à William son douloureux passé. La profusion d'ornements dans la bibliothèque et dans la chambre lui faisait penser à Mildred, l'épouse de son regretté frère.

Dans son esprit, cette chambre resterait à jamais celle de Thomas. Par respect pour sa mémoire, il avait laissé les lieux en l'état. Incapable d'effacer les souvenirs et le sentiment de culpabilité, il suffoquait presque chaque fois qu'il franchissait le seuil de la pièce voisine, la bibliothèque. La colère sourdait en lui, prête à exploser.

Des tapisseries raffinées parant les murs au bureau très orné assorti au cabinet rapporté de Paris à l'initiative de Mildred, tout évoquait la frivolité – défaut majeur de l'épouse de Thomas.

Ce décor chargé lui inspirait du dégoût. Pour elle, pour lui-même, pour tout.

— J'ai dit au messager de Hoddom Castle que tu ne savais pas combien de temps tu comptais t'absenter. En tout cas, il est ravi de profiter du feu de cheminée dans la grand-salle. Lord Herries lui a ordonné de ne pas revenir sans une réponse de ta part.

William tourna le dos à Edward, colosse et meneur chevronné des guerriers du clan des Ross, et traversa la pièce jusqu'à la fenêtre la plus proche. Il ouvrit en claquant le volet de bois, respira à pleins poumons l'air vivifiant du matin et embrassa du regard la cour enneigée, le paysage vallonné et cotonneux. Tout était si paisible… songea-t-il.

Sous un ciel sans nuages, un vent mordant soufflait en direction des montagnes dressant leurs cimes au nord-ouest, balayait l'étendue cristalline en quête de voyageurs imprudents, ses prochaines victimes.

Edward tapota sur le bureau pour attirer l'attention du laird.

— Je pose la lettre de lord Herries ici, Will, ainsi que d'autre correspondance que tu daigneras consulter.

Nul besoin de briser le sceau, se dit William. Il savait exactement ce que contenait la missive.

— Quand tu auras fini de travailler, Will, tu pourrais nous rejoindre sur le terrain d'entraînement. Ça te changerait les idées, non ?

Edward marqua une pause. Par-dessus son épaule, le laird le considéra d'un air peu amène.

— Y a-t-il un problème ?

— Euh… Rien d'important. Enfin… si ! Par tous les saints, Will, quand on a appris que tu étais parti à Fearnoch sans nous – tes fidèles guerriers – eh bien… disons que certains d'entre eux ont été déçus. Ils ont pensé que leur laird les jugeait incapables d'affronter trois misérables Sinclair.

— Bon sang ! Dis-leur que…

Il hésita.

— Dis-leur que je les respecte infiniment, et qu'ils sont dignes des plus glorieux combats.

— Ils ont besoin de l'entendre de ta bouche.

William croisa le regard résolu de son interlocuteur.

— Ces entraînements avec toi leur manquent, ajouta le guerrier.

Le laird fit face à Edward et s'exprima posément.

— Comme tu me l'as souvent seriné, nous avons grandi ensemble. D'ailleurs, c'est avec toi que j'ai ferraillé pour la première fois. Je ne t'oublie pas, ni toi ni les autres. D'après Thomas, les guerriers des Ross ont toujours été – et le sont encore – les plus vaillants hommes des Highlands. Mon frère…

— S'il te plaît, le coupa Edward, une lueur farouche dans ses yeux gris. Ne parle pas de lui ! Tu es notre laird. Le clan Ross a besoin de toi.

— Nom d'une pipe ! Vas-tu me…

William s'interrompit et fit un effort surhumain pour garder son calme.

Son compagnon ne faisait qu'énoncer une vérité aussi insupportable qu'immuable. Quelles que soient ses réticences, il était laird. Par le sang et par le choix de son clan. Qu'il se sente indigne du titre importait finalement peu. Ses gens exigeaient un chef.

Bon, se tança-t-il. Puisque tel était leur souhait, il pouvait faire un effort.

— D'accord, dit-il. Dis-leur de se préparer à recevoir une bonne rossée demain matin.

Un sourire satisfait aux lèvres, le colosse entreprit de prendre congé puis s'immobilisa dans l'embrasure de la porte.

— Y a-t-il autre chose ? demanda William.

— Je sais… tu es à peine arrivé, mais… il y a deux fermiers de Strathory qui veulent absolument te rencontrer. Ils se bagarrent pour un cochon et un misérable seau d'avoine. Tu dois raisonner ces malheureux. Et puis, le vieux Raulf de Kinloch t'informe que les Munro ont de nouveau saccagé les terres de sa famille.

— Dès qu'arrive l'hiver, c'est systématique. Duncan Munro s'ennuie et il ne peut s'empêcher de semer la zizanie. Bon, envoie six hommes à Kinloch. Dis aux deux fermiers que je vais les recevoir.

— Et puis… il faudra songer aux travaux sur l'aile est du château, et embaucher un nouvel intendant. Robert était sacrément doué pour la gestion du domaine. Il aura fallu qu'il passe l'arme à gauche pour que tout le monde s'en rende enfin compte.

Edward se tut. Était-ce le souvenir du défunt qui le rendait soudain muet ou reprenait-il son souffle avant de lui asséner une nouvelle requête ? William ne le savait que trop : la tâche qui l'attendait était colossale.

— Blackfearn Castle a besoin d'un intendant qui ait les reins solides. Je te préviens, Will, je ne suis pas l'homme de la situation. Et puis… il y a les cuisines.

— Quoi, les cuisines ?

— La nouvelle cuisinière a décampé il y a deux semaines de cela.

Le guerrier lui adressa un clin d'œil malicieux avant de poursuivre.

— Elle a emmené avec elle un des marmitons. Bah ! de toute manière, elle était incompétente.

— Peux-tu me dire pourquoi tout part à vau-l'eau dans ce château ?

— Ça fait un moment que ça dure. Déjà au temps où Thomas était laird. Ça a commencé quand lui et lady Mildred ont passé de moins en moins de temps à Backfearn…

Edward se lança dans le récit de la belle époque du domaine des Ross.

Belle époque, tu parles ! songea William.

Il détestait se remémorer le passé, qui, en l'occurrence, allait fatalement avec son lot de souvenirs moroses. Sa belle-sœur, Mildred, n'avait jamais réellement fait l'effort de s'adapter aux Highlands, un milieu qu'elle estimait hostile. Elle préférait son petit confort, ses amies, la vie animée – et futile – de la cour. C'était elle qui avait forcé Thomas à passer l'hiver dans le sud. S'ils étaient morts noyés, c'était à cause de l'arrogance, de l'égoïsme sans bornes de Mildred.

William considéra avec attention le courrier qui l'attendait, l'empreinte du sceau de lord Herries, le père de Mildred.

— Une dernière chose, dit Edward, arrachant le laird à sa rêverie. J'ai oublié de te dire : tu as un message du prévôt.

— Réponds-lui que j'en ai assez de sauver les demoiselles en détresse.

Un large sourire fendit le visage du colosse.

— Ah... Ça ne m'étonne pas que tu aies insisté pour accomplir cette mission sans l'aide de tes guerriers. As-tu reçu une récompense qui valait la peine ?

— Tu parles d'une récompense ! marmonna William en se retournant vers la fenêtre. Si tu considères qu'une blessure au crâne est un cadeau...

Seigneur ! jura-t-il en silence. En cet instant, il refusait de penser à cette exaspérante donzelle. Les rêves indécents qui peuplaient ses nuits lui suffisaient amplement. La mémoire qu'il avait de la peau blanche et délicate de Laura Percy, de son corps endormi contre lui, de sa bouche tentante...

Non, se rabroua-t-il. Cette Anglaise était un vrai poison, une casse-pieds. En outre, elle était bien trop organisée à son goût. En résumé, une source d'ennuis.

— Et que réclame mon frère ? demanda-t-il avec agacement.

— Il voudrait s'entretenir avec toi. Dans sa missive, il précise que ce n'est pas la peine que tu fasses le voyage jusqu'à Tain car il viendra à Blackfearn dès que le temps le permettra. En fait, il aimerait entendre tes conseils avisés.

— Mes conseils ?

Edward opina et prit congé pour de bon, laissant William perplexe.

Sa vie était exempte de défis ou d'épisodes exaltants, se dit Laura. Rien ne venait bouleverser le cours tranquille des jours et des nuits d'un hiver particulièrement rigoureux... et austère.

Elle découvrait la rudesse du climat écossais.

Depuis environ deux semaines, les vents glacials s'engouffraient dans les allées de l'église de St. Duthac et du couvent adjacent. Une pluie verglaçante avait recouvert le manteau neigeux.

Franchissant la grille qui séparait le couvent de l'église, elle s'emmitoufla dans son manteau de laine et s'engagea sur le chemin impeccablement damé menant à la salle capitulaire.

La discipline et l'ordre régnaient à St. Duthac. Comme elle était inactive, Laura se jugea bientôt inutile à la communauté.

À quoi pouvait-elle s'occuper, si chaque tâche était soigneusement exécutée par les pensionnaires ? Soucieuse d'apporter sa contribution, elle en était arrivée à supplier qu'on lui attribue quelque besogne. On lui répétait inlassablement qu'en tant qu'invitée il était inutile qu'elle se préoccupe de choses matérielles.

Gilbert Ross s'avérait perfectionniste, et elle devait admettre que cela la rendait folle.

Évitant exprès le chemin damé, elle enfonça ses bottines dans la neige dont la croûte verglacée craqua sous ses pas. Laura ajusta sa capuche et se rendit à la salle capitulaire. Là-bas, au moins, elle pourrait taquiner frère Francis, le vieux religieux, qui finirait par lui confier un ouvrage. La rumeur selon laquelle le père prévôt s'était absenté pour la journée était parvenue aux oreilles des couventines, et elle espérait en profiter pour tromper son ennui en vaquant çà et là.

Son oisiveté forcée lui avait laissé tout loisir de s'abîmer dans le troublant souvenir de son périple avec William Ross. Elle s'était même risquée à poser quelques questions à une jeune pensionnaire. Celle-ci lui avait appris que le laird venait très rarement à St. Duthac.

Les jours passaient, tous semblables, sans le moindre signe de qui que ce soit venant de Blackfearn Castle.

Après un ultime coup de pied dans la neige, elle s'engagea sur le chemin damé.

Le vieux religieux l'attendait sur les marches du bâtiment et l'observait. Avisant l'air revêche de Francis, Laura esquissa un sourire innocent et tapa des pieds sur le sol pour ôter la neige de ses souliers.

Elle le suivit précipitamment dans le vestibule puis s'arrêta pour délacer le haut de son manteau.

Frère Francis jeta un regard noir aux vêtements de Laura dont les ourlets avaient traîné sur le sol enneigé.

— Retournez sur vos pas, mademoiselle Percy, je vous prie.

Laura scruta les dalles – une ligne neigeuse l'encerclait.

— Doux Jésus ! s'exclama-t-elle en affectant un air surpris. Bon… laissez-moi prendre un balai. Je serais bien ingrate de ne pas nettoyer derrière moi avant de regagner le couvent. Et… tant que j'y suis, je pourrais peut-être aider à la préparation du feu pour le repas de midi, aller si frère Hugo a besoin de moi aux cuisines. Je crois qu'il apprécie ma dextérité à manier le couteau à éplucher. Je sais aussi que les cierges de la chapelle nécessitent un entretien régulier, et…

— Et… coupa le religieux, vous risquez de ne plus me voir ici.

— Comment cela ?

— Si je vous autorise à flâner dans l'église et à accomplir les tâches normalement assignées aux novices, le prévôt m'enverra garder les moutons dans le vallon près de Carn Chunneag.

Francis eut un demi-sourire.

— Mais… je suppose qu'une demoiselle aussi bien élevée que vous ne peut s'empêcher de rendre service. Suivez-moi.

Il tourna les talons. L'air enjoué, Laura lui emboîta le pas.

— Cela dit, marmonna-t-il, le père prévôt pourrait aussi bien me réprimander pour vous avoir confié de la besogne hier ou le jour précédent.

— Je ne voudrais pas être discourtoise, frère Francis, mais je ne considère pas la copie de manuscrits comme une tâche ardue.

Par-dessus son épaule, le vieux religieux braqua sur elle un regard aigu auquel elle répondit par un chaleureux sourire.

— Néanmoins, je vous suis reconnaissante de me laisser vous aider.

— Hum…

Tandis qu'ils traversaient la salle capitulaire, Laura s'obligea à tenir sa langue. Elle observa au passage les hommes qui s'affairaient à divers travaux. Dans la chapelle, des menuisiers réparaient un immense paravent en chêne sculpté et des maçons remplaçaient certains ornements des plafonds voûtés. Elle tendit l'oreille lorsque Francis s'interrompit pour discuter avec le maître maçon des projets futurs, en l'occurrence des cheminées à bâtir dans diverses salles dès que le temps le permettrait.

Parvenu à l'étude de Gilbert Ross, Francis fit signe à Laura de s'asseoir à l'autre bout de la table de travail.

Elle ne tarda pas à tracer lignes et colonnes sur les pages vierges d'un épais livre de comptes destiné à collecter les chiffres de l'année à venir. Elle recopia ensuite certaines données. La tâche était fastidieuse mais, ravie d'être occupée, jamais elle n'aurait songé à se plaindre.

Laura termina l'exercice bien plus tôt que ne l'avait escompté le religieux. Comme celui-ci était absorbé par l'examen de documents, elle prit l'initiative de classer les registres, après quoi elle tailla sa plume.

Balayant du regard la pièce, elle fixa de nouveau le portrait de la fillette au-dessus du manteau de la cheminée. Les yeux écarquillés et le sourire naïf de l'enfant étaient rafraîchissants.

— D'après ce qu'on m'a dit, lança-t-elle, cette petite a grandi. L'esquisse date de trois ans, n'est-ce pas ?

Francis afficha une mine songeuse.

— En effet. Elle s'appelle Miriam. Miriam Ross.

— Je sais par le père prévôt qu'elle a perdu ses parents.

Laura se leva pour s'approcher de l'âtre et observer le portrait de plus près. Bien qu'elle n'eût jamais vu la mère de la fillette, elle était convaincue que l'enfant avait hérité des traits de la famille Ross. La ressemblance avec William était frappante.

— Oui. La paix du Seigneur soit avec eux ! Thomas et Mildred sont morts noyés en traversant à gué la rivière, aux environs de Ben Wyvis. C'est à une demi-journée de cheval d'ici. Le destrier de Mildred a trébuché, le courant l'a emportée. Thomas s'est jeté à son secours mais les eaux glacées et tumultueuses les ont engloutis. Voilà déjà deux ans que cette petite est orpheline…

Un brusque courant d'air traversa l'étude. Laura frissonna et se frictionna les bras.

— Qui s'occupe d'elle, à présent ?

— Son grand-père, lord Herries. C'est une situation temporaire qui, hélas !, prendra fin.

— Pourquoi cela ?

— Lord Herries est un vieil homme à l'article de la mort. Il souhaite confier la garde de Miriam à qui de droit tant qu'il est conscient.

— Où l'enverra-t-on ?

— Oh ! j'imagine qu'on l'accueillera dans quelque prieuré où des nonnes sévères mais justes veilleront à son éducation. Bien entendu, cela n'adviendra que si son gardien refuse d'en assumer la responsabilité.

Laura revint s'asseoir face au moine avant d'ajouter :

— Je suppose que ce gardien n'est autre que William Ross.

Francis repoussa le livre de comptes.

— Vous êtes perspicace, mademoiselle Percy.

Le vieux religieux observa un long silence. Il devait sans doute considérer la situation, songer à l'avenir de la petite Miriam.

— Si l'on exclut lord Herries, reprit-il, les seuls parents de cette enfant sont ses oncles, Gilbert et William. Thomas avait fait savoir qu'au cas où il leur arriverait malheur, à lui et à son épouse, il souhaitait que Miriam soit élevée à Blackfearn Castle, sous l'égide de William.

— Pourquoi le laird n'honore-t-il pas la volonté de son frère ? Que reproche-t-il à cette fillette ?

— M'est avis que William Ross a un problème avec tout ce qui touche de près ou de loin à sa famille. De même qu'il abhorre la discipline. Ce n'est pas un homme qui a le sens des responsabilités. La preuve : deux ans après le décès de son frère, il refuse d'assumer le rôle de tuteur qui lui incombe. Son obstination demeure pour moi un mystère. Cependant, il a beaucoup de qualités…

— Il est en effet courageux, commenta Laura. Pour être tout à fait honnête, je crois qu'il s'est montré sous un bien mauvais jour par ma faute.

— Ne vous fustigez pas, mademoiselle Percy. William Ross est l'homme le plus borné, le plus indiscipliné de toute la région des Highlands.

— J'ai pourtant constaté que ses gens avaient énormément de respect pour leur laird.

— Oui, vous avez raison. Les gens du clan, les serviteurs, tous éprouvent pour lui beaucoup d'affection. C'est un âpre combattant qui sait porter secours à ceux qui sont dans le besoin. Une personne résolue mais humble. Il est parfois d'un tempérament violent, mais il a un cœur en or. Ne vous y trompez pas, il y a de la grandeur chez lui.

— Il a prouvé sa bravoure à maintes reprises, concéda-t-elle. Ça ne l'a pas empêché de s'emporter pour un oui ou pour un non. Je n'ai aucun doute sur sa grandeur… si l'on se donne la peine de la chercher.

Le vieux religieux arbora un air malicieux.

— Je ne vais pas vous contredire, mademoiselle Percy, mais je persiste à penser qu'au fond de lui, William Ross est un homme bon. Je suis convaincu qu'il lui manque tout simplement *la* personne qui le remettra sur le droit chemin.

11

L'atmosphère était plus douce dans l'écurie que dans la cour. Il y régnait un parfum particulier, mélange d'effluves exhalés par les bêtes – chevaux, ânes et mulets –, et de transpiration des ouvriers. Malgré ses précautions, Gilbert Ross marcha dans du crottin, grimaça, et suivit son frère dans la pénombre.

Deux valets les dépassèrent, non sans saluer gaiement le laird et le religieux. Portant délicatement la chemise de son maître, un jeune garçon chétif s'avança.

— Désolé, milord, je ne pensais pas que vous reviendriez du terrain d'entraînement aussi tôt.

— L'arrivée inopinée du prévôt nous a interrompus, dit William en lui assénant une tape amicale.

Le garçon darda un regard révérencieux sur l'habit noir de Gilbert. Comme celui-ci levait une main pour lui donner sa bénédiction, le jeune se signa et déguerpit comme s'il avait le feu aux trousses.

— Quelle mouche l'a piqué ? s'exclama Gilbert.

Le laird émit un vague grognement et tourna les talons.

— Attends-moi, Willie ! Qu'as-tu encore raconté sur moi ?

— Je lui ai simplement dit que tu enlevais les enfants pour les enfermer dans les cachots de St. Duthac.

— Des cachots ? Il n'y a pas de cachots dans mon église ! se récria-t-il. Écoute-moi bien, Willie…

Le laird fixa méchamment son frère et désigna le gros chien qui se grattait nonchalamment l'oreille près de la porte de l'écurie.

— Au cas où tu l'aurais oublié, Willie, c'est ton abomination de chien. Moi, je m'appelle William, dit-il en reprenant sa marche assurée.

— Je ne suis pas sûr que graver ce genre de sornettes dans l'esprit de cet innocent garçon soit une bonne chose. D'autant que tu lui racontes n'importe quoi sur l'Église et ses serviteurs.

À la hauteur d'une stalle ouverte, William stoppa net et se retourna. Gilbert faillit le heurter. Chacun darda sur l'autre un regard querelleur.

Bien qu'ils soient à peu près de la même taille, on parvenait très aisément à les distinguer. Gilbert était grand, svelte, blond, portait la tonsure et faisait honneur à ses beaux habits religieux. William, quant à lui, avait de longs cheveux châtains négligemment attachés en une natte, et arborait une barbe de plusieurs jours. Son musculeux torse nu couvert de sueur témoignait du récent combat avec ses hommes.

— Est-ce la raison pour laquelle tu as voyagé jusqu'ici, père prévôt ? Pour me faire la leçon sur ta satanée Église ?

— Non, mais cet endroit en vaut un autre pour discuter. Et puis cesse de blasphémer, veux-tu ?

Le laird empoigna un seau vide qu'il flanqua dans les mains de son frère.

— Tiens, derrière toi. Apporte-moi de l'eau afin que je nettoie la stalle.

Gilbert opina et gagna la citerne, enfonçant ses bottes dans le crottin. En l'entendant émettre un grommellement contrarié, William éclata d'un rire tonitruant.

Son frère tenta de se venger en lui lançant à la figure un seau d'eau que William évita de justesse. Furieux, il se rua sur William. Tous deux tombèrent sur la paille et le crottin répandus sur le sol. Le laird prit vite le dessus, plaquant Gilbert face contre terre.

— Par tous les saints, William, relâche-moi ou je te jure que je te fais excommunier !

Le laird s'exécuta en marmonnant un juron inaudible et s'assit sur le seau renversé. Crachant la paille qu'il avait dans la bouche, Gilbert se releva gauchement.

Ils se fusillèrent du regard. Le gros chien noir vint se coucher nonchalamment entre eux, comme pour arbitrer leur joute.

— Bon chien, gloussa William. Ça, c'est ce que j'appelle un chien de garde !

Les deux frères éclatèrent de rire. Depuis les portes de l'écurie, plusieurs domestiques les observaient, perplexes.

— Robbie ! appela le laird.

Robbie, le jeune palefrenier, jeta un coup d'œil circonspect à son maître qui se relevait.

— Va me chercher un tartan propre pour le père prévôt.

— Bien, milord.

Comme le spectacle semblait terminé, les domestiques reprirent leurs occupations. William ramassa le seau qu'il alla remplir à la citerne.

— Je suis navré de constater, Votre Sainteté, ironisa-t-il, que votre odeur et votre apparence sont indignes de votre rang.

— Je te l'accorde… Willie.

Tandis que le Highlander se déshabillait et se lavait, Gilbert ôta son manteau, s'assit sur une botte de paille et ajouta :

— Avant que j'oublie, je ferais mieux d'en venir à l'objet de ma visite. J'ai reçu une lettre de lord Herries de Hoddom concernant la garde de Miriam.

— Pourquoi donc t'a-t-il écrit à toi ? s'enquit William en s'aspergeant le visage d'eau glacée. Je crois lui avoir déjà donné ma réponse…

— Qui apparemment ne le satisfait pas. Je ne te cache pas que je partage son opinion. Cette enfant est bien trop jeune pour qu'on l'envoie dans un couvent quelque part en France, au diable vauvert.

— Cette institution française fait également office d'école. Elle pourra s'y instruire. Qui sait… peut-être deviendra-t-elle plus intelligente que…

— Qui donc ?

— Eh bien… elle aura une chance de ne pas ressembler à ces autres fillettes que l'on gâte à la cour.

— C'est une Ross, William.

— Je sais. C'est aussi la fille de Mildred. Il est dans l'intérêt de cette petite qu'on lui inculque des principes différents de ceux qu'avait sa mère.

À ce moment, Robbie revint en courant et tendit à Gilbert le tartan propre.

— Merci, mon grand, dit Gilbert en s'approchant à son tour du seau d'eau tandis que William se séchait. Oui, bon… reprit-il en s'adressant à son frère, tout cela est bien beau, mais Miriam n'a aucune envie de nous quitter.

— Elle n'est qu'une enfant, ce n'est pas à elle de décider.

— Les dernières volontés de Thomas étaient que sa fille soit élevée à Blackfearn Castle. Pas dans un couvent je ne sais où en France, loin de sa famille. Thomas souhaitait que tu t'occupes de Miriam.

William lui lança un regard mauvais puis il enfila sa chemise et agrafa son tartan.

— Will, laisse une chance à cette petite. Héberge-la ici quelque temps.

— Blackfearn n'est pas un endroit où élever une enfant.

— Ce château est une forteresse qui ne demande qu'à être embellie. Et il faut que tu t'en charges. Que cela te plaise ou non, c'est toi le laird aujourd'hui.

Sans mot dire, William ajusta son baudrier.

— J'ignore de quoi tu as peur, cher frère, poursuivit Gilbert. Pour ma part, j'ai décidé de ne plus attendre après toi. J'ai pris les dispositions qui s'imposaient.

— Pardieu ! De quoi t'es-tu encore mêlé ?

— J'ai écrit à lord Herries et lui ai demandé d'envoyer Miriam ici.

L'air menaçant, William fit un pas en avant.

— De quel droit as-tu fait ça ? s'écria-t-il. Je te le répète, cet endroit n'est pas un endroit pour élever une enfant.

— Nous avons pourtant grandi à Blackfearn. Que reproches-tu à ce château ?

— L'époque a changé. Il y avait suffisamment de domestiques pour s'occuper du domaine. Et nous avions des parents, bon sang !

— Certes, mais nos parents n'ont jamais été contrariants. Ils savaient rarement ce que nous fabriquions. Finalement, nous n'avons quand même pas à nous plaindre.

— Miriam est une fille ! Je ne connais rien à la gent féminine. Par saint Andrew, que veux-tu que je lui apprenne ?

— Tu peux au moins essayer. À ta place, je me dépêcherais de me renseigner sur les choses qui intéressent les fillettes de son âge, car notre petite Miriam arrive dans deux semaines.

— Quoi ? Non, impossible ! Garde-la, toi.

Gilbert demeura silencieux un court instant.

— Écoute, voilà ce que je te propose. Tu l'accueilles, disons… un mois, et je t'envoie… une gouvernante pour assurer son bien-être.

— Par tous les diables, Gilbert !

Le prévôt tourna les talons et gagna les portes de l'écurie.

— Si tu souhaites me voir avant que je reparte pour St. Duthac, tu me trouveras à la chapelle. Quelques-uns de tes employés ont besoin de s'épancher.

— Va leur dire la messe, au lieu de fourrer ton nez dans ce qui ne te regarde pas.

— Pour ta gouverne, je ne suis pas seulement un prévôt au service de ses ouailles, mais aussi un frère qui se fait du souci. Et un oncle, également. Réfléchis, nous sommes sa seule famille. Ne laisse pas le passé gâcher les bénédictions que nous réserve le Seigneur. Écoute les conseils de ton frère, pour changer. Je sais ce que je dis.

Plongé dans un abîme de perplexité, William regarda Gilbert s'éloigner et sortir du bâtiment.

— Le château tombe en ruine ! commenta le prévôt. Ce n'est pourtant ni le personnel ni l'or qui lui manquent. On dirait que, pour mon frère, les travaux nécessaires représentent un obstacle insurmontable. Il est pourtant plein de bonnes intentions, frère Francis.

— Certes... répondit le vieux religieux en opinant du chef d'un air solennel.

Comme s'il venait de se rappeler sa présence, Gilbert Ross se retourna brusquement pour s'adresser à la jeune femme assise sur le banc et qui tendait une oreille attentive.

— Je suis navré, mademoiselle Laura, de vous embêter avec nos préoccupations. Je vais tâcher de ne pas parler de mon voyage à Blackfearn Castle, et je...

— Non, non... je vous en prie, répliqua-t-elle sur un ton un peu trop enthousiaste.

Songeant qu'elle devait faire preuve de retenue, elle poursuivit d'une voix plus sereine :

— Continuez, père prévôt. Le récit de votre visite à Blackfearn est fort intéressant.

Un silence se fit. Retenant sa respiration, Laura fixa ses doigts entrelacés. Quand elle releva les yeux, le prévôt avait reporté son attention sur le vieux moine.

— William n'a jamais eu le sens de l'organisation, précisa celui-ci.

— Il a toujours refusé d'importuner ses gens. Cependant, avec l'arrivée imminente de la petite Miriam...

— Sera-t-elle là avant Noël ?

— Oui, opina Gilbert. Jamais William n'aura le temps de préparer sa venue, afin de l'accueillir correctement.

Laura continuait d'écouter la conversation. Rien ne lui échappait. Le prévôt venait à peine de rentrer de son voyage à Blackfearn, et on l'avait autorisée à prendre part aux discussions, ce qui l'enchantait.

William Ross allait donc finalement s'occuper de sa nièce. La fillette aurait besoin de tant d'attentions ! Il lui faudrait un tuteur qui se charge de son instruction, une nourrice qui veille sur elle jour et nuit…

— Il ne sera pas prêt, trancha Francis, et vous le savez pertinemment. N'aurait-il pas été plus judicieux de la faire venir au printemps ?

— Non. Imaginez que lord Herries nous quitte cet hiver… Qui s'occuperait de la fillette ? Vous ne voudriez tout de même pas qu'elle se retrouve entre les mains d'étrangers ?

— N'avez-vous pas songé à l'accueillir ici ? intervint Laura. L'église de St. Duthac regorge de bonnes volontés.

Gilbert et Francis se regardèrent un court moment. En chœur, ils secouèrent négativement la tête.

— Impossible, dit le prévôt.

— Pourquoi cela ?

Laura réalisa soudain qu'elle dépassait les limites et empiétait sur leur domaine, leurs compétences. Elle n'avait pas à leur imposer son point de vue.

— Veuillez m'excuser, dit-elle. Je… c'est peut-être une solution à considérer. Pour le bien-être de cette enfant.

Gilbert s'approcha de la cheminée, tournant le dos à ses deux interlocuteurs. Le vieux moine, pour sa part, se frotta pensivement le menton avant de s'adresser à Laura.

— Voyez-vous, mademoiselle Percy, si judicieuse que puisse sembler votre proposition, Gilbert et moi-même pensons que ce serait une grave erreur. William se déroberait ainsi à ses obligations.

— Je ne comprends pas…

Gilbert leur fit face.

— Il a fallu deux ans à mon frère pour accepter d'accueillir notre nièce à Blackfearn Castle – une décision que je viens de lui soutirer non sans difficulté. S'il se dit qu'il y a une échappatoire – et notamment une solution aussi convenable que St. Duthac…

Tout devint subitement clair pour Laura. William n'acceptait sa nièce qu'avec beaucoup de réticence. Ces deux hommes l'obligeaient donc à prendre ses responsabilités en se servant d'un prétexte fallacieux – la santé déclinante de lord Herries de Hoddom, le grand-père de Miriam.

Mais comment s'épanouirait cette fillette dans une atmosphère aussi délétère que celle qui semblait régner à Blackfearn ?

Il était temps qu'une personne prenne la défense de cette enfant, se dit Laura. Que Miriam demeure auprès d'elle, ici, dans ce couvent, lui parut le recours le plus adéquat, le plus humain. Elle pourrait se charger de son éducation et se sentirait enfin utile.

— Père prévôt, commença-t-elle en se redressant, je ne suis pas d'une grande utilité à St. Duthac… Vous me confiez rarement de la besogne… peut-être m'autoriseriez-vous…

— Chère amie, c'est très généreux de votre part, l'interrompit Francis.

Laura se retint de les supplier d'accepter et riva ses yeux améthyste sur le vieux religieux. Elle parvenait presque à lire dans ses pensées, imaginait sa proposition qui cheminait dans les méandres de son cerveau.

— Ce n'est que mon devoir, frère Francis.

— En êtes-vous certaine, mademoiselle Percy ?

Le regard de Laura croisa celui du prévôt. Brusquement, le doute s'instilla en elle ; elle ne se sentit plus sûre de rien. Elle n'eut toutefois pas le loisir de répondre car Gilbert Ross prit la parole.

— D'après ce que j'ai compris, vous êtes dotée d'un excellent sens de l'organisation.

— J'ai, je crois, quelques compétences en la matière, répondit-elle timidement. L'instruction d'une enfant ne me paraît pas…

Le prévôt l'interrompit.

— Et vous êtes une travailleuse acharnée. C'est évident pour quiconque vous côtoie. À ce propos, frère Francis m'a déjà fait l'éloge de vos efforts.

Laura s'empourpra.

— Il n'y a pas si longtemps, poursuivit-il, vous me disiez vouloir relever un défi, vous atteler à une tâche ardue.

— En effet. Je…

— L'affaire est entendue, alors ! conclut Gilbert Ross d'une voix enjouée. Cependant, nous devrons tenir secrètes nos intentions, vis-à-vis de William.

En proie à la confusion, Laura considéra le prévôt.

— Mais… balbutia-t-elle, pourquoi ne pas informer son tuteur officiel ?

— Il ne faut pas, rétorqua Francis. Ah… soupira-t-il en se tournant vers Gilbert. Il y a tant de choses à faire ! Comment allons-nous justifier la venue de Mlle Percy à Blackfearn Castle ?

— À Blackfearn ? s'exclama Laura.

— Parfaitement. Nous devrons lui fournir une explication logique et nous assurer que votre séjour y sera des plus agréables.

Une soudaine bouffée d'angoisse lui noua l'estomac. Les deux hommes avaient-ils mal interprété sa proposition ? Non. Ils avaient – à son insu – élaboré un plan différent de ce qu'elle leur avait suggéré.

— Mais… ce n'est pas ce que… bredouilla-t-elle… ce que je voulais…

— Nous prenons à cœur tant le bien-être de Miriam que le vôtre.

Était-elle transparente au point qu'ils ne voient pas l'indescriptible trouble qui l'agitait ? Gilbert commença à arpenter la pièce puis s'immobilisa, absorbé dans ses pensées.

— Bien entendu, dit-il, jamais William n'accepterait d'emblée une telle idée…

Laura triturait nerveusement l'étoffe de sa robe.

— Nous pourrions tous les trois lui rendre visite, proposa Francis. Comme Noël approche, le prétexte est tout trouvé pour que je me joigne à vous. Et si nous emmenions d'autres pensionnaires…

— Mon frère va se méfier, si nous y allons trop nombreux.

— Eh bien, qu'il se méfie ! grommela le vieux moine. Nous arriverons les bras chargés de cadeaux.

— J'aimerais vous faire part de mon inquiétude… intervint Laura.

Campés près du feu, les deux hommes parurent ne rien entendre et continuèrent sur leur lancée.

Avait-elle son mot à dire ? eut-elle envie de s'exclamer.

— Mlle Laura nous accompagnera. Elle commencera par lui glisser quelques suggestions de-ci de-là. Son esprit brillant n'échappera pas à William.

— C'est exactement ce dont votre frère a besoin.

— Un peu d'aide et de bon sens, approuva Gilbert.

— Qui mieux que Mlle Percy pourrait lui prêter main-forte ?

— D'après ce qu'elle m'a dit, William lui a quasiment sauvé la vie. Ce n'est pas comme s'ils ne se connaissaient pas, ironisa le père prévôt.

Tous deux se tournèrent vers Laura qui fixait sur eux son regard impuissant. Frère Francis lui adressa enfin la parole :

— Eh bien, nous avons beaucoup à faire, il me semble. Combien de temps vous faut-il pour vous préparer ?

12

Bien qu'il n'y eût pas un souffle d'air, la torche que brandissait le grand Highlander produisait un léger chuintement et sa flamme dansait sur les sombres parois. Un silence de plomb régnait dans cette crypte humide qui exhalait une odeur de mort. Comme il balayait du regard les tombes vieilles de plusieurs siècles, un frisson le parcourut. Un moine vêtu d'une ample cape l'observait depuis l'embrasure de la porte.

— Dès mon enfance, j'ai entendu les légendes qui circulaient sur cet endroit, dit le Highlander.

Il effleura de la paume une inscription sculptée sur l'une des pierres tombales.

— Cette crypte a toujours eu un pouvoir sacré, ajouta-t-il. On le ressent, vous ne trouvez pas ?

— Vous n'aurez jamais autant de pouvoir que si vous réussissez à m'aider, répliqua le moine. Une fois que nous aurons déniché le trésor de Tiberius.

— Sans doute… Il paraît néanmoins que vos recherches ont récemment échoué.

Le grand chevalier fixa le religieux encapuchonné, campé à l'autre bout de la pièce. Impossible de distinguer ses yeux.

— Le suppléant du lieutenant général du roi n'était qu'un maraud âpre au gain, répondit le moine. Avec lui comme assistant, nous avions peu de chances de réussir. Il a d'abord insisté pour que nous capturions lady Diana Percy. Autant pourchasser un fantôme ! Incapable de la trouver, il s'est alors mis en tête que les sœurs

Percy enterraient stupidement leurs richesses quelque part en Angleterre. Je vous le dis, cet homme n'était qu'une brute épaisse, un personnage arrogant et égoïste.

— Ça ne vous a pas empêché d'obéir à tous ses caprices, rétorqua le chevalier en contournant une tombe. Il paraît que les sœurs Percy s'amusent à semer des indices.

— Elles ont surtout brouillé les pistes. Nous les aurions attrapées bien avant qu'elles n'atteignent l'Écosse si le défunt suppléant du lieutenant ne s'était pas aussi facilement laissé berner.

— Je n'ai pas de temps à perdre, l'ami. Qu'est-ce qui nous garantit que cette fois vous allez réussir ?

— Au lieu de déterrer un improbable trésor, nous avons décidé de suivre la trace des sœurs Percy.

Le Highlander fronça les sourcils.

— Il paraît aussi que votre tentative d'enlèvement de la cadette a été un vrai fiasco.

Le moine entortilla nerveusement ses doigts noueux. Sa voix basse se fit menaçante :

— Un Chevalier du Voile tel que vous ne devrait pas prêter l'oreille aux rumeurs.

— Nous… Je ne pénètre jamais dans une crypte les yeux fermés, l'ami. Bon, trêve de bavardage. Expliquez-moi votre plan.

Le moine encapuchonné resta silencieux un court instant, hocha la tête puis gagna le centre de la pièce qu'éclairait faiblement la torche du Highlander.

— Inutile de nous en prendre à Catherine Percy, dit-il. Comme elle est mariée au comte d'Athol, nous aurions besoin d'une armée dont nous ne disposons pas. En ce qui concerne la benjamine, Adrianne, nous ignorons où elle se terre. Par contre, nous sommes sur le point de localiser Laura. Elle sera bientôt entre nos mains. Voilà notre plan : en capturer une seule peut s'avérer aussi productif que capturer les trois. Si nous en tenons une, les deux autres rappliqueront.

— En êtes-vous sûr ?

— J'en suis convaincu. Je connais ces demoiselles depuis qu'elles sont toutes petites. Elles céderont sans hésiter. Elles sont prêtes à se sacrifier pour secourir leur famille.

Le grand chevalier s'approcha du moine.

— Je vous crois. Ce que je sais d'elles confirme vos propos. Elles ont un sens certain de la loyauté. Parlons peu, mais parlons bien. Comment voulez-vous que je ravisse Laura Percy ?

Le religieux eut un sourire entendu et posa une main difforme sur l'épaule de son interlocuteur.

— Moi aussi, j'ai entendu beaucoup de choses sur vous. La Lame de Barra n'échappe pas aux rumeurs, railla-t-il. Je ne pense pas que la Lame de Barra ait besoin de mon aide pour ce qui est de la gent féminine.

Sur le seuil de la grand-salle de Blackfearn Castle, Laura eut un brusque mouvement de recul et heurta Francis qui se tenait derrière elle. Un chien poursuivait de ses jappements aigus un mouton affolé.

Six guerriers torse nu accoururent en vociférant des ordres, encourageant le chien à rattraper sa malheureuse victime. La pauvre bête fut vite acculée dans un angle de la vaste pièce. Avec un cri de victoire, deux des hommes soulevèrent le mouton qu'ils brandirent tel un trophée, et l'emportèrent à l'autre bout de l'immense salle. Vers les cuisines, supputa Laura, interloquée.

Elle examina les lieux.

Découvrant le fauteuil très orné réservé au laird, sur l'estrade, ainsi que les tapisseries suspendues de travers, elle en déduisit que l'endroit avait été très élégant en son temps. À présent, on aurait dit une basse-cour – poules, canards, oies et dindons avaient trouvé refuge dans un coin. Des ordures ménagères jonchaient le sol çà et là, des tables et des bancs retournés gênaient le passage. Pour couronner le tout, une odeur nauséabonde empuantissait l'atmosphère.

En bref, se dit Laura, tout cela avait des airs d'arche de Noé au quarantième jour.

Francis prit la parole.

— Peut-être aurions-nous dû laisser le laird nous accueillir ailleurs.

— Oui, sans doute, répondit-elle.

Une voix masculine et familière retentit soudain :

— Ah, je crois qu'il est trop tard pour changer d'avis !

William Ross, lui aussi torse nu et transpirant à grosses gouttes, venait à leur rencontre.

Un accueil peu conventionnel, songea Laura

Sans qu'elle y puisse rien, son cœur se mit à battre la chamade. Il lui semblait qu'une éternité s'était écoulée depuis leur dernière rencontre.

Pour se donner une contenance, Laura décida de compter chacun des pas de la démarche fanfaronne du laird. Malgré tous ses efforts, elle ne parvint cependant pas à détacher son regard de son torse musclé. Il avait des abdominaux à faire pâlir Apollon.

Il s'inclina pour saluer ses hôtes, puis fixa sur elle ses yeux saphir. Un délicieux frisson la parcourut tandis qu'il la dévorait du regard.

William Ross était vraiment un homme magnifique. Il avait les traits énergiques, la stature robuste et élancée d'un guerrier. Laura rassembla son courage pour ne pas céder à la panique et tourner les talons.

— Que fait-elle ici ? s'enquit-il.

Eh bien, se dit-elle en révisant son jugement, le terme « magnifique » est de toute évidence exagéré…

— William, je crois que le prévôt vous a informé de notre visite, répondit Francis.

— Certes, mais il n'a jamais mentionné la venue de cette demoiselle.

— Est-ce votre conception de l'hospitalité ? questionna Laura en s'obligeant à conserver un ton cordial.

Hélas ! la proximité du guerrier anéantissait sa volonté de garder ses distances, de paraître indifférente. La lueur arrogante qu'elle lut dans les prunelles du laird l'agaça.

— Si ma présence vous importune, s'emporta-t-elle, ayez le courage de vous adresser à moi directement !

— Rassurez-vous, mademoiselle Percy, je vous connais suffisamment pour éviter de vous tourner le dos.

— C'est moi qui ai demandé à venir ici, rétorqua-t-elle.

Surpris, William la dévisagea.

— Ah ? Et pourquoi cela ? Vous êtes-vous inquiétée à mon propos ?

— Je suis venue vous proposer mon aide.

— Vraiment ? dit-il avec une moue dubitative. Votre aide pour quoi, exactement ?

— Écoutez, William...

— Frère Francis, coupa Laura en se tournant vers le religieux, laissez-moi m'entretenir seule à seul avec le laird. J'aimerais clarifier la situation.

À contrecœur, le vieux moine opina. Après un regard peu amène au Highlander, il se dirigea vers une table où s'étaient installés quelques hommes qui observaient la scène avec un amusement non feint.

— Mettez-vous toujours un point d'honneur à vous défendre seule ? s'enquit William.

— Toujours.

— Bon, à propos de ce moment seule à seul...

Il jeta un coup d'œil vers la table voisine.

— Étant donné ma réputation de coureur de jupons, chuchota-t-il, je suggérerais...

— Nous ne bougerons pas d'ici.

Lui flanquer une rossée, au nez et à la barbe de ses guerriers, n'aurait pas déplu à Laura, mais ce n'était ni le lieu ni le moment.

— Cette grand-salle conviendra parfaitement, ajouta-t-elle. Venons-en au fait. J'aimerais vous aider à préparer l'arrivée de Miriam, votre nièce.

Le laird croisa ses bras musclés sur son torse nu et la considéra avec attention. Comme il ne disait rien, elle continua :

— Elle sera bientôt là, n'est-ce pas ?

— C'est en effet ce qu'on m'a dit.

— Une enfant a besoin d'ordre et de...

Laura s'interrompit, balaya du regard le chaos alentour.

— ... et de stabilité. Un endroit paisible où elle puisse vivre, grandir et apprendre.

— Et vous vous êtes mis en tête d'apporter cela à Blackfearn.

— Je vous propose mes services.

— Dois-je comprendre que vous venez vous installer dans mon château ?

— Non... je veux dire... oui... Je resterai jusqu'à ce que vos affaires soient en ordre et la petite habituée à son nouvel environnement.

— Mes affaires sont en ordre, merci, répliqua-t-il sèchement. Ah... je parie que c'est une idée du père prévôt. Je présume qu'il a dressé un portrait peu élogieux de son cher frère.

— Peu importe, là n'est pas la question.

Elle croisa les bras, imitant la pose de son interlocuteur, et enchaîna :

— Il n'y a pas lieu de vous alarmer. Je n'ai pas l'intention de m'attarder chez vous. Peut-être un mois, tout au plus.

— C'est trop long.

Laura avait beau s'être préparée à l'hostilité du laird, sa réplique acerbe la blessa.

— Je ne suis pas ici pour vous, insista-t-elle. Et malgré la haine que vous nourrissez à mon égard, vous devriez avoir à cœur le bien-être de Miriam.

William se retourna brusquement pour faire signe au jeune valet qui tenait sa chemise et son tartan d'approcher. Laura étudia l'assistance. Elle ne fut pas étonnée de constater que tous les regards étaient rivés sur eux.

— Je vous promets, reprit-elle, de ne pas vous déranger pendant mon séjour.

— Vous ne vous occuperez que des affaires de Miriam.

Elle acquiesça.

— Et de rien d'autre. Pas d'intrusion dans la vie du clan des Ross, ni dans les activités du château ou dans ma façon de gérer le domaine. Je ne veux pas entendre parler de vous.

Elle opina de nouveau. Tant qu'aucune de ces restrictions n'interférait avec le bon déroulement de l'installation de Miriam, elle accéderait à ses desiderata.

— Entendu, dit-elle.

— Et rappelez-vous, conclut William Ross en dardant ses yeux saphir sur la jeune femme. Je ne vous veux pas dans mes pattes !

Jamais Laura n'avait accordé d'importance au confort matériel. Fort heureusement, car elle ne le trouverait pas à Blackfearn Castle…

La chambre que lui avait affectée William se situait aux étages supérieurs, dans l'aile est du château.

Robbie lui montra le chemin. Ce garçon occupait les fonctions de palefrenier, de domestique et, à n'en pas douter, de souffre-douleur du laird. À sa suite, Laura monta les marches d'un l'escalier en colimaçon puis traversa un étroit couloir qu'éclairait faiblement une fenêtre donnant sur la cour intérieure. Ils passèrent devant deux chambres spacieuses sur le plancher desquelles des congères peinaient à fondre et gagnèrent la porte au bout du couloir.

Tout à coup, un courant d'air lui glaça le sang. Elle leva les yeux et découvrit avec horreur des trous dans le toit. Pas étonnant, se dit-elle, qu'il fasse aussi froid !

— Qu'est-il arrivé au toit ?

— C'est la tempête de l'été dernier, milady. Les vents les plus terribles que j'aie jamais vus. Ils ont ravagé presque toutes nos récoltes.

— Je me rappelle de terribles bourrasques, en effet. C'était effrayant.

— J'avais pas peur, se vanta Robbie en ouvrant l'épais battant.

Il l'invita à prendre possession de sa chambre et prit congé.

Laura découvrit une pièce spartiate meublée d'un lit à une place et d'un coffre à linge. Le vent qui s'engouffrait dans la cheminée mugissait avec ardeur.

Le froid était supportable, se rassura-t-elle. Elle alla fermer le volet intérieur de l'unique fenêtre et décida d'allumer un feu avec le petit bois mêlé aux mottes de tourbe empilées près de l'âtre, à côté d'un vieux balai.

Elle esquissa un sourire ironique en voyant que la fumée s'évacuait par le toit plutôt que par le conduit de la cheminée. Lorsqu'elle souleva la paille entassée près du coffre, deux souris détalèrent le long du mur.

Le balai à la main, elle passa en revue coins et recoins, en quête d'éventuels occupants indésirables. À son grand soulagement, elle ne repéra aucune autre bestiole. Il ne lui fallut pas longtemps pour donner un semblant d'ordre à sa chambre ainsi qu'à ses modestes affaires qu'elle considéra un long moment.

Fuir son Yorkshire natal avait singulièrement réduit ses possessions… songea-t-elle. Refusant toutefois de se lamenter sur son sort, elle se ressaisit. Ses sœurs et elle étaient en vie. Le reste était de peu d'importance.

Alors qu'elle s'apprêtait à regagner la grand-salle, une vieille dame répondant au prénom de Marie parut timidement sur le seuil, les bras chargés d'un plateau sur lequel était disposé son dîner.

— Le laird a dit que vous souhaitiez souper seule dans votre chambre.

Médusée, Laura bredouilla un bref remerciement à l'intention de la domestique puis, furieuse, referma la porte.

— Le mufle ! fulmina-t-elle.

Décidément, tordre le cou à ce William Ross ne lui aurait pas déplu.

Prenant une longue inspiration pour recouvrer son calme, elle alla s'asseoir sur le coffre près du petit feu qui peinait à réchauffer la pièce et examina les mets qu'on lui avait servis. Le gigot roussi était immangeable.

Quant à la miche de pain, elle ne semblait guère plus ragoûtante. Elle reposa le plateau.

Qui sait… avec un peu de chance, le repas du matin serait plus appétissant.

— L'espoir fait vivre, murmura-t-elle en soupirant.

Les lueurs de l'aurore filtrèrent par les interstices du volet que Laura s'empressa d'ouvrir. Elle était fin prête pour entamer les menues besognes qui l'attendaient.

À peine avait-elle ouvert la porte qu'elle faillit se heurter à la domestique qui lui avait monté ce mémorable dîner.

— Marie, comme c'est gentil de me servir !

— Vous vous rappelez mon nom ? s'étonna la servante aux cheveux blancs.

— Bien sûr.

Un sourire chaleureux joua sur les lèvres de Laura. Elle avait décidé de ne pas se satisfaire des maigres pitances qu'on lui apportait, et encore moins de se laisser cantonner entre ces quatre murs.

— Attendez-moi une seconde, dit-elle en prenant le plateau des mains de la vieille femme et en le posant au pied du lit.

Elle jeta un coup d'œil dépité aux biscuits d'orge légèrement brûlés et à une bouillie douteuse. Si on traitait ainsi une inconnue, qu'en serait-il de la petite Miriam ? Elle rejoignit la domestique et lui tapota l'épaule.

— Je vous raccompagne ?

— Mais… votre déjeuner, milady.

— Je crois que je mangerai plus tard. Pour l'instant, j'aimerais vous suivre jusqu'aux cuisines et faire le tour du propriétaire.

— Mais le laird… il…

Laura se frictionna les bras et soupira. La volute de buée qui s'échappa de ses lèvres ne la surprit pas.

— Suis-je la seule à geler ? s'enquit-elle.

Marie ajusta son châle sur ses épaules et secoua négativement la tête.

— Avec les trous dans la toiture et aucun chauffage dans cette aile du château... c'est normal qu'il fasse aussi froid. Ici, même l'été, on craint les courants d'air. Vous dormiriez dans la cour que vous n'y verriez pas de différence.

— Le laird a eu malgré tout la bonté de m'y loger, ironisa Laura en suivant la domestique dans le long corridor. J'aime la paix, la sérénité. Et finalement, ce froid, c'est excellent pour le corps et l'esprit.

— Si vous le dites, milady, répliqua Marie avec un sourire édenté. Nous pensions que vous aviez dû lui faire quelque chose de terrible, au laird, pour qu'il soit aussi agacé.

— Agacé ?

— Oh oui ! gloussa Marie. D'ailleurs, je ne comprends pas pourquoi. Frère Francis nous a dit, à Janet et à moi, que vous avez une âme généreuse. Maintenant que je vous ai rencontrée, je pense qu'il a raison.

La domestique s'engagea dans un nouveau couloir sombre, évitant l'escalier en colimaçon que Laura avait emprunté la veille.

— Et qu'a dit d'autre frère Francis ? interrogea-t-elle en pressant le pas pour rattraper Marie.

— Ne me le demandez pas, milady, car je ne vous le dirai pas, répliqua-t-elle gaiement. Ces marches conduisent directement à l'office. Ça évite de passer par la grand-salle.

— Ah... Au fait, je ne voudrais pas que vous ayez des ennuis avec le laird à cause de moi.

Marie haussa les épaules.

— Bah ! je n'ai pas à me plaindre de mon maître. C'est un homme bon.

Elle jeta un regard amusé par-dessus son épaule en direction de Laura.

— Il a intérêt à bien nous traiter, déjà qu'il n'y a plus grand monde en cuisine...

— J'ai pourtant aperçu une dizaine d'hommes dans la grand-salle, hier.

— Ce sont les compagnons du laird. Ils ne sont bons qu'à s'exercer au combat et… quand ils ne se tournent pas les pouces, ils donnent un coup de main aux fermiers.

Marie eut une moue dubitative et enchaîna :

— Pour ce que j'en dis, moi, ils sont aussi utiles qu'un chien de chasse sans flair. Depuis la mort de l'intendant et le départ de la cuisinière, Janet et moi-même nous occupons de tout. On lave, on frotte, parfois on répare, on coupe le bois… Et puis, il y a Chonny.

— Qui est-ce ? Un enfant ?

— Non, milady, il est tout ce qu'il y a de plus adulte.

Marie ralentit l'allure, désigna une poutre basse tout en continuant de descendre les marches.

— Attention à votre tête. Chonny a perdu ses deux jambes quand il était petit, poursuivit-elle. Plus tard, quand ses parents sont morts de la peste – paix à leur âme –, on l'a installé dans le donjon et il s'est joint à la maisonnée.

— Cela doit être dur pour lui.

— Dur ? s'exclama la vieille domestique, moqueuse. Vous savez, il n'a pas trop à se plaindre. Tout ce qu'il fait, c'est lambiner en cuisine. On lui offre le gîte et le couvert. S'il n'avait pas un tempérament aussi rude, personne ne le remarquerait.

Quand Laura atteignit le palier menant aux cuisines, une forte odeur de porridge brûlé lui agressa les narines. Depuis le seuil de la vaste pièce, elle découvrit un épais nuage de fumée flottant au-dessus de tables massives sur lesquelles régnait un incroyable désordre : des plateaux, des bols, de la viande, de la volaille à tous les stades de préparation et une multitude d'objets non identifiables.

Des grondements attirèrent son attention. Deux chiens se disputaient un gigot de mouton. Une femme corpulente, visiblement plus âgée que Marie, se mit à s'égosiller pour récupérer la viande.

— C'est Janet, dit Marie.

Non seulement la nommée Janet avait du coffre, songea Laura, mais elle s'y connaissait aussi en noms d'oiseaux.

Trop absorbée par la cacophonie ambiante, elle buta contre le corps allongé d'un homme qui grommela et se hissa tant bien que mal sur une marche à l'aide de ses mains.

— Oh ! je suis navrée, je ne vous avais pas vu.

Perché sur ses moignons enveloppés de haillons de laine, le cul-de-jatte lui décocha un regard hostile.

— Je m'appelle Laura Percy. Vous êtes sans doute Chonny ?

Peu soucieux des convenances, il lui tourna le dos sans répondre.

Décidée à ne plus s'étonner de rien dans cette forteresse négligée, Laura plissa les yeux en quête de Marie qui s'était perdue dans la pénombre et l'étouffante fumée. Près du feu, la vieille domestique remuait une mixture dans une énorme marmite. Janet, de son côté, finit par baisser les bras et laissa les chiens se régaler de leur trophée.

Laura observa attentivement les deux femmes. Perdue dans la contemplation des flammes, Janet s'essuyait le front. La cheminée encrassée tirait mal. Si personne ne s'empressait de tourner la broche, l'imposante pièce de viande qui s'y trouvait serait bientôt réduite en cendres.

Janet, qui paraissait superviser les cuisines, n'avait pas encore remarqué sa présence. Quant à Marie, trop absorbée par le touillage de sa préparation, elle semblait l'avoir oubliée.

De toute évidence, se dit Laura, il ne servait à rien de s'attarder ici. Elle ne put toutefois s'empêcher d'aller sortir du four ce qui pouvait être sauvé des miches de pain. Tendant le bras pour saisir un plateau, elle glissa sur quelque victuaille en décomposition. Elle reprit de justesse un semblant d'équilibre, puis dérapa de nouveau et, cette fois, tomba à la renverse.

À peine s'était-elle redressée que des chiens accoururent ventre à terre entre les bancs, poursuivant deux pauvres moutons qui poussaient des bêlements paniqués. Un poulet battit des ailes et s'envola pour se poser sur une poutre du plafond, laissant derrière lui une pluie de plumes qui se mêla à l'atmosphère enfumée. Tout n'était qu'aboiements et chaos.

Comme surgi de nulle part, un colosse affublé d'une barbe broussailleuse se rua vers l'âtre, et y renversa un plein seau d'eau. La viande embrochée grésilla.

Furieuse, Janet lui asséna un violent coup dans le dos. Essayer d'assommer un ours avec une cuillère en bois aurait eu le même effet.

À cet instant, deux bras costauds agrippèrent la taille de Laura qui se débattit pour s'arracher à l'étreinte de la brute qui la tenait captive.

Lorsqu'elle parvint à se retourner, elle eut l'impression que son cœur cessait de battre.

Pourquoi diable perdait-elle tous ses moyens chaque fois qu'elle croisait le regard de William Ross ?

— C'est ce que vous appelez ne pas vous mêler de mes affaires ? maugréa-t-il.

Ils étaient si proches qu'elle sentait le souffle du laird lui caresser la joue. Les bras vigoureux de William lui entouraient étroitement la taille. Une ardente et incontrôlable vague de désir la submergea.

— Je... j'essayais de...

— Que fabriquez-vous dans mes cuisines ?

— Euh... Rien.

Elle esquissa un sourire.

— Pourquoi voudrais-je changer quoi que ce soit à vos cuisines ?

— Vous trouvez ça drôle ? demanda-t-il.

— Pas vous ? répliqua-t-elle, le souffle court.

S'il ne la relâchait pas, elle finirait par étouffer. Elle posa une paume sur le torse du laird pour se dégager. Quand leurs regards se croisèrent, le cœur de Laura se mit à cogner furieusement dans sa poitrine.

William, quant à lui, détourna les yeux pour examiner la salle.

Le colosse qui avait noyé le rôti se tenait, bras croisés, près de l'âtre. Ignorant les imprécations de Janet, il attendait manifestement les ordres de son laird.

— Je me demande comment tout cela finira, grommela le laird, désabusé. Un incendie ravageant Blackfearn Castle ou la famine décimant ses habitants…

— Pourquoi n'engagez-vous pas un nouveau cuisinier ?

Il relâcha enfin son étreinte.

— Edward doit s'en charger, mais ce n'est pas aussi facile qu'on croit.

— Edward est votre intendant ?

Le Highlander eut un rire nerveux. Il désigna du menton le barbu campé près de la cheminée.

— Non. Le type immense que vous voyez là s'appelle Edward. C'est le chef de mes guerriers.

— Je ne comprends pas pourquoi vous n'insistez pas davantage auprès de votre intendant ! Je ne connais pas grand-chose aux affaires d'un château, mais je sais qu'il s'agit de l'homme qui veille au bon ordre du domaine.

Un cri strident retentit soudain. Se précipitant vers le four à pain pour sauver les miches oubliées, Marie faillit bousculer Laura. William empoigna de nouveau la jeune femme par la taille.

— Mon intendant est décédé, marmonna-t-il.

— Oh ! je suis navrée ! Mais… si vous n'agissez pas rapidement afin de changer la situation, Janet et Marie vous abandonneront, elles aussi.

— Comment cela ? Sont-elles souffrantes ?

— Pas encore. Toutefois, le surmenage n'est guère recommandé pour des servantes aussi âgées.

— Je ne les ai pas entendues se plaindre.

À la grande déception de Laura, le laird la relâcha.

— Je les imagine mal en train de se plaindre auprès de leur laird !

Il arqua un sourcil soupçonneux.

— Elles se sont confiées à vous ? Et puis... Qui êtes-vous pour me donner des leçons ? Vous n'êtes qu'une étrangère !

— Vous n'avez pas tort, je ne suis ici que depuis une nuit. Mais il y a des signes qui ne trompent pas.

— Quels signes ?

— Prenons la nourriture, par exemple. Le problème, ce n'est pas que vous ayez une piètre cuisinière, mais que deux vieilles dames aient à s'occuper de cet immense château et, de surcroît, à nourrir un régiment.

Laura lança un regard en direction de Marie qui extrayait la dernière miche brûlée du four.

— Évidemment, elles font de leur mieux, enchaîna-t-elle. Elles n'ont ni marmiton ni tournebroche. Il n'y a même pas un garçon de cuisine pour nettoyer un peu derrière elles. Sans parler d'entretenir correctement les âtres, de veiller à la bonne cuisson du pain, de brasser la bière, de plumer la volaille... quand elles ne sont pas obligées d'aller la pourchasser dans la grand-salle !

— Janet est parfaite pour brasser la cervoise. Elle le fait depuis que je suis haut comme trois pommes.

Laura adoucit le ton de sa voix.

— J'ignore si elles se taisent parce qu'elles respectent leur maître ou parce qu'elles jugent leur besogne insignifiante comparée à vos obligations. Ce que je sais, c'est qu'elles ont besoin d'aide.

— Je ne peux pas être à deux endroits à la fois ni lire dans l'esprit des gens. D'ailleurs, ces signes dont vous parlez, je ne les vois pas.

— On ne change pas comme ça, c'est vrai. Mais je vous assure que si vous embauchiez un intendant compétent, vous seriez en mesure de déléguer quelques-unes de vos tâches.

William la dévisagea un long moment avant d'observer les deux vieilles dames qui s'échinaient à retrouver un ustensile visiblement important. Sans mot dire, il tourna les talons et se dirigea vers la grand-salle.

Refusant d'être éconduite aussi cavalièrement, Laura lui emboîta le pas.

— Allez-vous au moins essayer de résoudre quelques problèmes ?

Le Highlander fit un geste brusque à l'intention des hommes allongés sur les bancs et gagna la gigantesque porte cloutée à l'autre bout de la grand-salle. Laura le suivit, franchit le seuil et foula les pavés ronds de la cour intérieure.

— Écoutez-moi, je vous en prie ! Janet et Marie sont deux vieilles dames. Êtes-vous implacable au point de les assommer de labeur jusqu'à les rendre malades ?

William se figea et lui fit face.

Laura réalisa tout à coup qu'elle affrontait l'air glacé sans même une cape pour la protéger. Elle s'aperçut qu'elle tremblait de tous ses membres. Si elle parvenait à se concentrer sur ses propos, à prendre la défense des domestiques, le froid l'épargnerait un instant.

— Elles vous sont totalement dévouées, articula-t-elle. Elles vous accordent une confiance sans bornes. La moindre des choses – me semble-t-il – serait de vous soucier de leur sort.

Elle tressaillit lorsqu'il lui releva le menton et la considéra avec attention. Dans les yeux bleu intense du laird, elle décela une once de tendresse mêlée de désir. Allait-il l'embrasser ? Son cœur cessa de battre.

— Et qui s'occupe de vous, Laura Percy ?

Sa question était si inattendue qu'elle en fut estomaquée.

— Moi ? Je… je n'ai…

— Êtes-vous toujours habitée par ces mauvais rêves ?

Le laird continuait à la déconcerter et semblait y prendre un malin plaisir. Il promena délicatement le revers de sa main sur la joue de la jeune femme.

— N'ayez crainte. Nous chercherons des bonnes volontés pour aider Janet et Marie.

Puis, l'air désinvolte, il prit congé et rejoignit à grandes enjambées les guerriers qui l'attendaient au-delà de la herse.

Immobile, étrangement insensible au froid, Laura contempla le nuage de poussière qu'ils laissèrent dans leur sillage.

Aucune foule – rieuse ou éplorée – n'était sortie pour leur dire adieu. Miriam leva son regard mélancolique vers le haut donjon de Hoddom Castle, passant en revue les étroites fenêtres en quête de son grand-père. Rien. Aucune main n'agitait un mouchoir. Aucune ombre derrière les tentures de ses appartements ne trahissait la présence de l'aïeul.

Les sanglots de Jeanne, la gouvernante, se transformèrent en une terrible quinte de toux. L'opulente nourrice était souffrante. Bien que son état empirât de jour en jour, lord Herries avait insisté pour qu'elle accompagne la fillette jusqu'au château des Ross.

Quand on lui avait expliqué où elle se rendait, l'enfant n'avait pas protesté, même si ce départ la tourmentait.

Sir Wyntoun éperonna sa monture afin de gagner le pont-levis et fit signe aux autres voyageurs de le suivre. Deux chiens accoururent du village avec force aboiements tandis que passaient les chevaux et leurs cavaliers, en direction du gué.

Miriam se mordilla la lèvre pour empêcher les larmes qui lui brûlaient les yeux de jaillir. Après un dernier regard à Hoddom, elle se retourna et scruta les courbes infinies que dessinaient les collines à l'horizon. Au-delà, se dressaient les montagnes auxquelles la brume conférait leur légendaire mystère.

Elle n'avait qu'un vague souvenir de leur destination. Seul le nom de son oncle, gardien et protecteur était resté gravé dans sa mémoire : William Ross. Elle se le répéta pour se rassurer.

Se jurant d'être la plus sage des petites filles, elle songea à William Ross et aux recommandations de sa nourrice pour qu'il soit fier de sa nièce dès son arrivée à… Blackfearn Castle. Voilà, c'était ça : Blackfearn Castle.

Elle serait courageuse. Gentille. Une fillette de sept printemps que son oncle entourerait d'attentions et de cadeaux.

Miriam essuya ses yeux embués de larmes. Non, se tança-t-elle. Elle ne pleurerait pas. Ni à Blackfearn Castle ni ici – même si elle quittait à jamais le seul endroit qui ait été sa véritable maison.

Même si personne ne l'aimait assez pour être sorti lui dire adieu.

13

William observa avec un vif intérêt l'attaque sur les cibles dressées devant eux. Il se félicitait des progrès de ses guerriers au maniement de la hallebarde. Cette nouvelle arme d'hast en provenance des pays germaniques était constituée d'une hampe pouvant atteindre deux mètres cinquante au bout de laquelle se trouvaient un fer tranchant et deux ailes, l'une en forme de croissant, l'autre en pointe. L'arme taillait d'impressionnants copeaux de bois dans le poteau. Une fois maîtrisée, la hallebarde devenait un instrument extrêmement destructeur.

Les Anglais en avaient fait un usage tragique lors de la bataille de Flodden qui s'était terminée en véritable carnage. Le roi d'Écosse, Jacques IV, y avait péri.

— Par la queue de Satan ! s'exclama Edward. Duncan Munro n'a pas idée de ce qui l'attend s'il s'avise de préparer un nouveau raid sur les terres des Ross…

D'un pas guilleret, le colosse apporta un bol d'eau à son laird. La bonne humeur de son plus fidèle comparse s'avérait contagieuse.

— Il le paiera très cher, renchérit William en souriant. D'ailleurs, nous risquons de nous en servir aussi contre les Sinclair. Je ne sais plus combien de messages pacificateurs Gilbert a remis à sir Walter, mais leur silence n'augure rien de bon.

Le Highlander rendit le bol à son guerrier.

— Y a-t-il eu une amélioration dans les cuisines ?

Edward eut moue incrédule.

— Églantine, la femme de Peter, est venue du village pour prendre la relève de notre bonne vieille Janet.

— Et ?

— Dès l'instant où elle a découvert les cuisines, elle est entrée comme un ouragan et a commencé à se prendre de bec avec Janet pour la moindre broutille. D'après Robbie, on aurait dit deux cerises trop mûres et près d'éclater. Si tu veux un conseil, Will : évite le poisson aujourd'hui. Cette harpie finira par nous empoisonner.

— Allons bon, que lui reproches-tu ?

Edward haussa les épaules.

— En ce qui concerne la gent féminine, ne me demande pas de t'expliquer le pourquoi du comment. Je n'ai jamais rien compris aux femmes !

— Mais... tu n'as engagé qu'Églantine pour prêter main-forte en cuisine ?

— Non, non... Mais elle les a tous virés, sous prétexte qu'ils étaient fainéants. Je t'épargne les insultes qu'elle leur a servies. D'après Robbie, la goutte d'eau qui a fait déborder le vase, c'est quand Chonny a mis son grain de sel et commencé à enguirlander cette démone.

Tout à coup, un mouvement furtif dans le ciel attira l'attention du laird. Deux faucons décrivaient des cercles au-dessus de l'aile est du château.

— Ah... dit Edward, j'oubliais... Mlle Percy voudrait te parler.

Rien n'y faisait, songea William. Quand il s'éloignait d'elle pour effacer de sa mémoire le fruit défendu – les lèvres, la nuque, les seins de Laura – ses gens ne manquaient jamais de lui rappeler sa présence.

La nuit, une voix lui suggérait de rompre la distance qui séparait ses appartements de la chambre de Laura Percy. Une force inconnue et irrésistible le poussait vers elle, l'incitait aux plus doux effleurements. Impossible de ne pas songer à elle.

Trois jours s'étaient écoulés depuis cet instant où il avait failli l'embrasser devant toute la maisonnée. Il s'en était fallu de peu.

Elle l'avait provoqué, s'était enflammée à propos du sort du personnel du château. Dans ses prunelles violettes avait brillé une étincelle de défi. Chaque fois qu'il s'approchait d'elle, William se sentait devenir rouge comme un coq.

Laura Percy était la tentation faite femme.

Non, se rabroua-t-il. Certaines tentations lui étaient interdites. Et pourtant… il en avait assez de jouer les parangons de vertu !

Depuis combien de temps n'était-il pas allé aux Trois Coupes ? Quelques pintes de bière, la compagnie de coquettes, tout cela lui manquait.

La voix caverneuse d'Edward l'arracha à ses pensées.

— Tu te rends compte ! Frère Francis nous quitte déjà. Il prend la route aujourd'hui.

— Quoi ? Et… voyage-t-il en compagnie de Lau… de Mlle Percy ?

— Non. Tu sais bien que ta nièce est censée arriver d'un moment à l'autre, et que l'Anglaise se charge de l'accueillir.

Le laird leva de nouveau le regard en direction des faucons. Quelque chose d'anormal attirait les rapaces à proximité du château.

— Dès que le vieux religieux aura rejoint St. Duthac, ton prévôt de frère nous rendra visite.

Tant mieux ! se dit William. La présence de Gilbert réduirait les chances de se retrouver seul avec Laura, car il n'était pas certain de contrôler totalement ses pulsions.

— Bon… soupira-t-il.

Pourquoi diable n'arrivait-il pas à chasser cette ensorceleuse de son esprit ? Bon sang ! Devait-il s'occuper davantage ?

— Et puis, continua le colosse, n'oublie pas que tu reçois l'oncle de James demain au sujet du poste d'intendant.

Le laird acquiesça d'un air distrait. Il avait les yeux rivés sur les faucons. L'un d'eux descendit brusquement en piqué et frôla une fenêtre de l'aile est avant de reprendre de l'altitude.

— Que diable se passe-t-il ? demanda William en désignant les oiseaux du menton.

— Cette fenêtre m'a l'air d'être celle de la chambre de Mlle Percy, répondit Edward.

— Est-elle là-haut ?

— Sans doute. On raconte que tu lui as interdit l'accès à la grand-salle et au reste du château. J'ignore si c'est vrai, mais la demoiselle ne semble pas beaucoup s'éloigner de sa chambre.

L'intrigant manège des rapaces avait attiré plusieurs guerriers. Dans l'aile est, au dernier étage, le volet s'entrouvrit. Une main tendue tenait une courte corde au bout de laquelle pendait une sorte d'appât indistinct. Immédiatement, le deuxième faucon fendit l'air pour s'emparer de l'offrande.

Son trophée entre des serres capables de lacérer le bras d'un homme, il reprit aussitôt son envol.

— Qu'est-ce qu'elle fabrique ? marmonna Edward.

— Elle leur donne à manger, dit l'un des guerriers, l'air fasciné.

— Ces satanées bestioles auraient pu lui arracher la main ! s'exclama un autre.

Faisant volte-face, William réalisa que ses hommes s'étaient tous immobilisés pour contempler le spectacle.

Laura Percy avait trouvé le moyen de déranger l'entraînement de ses guerriers !

— Par la peau de Satan ! Elle va voir de quel bois je me chauffe, maugréa-t-il en regagnant le château à grands pas.

Des éclats de voix lui parvinrent des cuisines, où une Janet furibonde était aux prises avec Églantine, tandis que Chonny aboyait des injures. William s'esquiva et gravit le vieil escalier menant à l'aile est.

Dans sa hâte, il trébucha et s'étala de tout son long. En se relevant, il s'aperçut qu'une marche manquait.

Tout en marmonnant des jurons inaudibles, il frictionna son genou meurtri.

Parvenu enfin aux étages supérieurs, il découvrit avec stupéfaction l'état de la toiture et le froid mordant qui régnait dans cette partie du château.

Edward lui en avait parlé, se rappela-t-il, mais il avait préféré ignorer l'avertissement. Tout comme il avait ignoré ostensiblement tout ce qui avait plu à Mildred – et notamment l'aile est de Blackfearn Castle…

Au bout du couloir, il leva le poing pour frapper à la porte puis se ravisa. Que diable faisait-il ici, dans cet endroit qu'il abhorrait ?

Il n'avait pas logé l'Anglaise là par hasard. Jugeant sa visite inopportune, il l'avait volontairement cantonnée dans une chambre inconfortable au possible. En bref, elle n'était pas la bienvenue.

Cependant… qu'adviendrait-il si l'un de ces dangereux faucons la blessait ?

Sans plus réfléchir, il cogna sur l'épais battant de chêne.

— Vous pouvez entrer, Marie.

Tiraillé entre le désir de pénétrer dans la chambre et celui de battre en retraite, William hésita. Malgré la voix de la raison qui lui dictait de rebrousser chemin, il ouvrit la porte.

La jeune femme était penchée à la fenêtre, absorbée par son activité. Campé sur le seuil, il observa les courbes envoûtantes de l'Anglaise. L'envie folle et furtive de la prendre dans ses bras et de l'emmener sur ce petit lit le traversa soudain, tandis qu'une onde de désir lui enflammait le bas-ventre.

Par tous les dieux ! Que ne donnerait-il pas pour séjourner ici, avec cette merveille, durant de longues semaines et envoyer balader les affaires du domaine !

— Posez le plateau par terre, dit Laura, croyant toujours s'adresser à la vieille domestique. Asseyez-vous et reposez votre jambe un moment.

Lui tournant toujours le dos, la jeune femme attacha un morceau de viande à la corde.

— Le laird s'entraîne avec ses hommes, en bas. Je présume qu'il me refusera l'entrevue que je lui ai demandée, dit-elle avec amertume.

William grimaça.

— D'après Francis, poursuivit-elle, Miriam doit arriver cette semaine. Si seulement William Ross était capable d'ignorer, ne fût-ce qu'un moment, son hostilité à mon égard ! Il y a tant à faire, ici. Le laird n'a pas l'air de beaucoup se soucier du bien-être de ses gens, sans quoi il y a longtemps qu'il aurait procédé à certains travaux.

Le visage du Highlander s'assombrit et un sentiment de culpabilité l'assaillit. À présent, son comportement discourtois lui semblait ridicule. Certes, cette jeune femme provenait du même milieu privilégié que Mildred, mais la comparaison s'arrêtait là.

Un courant d'air s'engouffra dans le couloir derrière lui, pénétra dans la chambre. Laura s'emmitoufla dans le tartan qui lui couvrait les épaules.

— Fermez la porte, voulez-vous ?

Le laird s'exécuta. Il n'était plus question pour lui de fuir.

— Cette petite fille de sept ans sentira forcément que personne ne l'attend ici. Quelle tristesse ! Il faut que j'attire l'attention du laird sur ce problème, mais comment ?

William jeta un coup d'œil aux braises rougeoyantes du feu qui s'éteignait. À pas de loup, il s'avança jusqu'à l'âtre et y jeta une motte de tourbe. La fumée ne tarda pas à envahir la modeste pièce. Il fronça les sourcils.

— Et si je renonçais à me nourrir et que vous lui fassiez part de mes récriminations…

Songeant aux repas de piètre qualité auxquels la maisonnée avait droit, William se dit qu'il aurait bien pu, lui aussi, cesser de s'alimenter. Il se pencha au-dessus du foyer, et tendit le cou pour scruter le conduit de la cheminée. Pas un brin de lumière, constata-t-il en secouant la tête. Cette cheminée avait grand besoin d'être ramonée.

— Non… continua-t-elle. Imaginez qu'il me prenne au mot et décide de m'imiter.

Lisait-elle dans ses pensées ? Un sourire amusé joua sur les lèvres du laird.

Laura portait une robe confectionnée dans une étoffe grossière et mal taillée, mais il n'eut aucun mal à se rappeler le corps sublime que cachaient ces vêtements informes.

— Je crois que j'ai été trop prévisible, trop… trop sage.

Il ne put qu'acquiescer en silence.

Soudain, une note espiègle pointa dans le monologue de la jeune femme.

— Et si j'agissais de façon totalement… absurde, que je me montrais sous un jour complètement différent…

Elle s'apprêta à balancer l'appât dans le vide puis s'interrompit pour observer un instant les hommes qui s'exerçaient dans la cour d'entraînement.

— Et si je jetais mes vêtements par la fenêtre ? Peut-être qu'il…

— Cela attirerait sans nul doute mon attention, dit alors William. Je crains cependant que vous ne geliez sur place avant d'avoir achevé votre effeuillage.

Surprise, Laura se retourna d'un bond. Ses prunelles violettes écarquillées étaient comme deux joyaux sur son visage ivoirin.

Elle reprit rapidement contenance, se raidit et leva le menton en signe de défi. William décela cependant dans son regard une lueur bienveillante. Sa présence n'était donc pas aussi importune qu'elle aurait voulu le laisser croire.

— Vous auriez dû signaler votre présence, milord. J'étais persuadée…

— Pourquoi vous adresser à moi de manière aussi formelle ?

Tandis qu'il s'avançait vers elle, il vit son visage s'empourprer, ses mains se mettre à trembler. Dieu qu'elle était belle ! Impossible de refréner l'ardente vague de désir qui menaçait de l'engloutir. Une irrépressible envie d'effleurer ses courbes tentatrices le démangea.

Ignorant son exclamation outrée, il la prit par les épaules, la poussa sans ménagement sur le côté et l'éloigna de la fenêtre.

Il fit tourner le volet sur ses gonds rouillés qui grincèrent, le ferma, puis fit de même avec la fenêtre.

— Vous avez attiré mon attention, lança-t-il, narquois. Alors, qu'avez-vous à me dire ? Je suis tout ouïe.

Il fixa les yeux sur ses lèvres entrouvertes, tellement pulpeuses, et se souvint du contact de cette bouche contre la sienne comme s'ils s'étaient embrassés la veille. Lorsqu'il posa ses mains sur ses hanches, elle n'opposa aucune résistance.

Leurs bouches s'unirent soudain en un baiser d'une ardeur à embraser le château tout entier. Tel un homme assoiffé, il but à la source du désir comme la terre asséchée boit la première pluie de l'automne.

Il enfouit ses doigts dans la chevelure de Laura, la serra fort dans ses bras robustes, s'enivrant du parfum délicat qui émanait d'elle. En réponse, elle enroula ses bras autour du cou du laird et se cambra pour l'inviter à l'enlacer avec plus de fougue.

William déposa un chapelet de baisers sur sa joue, sa gorge, puis sa poitrine. Ses mains vigoureuses glissèrent dans le dos de la jeune femme.

Il lui ravit de nouveau les lèvres, avala son soupir choqué lorsqu'il effleura la courbe de ses seins. Il la désirait comme jamais il n'avait désiré une femme ; il voulait la faire sienne, dans cette chambre, sur cette étroite literie.

La petite voix qui le tourmentait parfois lui susurra : *Non, il ne faut pas. Tu dois te maîtriser. Laura Percy n'a rien à voir avec les filles que tu trousses à la taverne des Trois Coupes.*

Laura était une enchanteresse pour qui William se damnerait.

Il scruta son visage. Quand elle ouvrit les yeux, ses prunelles améthyste le fixèrent. En cet instant, il sut qu'il était à jamais envoûté.

Prenant une longue inspiration, il esquissa un sourire chaleureux.

— Eh bien, milady, je crois que vous avez à présent toute mon attention !

Les joues de Laura s'empourprèrent.

— Ce qui vient de se passer entre nous s'est fait attendre trop longtemps, ajouta-t-il.

Elle battit des paupières, opina.

William fit un effort surhumain pour chasser de son esprit les pensées qui le harcelaient.

— Mais nous devons raison garder.

Elle hocha de nouveau la tête et la lueur d'âpre déception dans les yeux de la jeune femme ne lui échappa pas. Il eut beau se traiter de lâche, il poursuivit néanmoins :

— Laura, vous êtes une femme extrêmement désirable, passionnée et ravissante. Et…

Il s'interrompit, poussa un soupir.

— Je ne suis, hélas !, qu'un homme qui… qui ne s'intéresse qu'à faire des cabrioles dans la paille. Vous méritez bien plus que ça.

À contrecœur, il lui relâcha la main.

— Nous tâcherons de nous éviter durant votre séjour à Blackfearn Castle. Oublions cet écart de conduite.

Toujours silencieuse, Laura opina. Elle fit volte-face, s'approcha de la cheminée et se plongea dans la contemplation des flammes. Ses mains jointes devant elle tremblaient

— Bientôt, vous rencontrerez un homme digne de vous épouser et de fonder une famille, à l'instar de votre sœur aînée. Alors, vous vous féliciterez de n'avoir pas succombé à quelque Highlander sans éducation.

Dans son for intérieur, William nourrit l'espoir qu'elle le contredise. En guise de réponse, elle ne lui offrit qu'une imperturbable civilité.

— Je vous remercie, milord, d'être monté me rendre visite. Je n'ignore pas que vous êtes très occupé.

Il ne put détacher son regard des mains gracieuses nichées dans les plis de sa robe. Comme il aurait aimé les caresser de nouveau, les effleurer de ses lèvres !

Songeant soudain aux paroles raisonnables qu'il venait de prononcer, il réalisa qu'il n'en pensait pas un traître mot. S'il avait pu, en un claquement de doigts, changer son attitude vis-à-vis des femmes, ce serait elle – et elle seule – qu'il choisirait.

Elle continua de s'exprimer avec un détachement qui le blessa.

— J'ai fait une liste de demandes que vous aurez, j'ose l'espérer, la bonté de satisfaire. Il s'agit de préparer au mieux l'arrivée de votre nièce.

— Une liste ?

Laura saisit une ardoise sur laquelle étaient griffonnées quelques annotations.

— Oui. Avant toute chose, étant provisoirement la tutrice de cette enfant, je me demandais s'il serait possible de lui attribuer une chambre adjacente à la mienne. Je sais que cette partie du château est envahie de courants d'air, mais je suis convaincue qu'avec quelques petits arrangements, les pièces au fond du couloir garderaient la chaleur.

— Très bien, concéda-t-il avec un sourire figé.

— Deuxièmement, vu que vous n'avez pas d'intendant, je me propose de chercher un cuisinier sur qui l'on puisse compter.

Tandis que Laura examinait sa liste, William ne put s'empêcher d'admirer les troublantes hanches que moulait sa robe grise.

— Il est urgent, ajouta-t-elle, d'améliorer la qualité des repas avant l'arrivée de Miriam. J'ai délaissé ma nourriture au profit des faucons, même s'ils lui préfèrent les souris que j'ai récemment tuées.

Il eut grand-peine à imaginer cette enchanteresse en train d'éliminer quelques-uns des nombreux rongeurs qui séjournaient à Blackfearn.

Tout en continuant à parler, elle se mit à arpenter la pièce. Un parfum suave flotta dans l'air, celui de la lavande par un soir d'été. Les cheveux de la belle cascadaient dans son dos. William brûlait d'y enfouir ses doigts, son visage, rêvait de les voir onduler lorsque leurs corps ne feraient plus qu'un. Par saint Duthac ! il divaguait.

Il opinait régulièrement d'un air distrait, sans réellement prêter l'oreille aux mots de cette merveille.

Pour sa part, Laura consultait sa liste tout en marchant et massait de temps à autre imperceptiblement son cou d'albâtre. La chair qui avait connu ses lèvres quelques minutes plus tôt… Si seulement il pouvait lui ôter ce col qui l'engonçait, la débarrasser de cette ample écharpe, lui enlever sa robe grise…

— Il faut consentir à certains efforts…

Il ne captait plus que des bribes du discours de Laura. Les battements redoublés de son cœur lui emplissaient le cerveau ; il n'entendait plus qu'eux.

William comprit qu'il était temps de fuir, avant que ne s'effondre sa volonté, avant qu'il n'obéisse à l'appel de son corps et ne commette l'irréparable.

— Faites comme vous voudrez, coupa-t-il en tournant les talons.

— Vous accédez à toutes mes demandes ?

Il ouvrit la porte, lui adressa un coup d'œil furtif pardessus son épaule. Les yeux ronds de surprise, Laura l'observait. S'il ne prenait pas congé immédiatement, il serait un homme damné.

— Absolument, répliqua-t-il.

La brise mordante des Highlands traversait les épais manteaux des voyageurs telle une lame d'acier. La côte qu'ils gravissaient était si raide et accidentée que les chevaux regimbaient continuellement sous le poids de leurs cavaliers. À califourchon sur sa petite monture, Miriam était bien trop excitée pour se préoccuper du relief hostile. Elle piqua des deux pour pousser son cheval en tête du cortège.

Une voix masculine l'interpella :

— Miriam, je t'ai déjà dit de rester au milieu de la file !

— D'accord, sir Wyntoun. Mais j'irai quand vous aurez répondu à ma question.

L'expression sévère du grand chevalier s'adoucit quand il couva la petite du regard.

— Oui, ma chérie, Qu'y a-t-il, cette fois ?

— Quand est-ce qu'on arrive ?

— Dans deux jours, peut-être trois si le temps est clément. Mais je crois te l'avoir déjà...

— Et combien de fois on va camper avant de voir Blackfearn Castle ?

Devant la désarmante candeur de l'enfant, Wyntoun s'efforça de garder son sérieux et arqua un sourcil réprobateur.

— Cela fait deux questions, si je ne me trompe.

Les yeux bleus qui l'implorèrent eurent raison de sa détermination.

— D'accord, ta première question ne comptait pas parce que tu l'as déjà posée une centaine de fois depuis notre départ de Hoddom Castle. Je t'autorise la seconde, même si...

— Alors, combien de campements, sir Wyntoun ?

— Ma chérie, ça dépend du temps. Au moins deux nuits à la belle étoile. Ou plus si les éléments sont contre nous.

— Et si on ne campait pas, on pourrait arriver aujourd'hui ?

— Si tu veux tuer la pauvre bête que tu chevauches ? D'ailleurs, la route est bien trop dangereuse de nuit.

Le Highlander dévisagea la fillette.

— Tu as froid ?

— Non, dit-elle en secouant son visage espiègle. J'ai pas froid. Pas du tout.

La pâleur de ses lèvres contredisait ses paroles. Voilà un petit lutin aussi têtu qu'une mule, songea le chevalier.

— Il ne faut pas vous inquiéter pour moi, sir Wyntoun.

Ce dernier tira de sa sacoche une couverture qu'il tendit à Miriam.

— Oui, je sais. Ton cheval, en revanche, n'a pas très chaud. Mets ceci sur tes jambes, tu veux bien ?

— D'accord.

Du haut de ses sept ans, la fillette joua le jeu, recouvrit ses petites jambes et une partie de l'encolure de sa monture.

— À présent, enchaîna le Highlander, tu ferais mieux de rejoindre le milieu de la file.

— Avant ça, sir Wyntoun, dites-moi comment il faudra que j'appelle mon oncle.

— Puisqu'il est ton oncle, appelle-le « mon oncle ».

— Non, ça, c'était avant. Maintenant, il est mon gardien. Nounou Jeanne dit qu'il sera un peu comme mon père. Je ne peux pas l'appeler « gardien », n'est-ce pas ? Ou alors, « sir William » ? Non, ça ne va pas. « Laird », alors ?

Wyntoun MacLean commençait à s'impatienter.

— Écoute, ma chérie, je...

— Ou bien « père » ? Vous pensez que ça lui plaira ?

En butte au silence du Highlander, Miriam renchérit :

— Et s'il me déteste...

— Je connais ton oncle. Il ne te détestera pas.

— Mais s'il ne veut pas de moi ? Comme grand-père...

— Lord Herries est un très vieux monsieur qui...

Ne voyant pas l'intérêt de prendre la défense de ce fruste et insupportable personnage, il s'interrompit.

— Est-ce qu'il voudra de moi ? insista-t-elle.

Le grand chevalier eut un hochement de tête pour la rassurer.

— Tu t'en sortiras très bien. Je connais William Ross. Cet homme te chérira, car il tient à toi comme à la prunelle de ses yeux.

14

Un tapage infernal résonnait depuis quelques minutes. Des éclats de voix rageuses s'élevaient et une odeur de nourriture brûlée se répandait dans l'escalier. Tapie dans un recoin du palier menant aux cuisines, Laura tendit l'oreille.

Elle attendait Chonny ; elle savait qu'il viendrait. Il tenterait de fuir le chaos qui régnait au-dessous et se réfugierait à l'étage. Plusieurs fois déjà, elle l'avait croisé ici même. Elle ne doutait pas de sa venue imminente.

Très vite, elle s'était aperçue qu'elle perdait son temps à essayer d'être aimable avec ce grincheux individu. Par contre, chaque fois qu'elle l'interrogeait sur ce qu'il se passait en cuisine, Chonny lui répondait volontiers. Tout bien considéré, il n'avait pas son pareil pour analyser la situation, comprendre la cause du tumulte et suggérer une solution – même si personne ne daignait suivre ses conseils.

« Qui se soucie de la parole d'un cul-de-jatte ? » répétait-il continuellement.

Laura, en tout cas, s'en souciait. Elle était bien résolue à apporter quelques changements.

La dispute en bas se fit soudain plus virulente. Peu après, Chonny apparut, gravissant les marches en se hissant sur ses bras robustes. Quand il vit la jeune femme, il stoppa net.

Elle se rangea sur le côté pour le laisser passer.

— Il y a assez de place pour deux, dit-elle.

Il grommela un juron inaudible et s'assit quelques marches en dessous.

— Un autre désastre ? s'enquit-elle.

Il marmonna de nouveau dans sa barbe.

— Il y a beaucoup de bras volontaires, dans ces cuisines, commenta-t-elle. Ce que je ne comprends pas, c'est pourquoi la nourriture est toujours aussi infecte.

— Ils sont trop nombreux.

— Trop de gens à nourrir ? C'est vrai, ce doit être compliqué d'alimenter toute une maisonnée.

— Non, il y a trop de travailleurs. Ce trou à rats grouille de villageois qui ne font pas la différence entre une cuillère et le cul d'une brebis. Il n'y en a pas un qui sache donner des ordres. Ne parlons même pas de la cuisinière !

— Janet n'a plus en charge les fourneaux ?

— Non, elle brasse la bière.

— Et la femme de Peter, Églantine ?

Chonny grogna une réponse indistincte.

— Hum... Dans ce cas, reprit-elle, il faudrait peut-être tenter la proposition du laird.

— Laquelle ?

Laura éluda sa question.

— Il paraît que vous êtes une vraie terreur, dans les cuisines. Tout le monde se tient à carreau quand vous perdez patience. On dit que vous compensez votre infirmité en vous époumonant. Est-ce vrai ?

Chonny lui tourna le dos en pestant entre ses dents et entreprit de redescendre l'escalier.

— Vous ne voulez pas entendre la suggestion de William Ross ? demanda Laura.

— Ce n'est pas la peine, je la devine sans mal. Il veut m'expulser des cuisines, c'est ça ?

— Oh non ! C'est tout l'inverse. Églantine a rapporté vos paroles à Marie. Vous disiez pouvoir surpasser n'importe qui aux fourneaux.

Il pivota, lui fit face.

— Ce n'est pas bien difficile, vu les incompétents qui s'y succèdent, marmotta-t-il. Depuis le jour où j'ai perdu mes jambes, j'ai toujours vécu dans les cuisines. J'ai un cerveau, figurez-vous, et j'ai suffisamment observé tous ces incapables pour savoir préparer un mets. Et d'abord, qui se plaint de m'entendre crier quand l'endroit est menacé d'incendie ?

— Pas moi. Ni le laird. D'après William Ross, vous êtes l'homme de la situation. Il est d'accord pour que vous preniez la relève et soyez responsable des cuisines.

Suivi de près par Simon, un homme élancé au crâne dégarni et aux jambes arquées, William entra dans la bibliothèque qui jouxtait sa chambre. Un feu brûlait généreusement dans l'âtre. Derrière eux, Edward se baissa pour franchir le seuil à son tour.

Le laird jeta un rapide coup d'œil autour de lui et, soucieux, plissa le front. On avait procédé à des changements, remarqua-t-il. Il fit signe au colosse de fermer la porte.

Blackfearn Castle avait de toute urgence besoin d'un intendant. Une personne digne de confiance, compétente, capable de lire, d'écrire et de manier les chiffres. Un homme ayant les pieds sur terre, le sens des réalités. Quelqu'un sur qui William puisse s'appuyer.

Simon était l'oncle de l'un de ses compagnons et il avait déjà prouvé ses qualités d'intendant sur l'une des fermes appartenant à St. Duthac. Comme Gilbert avait réorganisé le fonctionnement de ces fermes, Simon se trouvait disponible et tout disposé à prêter main-forte à Blackfearn.

— Je vous engage, Simon. Quand pouvez-vous vous installer ici ?

Edward haussa des sourcils interrogateurs. Simon, pour sa part, ne manifesta aucun étonnement.

— Merci, milord, répondit le nouvel intendant. Il me tarde de relever les défis offerts par Blackfearn Castle. En fait, j'ai déjà demandé à mon neveu James s'il pouvait m'aider à rassembler mes affaires. Si toutefois vous ne voyez pas d'inconvénient à ce qu'il quitte le domaine pour quelques heures…

— Pas du tout, répliqua William en pivotant sur ses talons.

Il considéra avec attention son bureau impeccablement rangé puis revint à Edward qui détourna le regard.

— On m'a prodigué quelques conseils pour la besogne qui m'attend, reprit Simon. Robert était un excellent intendant, mais il nous a quittés il y a bien longtemps.

— Oui, dit William en promenant ses doigts sur les objets disséminés sur la table de travail.

Quelqu'un avait procédé à un classement minutieux. On avait ouvert le gros livre de comptes, prêt à recueillir des données. On avait disposé en bout de table une lettre de recommandation adressée à l'évêque d'Inverness à propos d'un jeune villageois. Sur un parchemin déroulé figurait une liste incomplète des provisions des fermes environnantes.

— Vous aurez beaucoup à faire, poursuivit-il, songeur.

— Cela ne m'effraie pas, maître. D'ailleurs, après avoir discuté une partie de la matinée avec Mlle Laura, je dois dire que…

— Mlle Laura ?

William darda sur Edward un regard meurtrier. Le colosse était plongé dans la contemplation du glaive qu'on avait récemment dépoussiéré et qui trônait au-dessus du manteau de la cheminée.

— Oui, cette demoiselle semble s'y connaître en organisation, même pour une bâtisse aussi gigantesque que ce château. Ce qui est surprenant, c'est qu'elle sait poser les bonnes questions.

— Vraiment ?

— La curiosité n'est pas la moindre de ses qualités, affirma Simon. Elle m'a interrogé sur ce que je faisais ici quand j'étais jeune. Elle m'a également demandé quelles avaient été mes attributions lorsque je travaillais à la ferme des Dunbrae.

William prit place dans le fauteuil orné et dévisagea son interlocuteur.

— Elle s'est enquise de ma façon de traiter les gens. Je lui ai indiqué deux ou trois noms d'employés qu'elle pouvait questionner. Je dois dire que je n'en revenais pas. Avant que nous ayons fini de discuter, elle me connaissait mieux que personne. Je crois qu'elle a été satisfaite de ce qu'elle a appris sur moi et de pouvoir ainsi me recommander auprès de vous.

— Quand vous êtes-vous entretenu avec Mlle Laura ?

— Ce matin.

— Jugez-vous utile de passer tout ce temps à bavarder ?

— Oh oui ! J'ai su tout de suite quels étaient vos besoins et si j'étais susceptible de faire l'affaire. Vous étiez en train de vous exercer dans la cour lorsque je suis arrivé, et elle s'est directement présentée à moi.

L'air admiratif, Simon secoua la tête avant d'ajouter :

— Ça prouve que vous êtes un véritable meneur, milord, si vous me permettez ce commentaire. Peu d'hommes laisseraient une femme se charger des entrevues.

— C'est vrai.

— Mais... peu de femmes ressemblent à Mlle Laura !

— En effet, répondit posément William. À présent, vous pouvez disposer, Simon. Plus tôt vous commencerez, mieux ce sera. Vous utiliserez ce pupitre pour tenir vos comptes.

— Merci, milord. Comme je l'ai dit à Mlle Laura, vous ne serez pas déçu.

Simon s'inclina et prit congé, suivi du colosse.

— Reviens ici, espèce d'empoté ! appela William en s'adressant à Edward.

Celui-ci s'exécuta et referma la porte derrière lui.

— Bon, maintenant, explique-moi tout, exigea le laird.

— D'accord, Will, je l'ai autorisée à pénétrer dans la bibliothèque. Elle a mis un peu d'ordre sur ton bureau, s'est entretenue avec le nouvel intendant, et...

— Quoi d'autre ?

— Elle… elle a désigné un nouveau cuisinier. Je n'y suis pour rien, je te le jure !

— Tout cela depuis hier ?

— Il faut dire qu'elle se débrouille plutôt bien, Will.

Edward soutint le regard étincelant de colère de son compagnon et néanmoins maître.

— Hum… j'ignorais que tu… elle a dit – peut-être l'ai-je mal comprise – que tu avais donné ton aval à propos d'une liste qu'elle t'aurait soumise.

— Cette satanée liste ! maugréa William.

Ainsi qu'il l'avait craint, il n'avait pas entendu le quart de ce que lui suggérait cette séductrice.

— Je t'assure que personne ne s'est plaint d'elle. Au contraire ! Et s'il faut punir quelqu'un, je veux bien être celui-là.

Dardant sur son comparse un regard appuyé, William réalisa qu'il n'était pas le seul à perdre ses moyens face à la ravissante Anglaise. Il fit glisser sa pièce d'or entre ses doigts, jeta un nouveau coup d'œil en direction de la table.

Pour être tout à fait honnête, il n'était pas mécontent des actions de la belle et de ses résultats impressionnants. Laura avait raison : Blackfearn avait cruellement besoin d'être repris en main par un intendant hors pair… et un laird responsable.

Il s'assit à son bureau, balaya la bibliothèque des yeux, scruta avec fierté les rayonnages. C'était la première fois qu'il se trouvait dans cette pièce sans être rongé – à un moment ou à un autre – par un sentiment de culpabilité, de haine vis-à-vis du passé.

— Qui a-t-elle choisi comme cuisinier ? s'enquit-il.

— Il faut d'abord écouter toute l'histoire, dit Edward, circonspect.

Le laird plissa les paupières.

— Vas-tu m'annoncer un nouveau désastre ?

— En vérité, je crois que ça devrait fonctionner.

— Très bien, qui est-ce alors ?

— Chonny.

— Quoi ? manqua s'étouffer William.

Edward acquiesça en se frottant la barbe avec une main aussi large qu'un battoir.

— Quand Mlle Laura m'en a informé, j'ai cru qu'elle plaisantait. Et puis elle m'a tout raconté. Elle est diablement rusée. Selon elle, il convient parfaitement au poste. Bien entendu, la décision finale t'appartient, mais j'ai parcouru les cuisines ce matin et… j'en suis resté sans voix.

William darda des yeux inquiets sur son plus fidèle guerrier. Pourvu que celui-ci fasse preuve de lucidité en présence de Laura ! Il fallait bien qu'il y ait au moins une personne raisonnable et sensée.

Par tous les saints ! pesta-t-il entre ses dents. Jamais il ne tolérerait qu'Edward succombe aux charmes de Laura Percy. Il n'autoriserait aucun de ses hommes à la fréquenter.

La voix du colosse l'arracha à ses pensées.

— Ayant passé le plus clair de son temps dans les cuisines, Chonny a fini par apprendre bien plus que les simples rudiments. Et puis, il ne s'est pas contenté d'observer.

— C'est vrai. Quand il était enfant, il était tournebroche.

— Aujourd'hui, il obtient l'aide de qui il veut.

— Vraiment ?

— Oui. Tout le monde le connaît, et la plupart des gens craignent ses accès de colère. Mais pour être plus exact, personne ne tient à porter seul le fardeau d'un tel poste.

— Est-il volontaire ? Lui a-t-on fait part de l'ampleur des tâches qui lui incomberaient ?

— J'en ai parlé avec lui. Cet homme est plutôt enthousiaste. D'ailleurs, il souhaite vous remercier de lui avoir accordé une chance.

— Me remercier, moi ?

— Mlle Laura lui a dit que l'idée venait de vous.

Un subit sentiment de culpabilité assaillit William. Il connaissait bien Chonny. Bien qu'il soit leur cadet de deux ans, Gilbert et lui l'avaient souvent inclus à leurs jeux quand ils étaient enfants. Même après le tragique accident qui l'avait rendu infirme, ils chapardaient les tombereaux des fermiers, hissaient le jeune Chonny à l'arrière du véhicule et l'emmenaient jusque dans la cour du château où ils imitaient les joutes de leurs aînés. William poussait le chariot contenant Chonny – ce dernier brandissant une lance en bois – tandis que James ou quelque autre poussait celui de Gilbert.

Tout cela remontait à des lustres. Leurs jeux prirent fin le jour où l'on envoya William à St. Andrew, puis au château de lord Herries afin de l'instruire et de lui inculquer les règles du beau monde.

Le destin lui réserva quelques surprises – de sombres projets et des années au service de la reine mère. Ensuite de quoi il revint à Blackfearn Castle et endossa à contrecœur le titre de laird. Il avait eu le douloureux sentiment d'usurper la place de Thomas, qu'avaient respecté et admiré les gens des Ross.

William chassa ces pensées de son esprit.

Deux ans avaient passé, et il continuait de négliger ces gens – des hommes tels que Chonny et tant d'autres qui lui offraient humblement leurs services.

Il se leva.

— Où est-elle ? demanda-t-il.

Edward eut un moment d'hésitation, comme s'il jaugeait la colère de son maître et ami.

— Je n'ai rien à lui reprocher, le rassura William. Où puis-je la trouver ?

— Je n'en sais rien. Elle a refusé mon aide pour la prochaine tâche figurant sur sa liste.

— Laquelle était-ce ?

— En fait, elle souhaitait commencer par ça, mais il a fallu qu'elle…

— Bon sang, Edward ! Vas-tu parler ?

— Elle est peut-être dans l'aile est, en quête d'une pièce confortable pour ta nièce.

Sans plus attendre, William sortit par la petite porte menant aux autres pièces du laird. Sous le coup de la surprise, il s'arrêta net. Il y avait rarement mis les pieds, et pour cause : ces quartiers avaient appartenu à Thomas. Là aussi, on avait procédé au rangement minutieux des affaires.

— Elle n'a pas fait grand-chose, ici, expliqua Edward. J'ai simplement précisé à Mlle Laura que tu… tu évitais cette partie du château. Elle a dit qu'elle ne t'en blâmait pas, vu l'odeur de renfermé qui y régnait. Elle et Marie ont dû aérer et mettre de la paille fraîche par terre.

De quel droit se mêlait-elle ainsi de ses affaires ? pesta intérieurement William. Comment osait-elle s'immiscer dans sa vie ?

D'un pas assuré, il gagna les cuisines.

La métamorphose des lieux lui coupa le souffle. Pas de viande brûlant dans l'âtre, pas d'atmosphère enfumée. Ni vaisselle entassée ni nourriture en décomposition sur les tables ou sur les dalles. Des garçons de cuisine entraient et sortaient les bras chargés de volailles, un autre tournait consciencieusement les broches. Balayant l'immense pièce du regard, William remarqua un groupe de filles qui bavardaient en épluchant des légumes pour le repas du soir. Près du second âtre, au fond de la pièce, deux villageoises enjouées – dont Églantine – sortaient des fours des plaques sur lesquelles se trouvaient d'alléchantes miches de pain dorées à souhait.

William contourna l'immense table et vit Chonny assis sur un trépied. Absorbé par sa besogne, il écrivait à la craie sur un tableau en bois posé sur ses moignons.

Observant la scène en silence, le laird s'en voulut de n'avoir pas fait confiance à Chonny plus tôt. S'il s'était accordé le temps de jauger intelligemment la situation, il aurait engagé l'infirme, au lieu de le laisser oisif et, à juste titre, agressif.

— Qu'est-ce que vous regardez comme ça, face de porc-épic ? grommela le nouveau chef dans la place.

Vous reluquez le derrière d'une de mes filles de cuisine, c'est ça ?

Chonny braqua sur le laird un regard féroce. Comme réveillé en sursaut, William s'anima. Malgré le respect dû au laird, le cuisinier ne changerait pas de tempérament pour autant. William saisit un seau qu'il retourna et sur lequel il s'assit.

— Avez-vous ensorcelé ces gens, ou quoi ? demanda-t-il en désignant les employés affairés. Je n'entends plus aucune plainte. Il y a quelques jours, on se crêpait le chignon, on en venait aux mains, on proférait les pires menaces.

Chonny jeta un coup d'œil par-dessus son épaule.

— En fait, confia-t-il, quand je leur ai dit que ce n'était pas la peine qu'ils viennent travailler pour vous tous les jours et toute la sainte journée, ces étranges créatures se sont transformées en un troupeau de moutons obéissants.

— Mais… s'ils ne viennent pas, comment réussirez-vous à nourrir tout ce petit monde ?

Le cuisinier émit un grommellement. Il ne parvint toutefois pas à dissimuler son exaltation.

— Quand les choses seront rentrées dans l'ordre, expliqua-t-il, je ne garderai avec moi que les meilleurs, ceux qui ne rechignent pas au labeur. Quant aux autres, j'affecterai un groupe aux tâches matinales, un autre à la préparation du dîner, certains dresseront la table. Si jamais nous manquons de personnel, nous ferons venir des gens du village.

— Un plan judicieux, commenta le laird.

Chonny devint rouge comme un coq et cacha son embarras en lançant un ordre au marmiton. Une lueur de fierté brilla dans ses yeux quand il embrassa du regard son nouveau domaine.

— Nous devons beaucoup à Mlle Laura, dit-il. Mais… je dois avouer que tout ce changement ne s'est pas fait sans mal.

William lui asséna une rude tape amicale sur l'épaule.

— Oui, vous accomplissez des merveilles ici. Si vous avez besoin de quoi de ce soit, faites-le-moi savoir.

— Elle m'a informée de vos desiderata, annonça Chonny en désignant le tableau en bois. Au lieu de crier et de me plaindre, je dresse une liste de ce qu'il nous manque ou de ce qu'il est urgent de faire.

— Une liste ?

— Oui, Mlle Laura m'a suggéré de vous remettre ce tableau. J'ai presque terminé.

— Mlle Laura vous l'a suggéré…

William se remit debout, s'ébroua mentalement pour cesser de répéter mot pour mot les propos du cuisinier.

— Quand vous serez prêt, nous en parlerons, dit-il. Une chose que ne vous a probablement pas *suggérée* cette jeune femme…

— Oui ?

— Méfiez-vous du laird ! railla William. Si vous vous avisez de m'empoisonner, face de porc-épic, je hanterai votre âme dans l'Au-delà.

Pour toute réponse, Chonny ronchonna tandis que le maître prenait congé.

William Ross s'abîma dans la réflexion. Il était grand temps de reprendre la situation en main et de dire le fond de sa pensée à cette charmante Anglaise. Mlle Laura par-ci, Mlle Laura par-là. Il n'y en avait que pour elle !

De son propre chef, elle avait engagé leur nouvel intendant. Il n'avait fait que donner son aval. Bon… avec un peu de chance, Simon arrangerait l'état décrépit de Blackfearn. Quant à Chonny, l'initiative semblait déjà porter ses fruits.

Mais pour le reste… Les appartements du laird, ce fichu bureau et Dieu sait quoi d'autre… il trouvait qu'elle outrepassait les limites. Laura Percy se mêlait de ses affaires, et ça le mettait hors de lui. Il allait lui signifier son mécontentement, et pas plus tard que tout de suite.

William gravit les marches quatre à quatre. Amorçant le virage avant le palier, il trébucha et se rattrapa *in extremis* à une niche dans le mur. Il regarda en arrière, fulmina contre la marche manquante, et se jura de la faire réparer dans les meilleurs délais.

Parvenu au niveau supérieur de l'aile est, il nota que rien n'avait changé. Le couloir, la toiture, tout était dans le même piteux état. Bizarrement, il fut presque soulagé de ne pas voir une joyeuse cohorte – sous les ordres de « Ma-de-moi-selle » Laura – évoluant sur les toits et procédant aux travaux nécessaires.

Se souvenant de la requête de Laura concernant l'hébergement de Miriam dans une chambre adjacente à la sienne, William décida d'aller inspecter la pièce qu'il avait autrefois partagée avec ses frères.

Après le mariage, Mildred avait décidé de résider provisoirement dans cette aile du château, pendant que l'on rénovait les appartements du laird qu'elle et Thomas devaient ensuite occuper.

Dès son retour à Blackfearn, William avait été contraint d'accepter le titre de laird et les obligations y afférentes. Depuis, il avait sciemment laissé cette partie du château à l'abandon. Les dégâts provoqués par la tempête de l'été passé l'avaient définitivement découragé d'entreprendre la moindre réparation.

À présent, même s'il n'avait pas envie de s'occuper de sa nièce, il ne pouvait décemment fermer les yeux sur le caractère urgent de certains travaux.

À l'intérieur de la chambre résonnaient des voix féminines étouffées. William s'encadra dans l'embrasure de la porte.

Sur le sol, on avait empilé de vieilles paillasses. Une montagne de saletés avait été accumulée dans un recoin, et un nuage de poussière flottait dans l'air. Ce qu'il restait de meubles se trouvait rassemblé au milieu de la pièce. Il aperçut un seau d'eau contre un mur et un deuxième près de la petite cheminée à l'autre bout de la chambre.

— Où puis-je trouver Mlle Laura ? s'enquit-il.

Marie, qui briquait les dalles près du foyer, sursauta.

— Elle... elle...

La vieille domestique leva un regard embarrassé vers le conduit de la cheminée.

Il fit un geste à l'intention de la vieille dame pour lui signifier son désir d'être seul avec Laura. Marie s'inclina et sortit précipitamment.

William demeura immobile quelques instants, contemplant avec amertume l'aspect spartiate – et donc peu accueillant – de l'endroit. Il attendit patiemment que la jeune femme interrompe sa besogne et sorte de la cheminée. Il ne distinguait d'elle qu'une silhouette fuligineuse. De toute évidence, Laura ne l'avait pas entendu.

Les yeux rivés sur le ravissant postérieur de Laura Percy, William s'approcha de l'âtre. De fugitives images érotiques jaillirent dans son esprit enfiévré.

— Quelle bonne idée vous avez eue de nettoyer cette pièce ! dit-il sur le ton de la provocation. Je songeais à y loger Molly des Trois Coupes.

Il la vit se raidir et appuya une épaule contre le manteau de la cheminée.

— La dernière fois qu'elle est venue, cette donzelle a eu le culot de se plaindre des appartements du laird, prétextant qu'ils étaient trop proches de la grand-salle. Entre ses gémissements et mes grognements – qui duraient toute la sainte nuit – nous risquions, disait-elle, d'être entendus par les gens d'en dessous.

William imagina l'effet que produisaient ses paroles dans l'esprit de l'Anglaise. Sans doute préparait-elle une repartie acerbe. Il fit prudemment un pas en arrière tandis qu'elle s'extrayait du conduit pour lui faire face.

— Vous n'avez pas terminé, enchaîna-t-il. Je vois encore des traces de...

Il ne vit pas venir le torchon souillé qu'elle lui lança au visage pour le réduire au silence et eut un rictus de dégoût. Lui aussi se retrouvait à présent couvert de crasse.

Laura se redressa lentement, braquant sur son visiteur un regard étincelant de colère.

— Mademoiselle Percy ?

Il la détailla de pied en cap. Sa robe était maculée de suie et ses prunelles violettes trouaient un visage noirci. William se retint de sourire.

Elle planta sur le torse du laird un doigt accusateur.

— Si vous croyez que je me démène à rendre cette chambre habitable pour y loger votre maîtresse, vous vous fourvoyez.

— Molly n'est pas ma maîtresse. C'est une coquette qui fréquente l'auberge des Trois Coupes. Un homme a parfois besoin de s'abandonner dans les bras d'une femme.

— Une coquette ou une maîtresse, appelez-la comme bon vous semble, répliqua Laura en contournant les meubles, talonnée par le laird. Nous préparons cette chambre pour votre nièce.

Laura eut le souffle coupé quand il lui agrippa le poignet.

— Que vous soyez laird ne vous donne pas le droit de briser nos efforts !

William affirma son emprise. Avant qu'elle n'ait le temps de le rabrouer, il écrasa sa bouche contre la sienne. Les doigts accrochés au tartan du laird, Laura s'abandonna à l'impétuosité de ce baiser.

Elle ne tarda pas à répondre à son audace et leurs langues entamèrent un impudique ballet. Elle lui effleura la nuque, l'invitant à l'embrasser avec plus de fougue. Lorsque, à travers l'étoffe de sa robe, il lui caressa un sein, elle poussa un petit gémissement de surprise mêlée de plaisir.

Il la désirait, se dit qu'il deviendrait fou s'il ne lui faisait pas l'amour tout de suite. Il modela ses formes généreuses, l'étreignit plus encore. Leurs bouches se désunirent un instant.

Le lit n'était qu'à quelques pas, et pourtant une voix lui criait que la poursuite de leurs ébats était impossible.

Laura Percy ne méritait pas de perdre sa virginité pour satisfaire l'avidité d'un incorrigible coureur de jupons. Non, se gourmanda-t-il.

S'arrachant à leur étreinte, il lui releva le menton.

— Vous avez un visage enchanteur, chuchota-t-il.

Laura ouvrit lentement les yeux.

— Je… balbutia-t-elle.

Même sous les taches de suie, le rouge de ses joues était visible.

— Je suis confuse. Nous n'aurions pas dû…

Il lui prit les épaules, plongea les yeux dans son regard embrumé.

— Ne regrettez pas ce qui vient de se passer. Il y a simplement cette… cette chose entre nous.

— De quelle *chose* parlez-vous ?

— On appelle cela le désir sexuel.

Les mots lui parurent abrupts, le choquèrent presque. Mais en cet instant, désigner ce lien charnel était une manière de les ramener à la raison, de tempérer ses ardeurs plutôt que les exacerber.

— Ce… désir… est-ce ce que vous partagez avec cette… avec Molly ?

Chagrinée, Laura baissa les yeux.

William devait se ressaisir. Il se dirigea vers la fenêtre qu'il ouvrit. Un vent glacial mais revigorant s'engouffra dans la pièce.

Que lui répondre, sinon qu'il n'avait jamais véritablement ressenti un tel émoi ? Ni avec Molly ni avec aucune autre créature…

— Vous ne dites rien, murmura Laura. J'en déduis… que c'est le cas. Vous éprouvez la même… attirance pour Molly.

Il aurait dû la reprendre, lui affirmer qu'elle se méprenait. Il se tut cependant. S'il s'avisait de parler, il serait incapable de maîtriser le flot de paroles qui menaçait de jaillir.

En butte à son silence, Laura enchaîna sur un ton péremptoire :

— Milord, je m'oppose à ce que vous logiez votre maîtresse dans cette chambre.

Il se retourna et lui fit face.

— J'agirai comme bon me semblera.

— Je ne vous permettrai pas de tout ruiner.

— Ruiner quoi, Laura ?

— Mes projets.

Soudain, toute la frustration qu'il s'efforçait de juguler se déversa en une repartie cruelle et incontrôlée :

— Figurez-vous que *vos* projets ne correspondent pas aux miens ! Ou, pour être plus exact, je n'ai pas de projets. Et j'en ai plus qu'assez de vous voir arpenter les couloirs de ce château en faisant passer vos projets pour les miens.

— Vous vous trompez. Espèce de lâche ! Vous n'avez pas mis longtemps à revenir sur vos paroles.

— Je ne me dédis pas, protesta-t-il. En revanche, vous êtes prompte à modifier et embellir les promesses que je vous ai faites.

— Vous dites n'importe quoi.

Il pointa vers elle un doigt accusateur.

— Vraiment ? Il me semble que nous étions d'accord sur un point : que vous ne fouiniez pas dans mes affaires. Vous avez mis sens dessus dessous mon bureau. Vous avez accompli *en mon nom* des tâches que *vous* jugiez nécessaires !

Les prunelles violettes de Laura lancèrent des flammes.

— Si vous n'avez pas vu que j'avais à cœur le bien-être de vos gens, c'est que vous êtes aveugle. Si vous teniez correctement votre rôle de laird, vous auriez conscience de l'urgence de certaines de ces tâches. Je n'aurais nul besoin de *fouiner dans vos affaires*.

— Ah ! vous admettez avoir…

— Absolument pas.

— Pour votre gouverne, sachez que j'avais prévu de procéder à certaines réparations avant que vous ne me les suggériez.

— Tiens donc ! rétorqua-t-elle sèchement. Et quand ? Dans deux ans ? Pendant ce temps-là, vos gens font preuve d'une patience d'ange. Qu'en est-il de leurs besoins immédiats ? De ceux d'une fillette dont vous avez la garde ?

— À propos de cette enfant… Elle pouvait fort bien rester là où elle était.

— La réalité, c'est qu'elle grandira à Blackfearn Castle, trancha Laura, et qu'il faudra subvenir à ses besoins.

William fit un pas en direction de la porte.

— Vous n'avez que ce mot à la bouche. Que savez-vous au juste des besoins d'une enfant ? Vous êtes née avec une cuillère en argent dans la bouche. Tout comme Mildred, d'ailleurs. Eh bien, cette petite peste pourra moisir dans ce château. Je me soucie d'elle comme d'une guigne. Je n'élèverai pas un nouveau monstre d'égoïsme, telle sa mère. Jamais !

En rage et l'esprit souillé d'amers souvenirs, il se retourna pour découvrir Gilbert qui se tenait dans le couloir, immobile et silencieux. William bouscula son frère et décampa.

Confuse et blessée, Laura le regarda partir.

[illegible]

[illegible]

[illegible]

[illegible]

[illegible]

[illegible]

[illegible]

15

Les rafales de vent qui mugissaient dans la cour d'Ironcross Castle transperçaient l'épaisse cape de l'échalas boiteux. Il décocha un regard mauvais au petit louchon.

— Vous n'avez pas à discuter mes choix, s'exclama-t-il, et particulièrement s'agissant des personnes qui me sont utiles dans cette quête.

— Je ne voulais pas vous heurter, répliqua le louchon. Mais j'ai entendu tant d'histoires effrayantes sur ce pirate… je veux dire… la Lame de Barra. Pour quiconque a voyagé dans l'ouest, ce nom évoque la terreur.

— C'est non seulement un corsaire, mais également un Chevalier du Voile. Il est réputé pour son sens de l'honneur et sa malignité. À mon avis, sa cupidité le perdra.

— Vous croyez qu'il dénichera pour vous le trésor ?

Un éclat de rire jaillit de la gorge de l'échalas boiteux, tel un sinistre croassement de corbeau. Son compère en grimaça de surprise.

— Je crois et j'espère qu'il mettra la main sur les cartes. Quand il sera temps de chercher le trésor de Tiberius, je n'accorderai ma confiance à personne. Vous m'entendez ? Personne. Pas même à l'archange Gabriel.

— Qui est Mildred ? demanda Laura.

Gilbert jeta un coup d'œil discret dans le couloir. Son frère avait disparu, portant sur ses épaules le fardeau de la culpabilité. Il réfléchit avant de répondre posément.

— Elle était l'épouse de Thomas, fille unique de lord Herries de Hoddom. C'est la mère de Miriam.

Laura serra ses mains devant elle comme pour contenir l'indicible douleur qu'elle éprouvait. Elle n'était pas dupe. William, lui aussi, avait mal. Il y avait chez lui beaucoup de souffrance, plus qu'elle ne l'avait imaginé. Un terrible tourment qu'il dissimulait en feignant l'indifférence.

— Que représentait-elle pour William ?

Elle n'avait pu retenir cette question, même si le laird avait pourtant été clair sur le sujet en lui interdisant à plusieurs reprises de se mêler de ses affaires.

Le père prévôt franchit le seuil de la chambre et s'avança jusqu'au foyer. Campé sur les dalles de l'âtre, il considéra avec attention le seau d'eau noire de crasse.

— Il y a quelques années, quand nous étions plus jeunes et que Thomas avait atteint la majorité, William a été envoyé à l'université de St. Andrew puis chez lord Herries pour son entrée dans le monde. En tant que cadet farouchement opposé à la vie monastique – à laquelle je me destinais – William n'avait guère de choix. Il aurait pu briguer un poste au service du roi, devenir courtisan ou opter pour la politique – même si sa nature n'était pas vraiment compatible avec ces fonctions sociales.

Gilbert Ross marqua une pause, fixa ses yeux bleus pensifs sur son interlocutrice.

— William et Mildred avaient le même âge. Ils ont tous deux vécu à Hoddom Castle, jusqu'à ce que Mildred épouse Thomas. Si vous voulez en savoir davantage, vous devriez interroger le laird.

Elle acquiesça, sachant pertinemment que William ne lui aurait pas dévoilé le quart de ce que venait de lui apprendre son frère.

— Je crois qu'il souhaite mon départ, dit-elle.

— Vous comptez beaucoup pour lui. Il a besoin de vous.

Laura secoua la tête pour marquer son désaccord.

— J'ai empiété sur son domaine. Il serait sans doute préférable que je rentre à St. Duthac.

— En abandonnant votre mission ?

Fuyant le regard pénétrant du père prévôt, elle scruta ses mains maculées de suie et nota que seul le poignet qu'avait agrippé William portait des traces blanches.

— Vous me sembliez pourtant déterminée à rester afin de veiller au confort de Miriam.

— La situation a déjà bien évolué. Le nouvel intendant vient de s'installer, et avec vous dans la place, je ne suis plus d'une grande utilité.

Si seulement son séjour avait pu se dérouler autrement et sans heurts ! Laura ne souhaitait rien tant que d'être autorisée à demeurer encore dans l'enceinte de Blackfearn Castle. Améliorer l'état du château et le sort de ses habitants l'avait enthousiasmée au-delà de ses espérances.

Mais de toute évidence, le laird désirait qu'elle s'en aille. Cela ne souffrait aucune discussion.

Gilbert Ross s'avança jusqu'à la fenêtre.

— Laura, bien que ce soit mon prédécesseur qui ait correspondu avec votre mère, je tiens à honorer la volonté de Diana Percy ainsi que la vôtre. Vous pourrez séjourner à St. Duthac aussi longtemps que vous le voudrez.

Le visage du religieux s'assombrit.

— J'ai reçu une nouvelle lettre du comte d'Athol m'informant que... eh bien, que des hommes dangereux vous pourchassent, vous et vos sœurs...

— Je ne voudrais pas qu'à cause moi la sûreté de votre communauté soit menacée, coupa-t-elle. Je ne suis pas obligée de retourner à St. Duthac.

Le souvenir des couventines de Little Ferry, jeunes religieuses sans défense, lui revint en mémoire, et elle comprenait parfaitement l'inquiétude qui taraudait le père prévôt à propos de ses pensionnaires de St. Duthac. Aussi ajouta-t-elle :

— Je peux m'enfuir, disparaître et aller me réfugier dans quelque couvent perdu dans les montagnes du nord.

— Non, milady, ce ne serait pas la bonne solution. Ces brigands ne s'en laisseront pas conter. Ils vous suivront à la trace.

Dans le courrier qu'elle lui avait adressé, Catherine lui suggérait de la rejoindre à Balvenie Castle. Avec l'ouverture de son école, elle apprécierait que sa benjamine lui prête main-forte. Rien n'aurait davantage fait plaisir à Laura que d'accéder à sa requête. Malheureusement, Catherine ne se rendait pas compte du risque qu'elle encourrait si elle entreprenait de traverser les Highlands.

En outre, Laura se devait d'obéir inconditionnellement aux ordres de leur mère : les trois sœurs devaient résider le plus loin possible les unes des autres. En tout cas, tant que le trésor de Tiberius ne serait pas en lieu sûr.

Elle poussa un long soupir.

— Où me suggérez-vous d'aller ?

— Vous devriez vous marier. Dans l'état actuel des choses, un époux vous offrirait la protection dont vous avez besoin.

— Me marier ? répéta-t-elle, perplexe.

— Oui. C'est la voie qu'a suivie votre sœur. À présent, elle est en sécurité à Balvenie Castle.

Au comble de la nervosité, Laura se tordit les mains.

— Mais... mais elle a rencontré le comte d'Athol... et puis... les choses ne se sont pas faites tout d'un coup.

— Milady, d'après ce que j'ai appris, ils ont convolé en justes noces dès l'arrivée de votre sœur. En fait, les hommes du comte sont allés tirer le prêtre du lit au beau milieu de la nuit afin de procéder au mariage.

Stupéfaite, Laura écarquilla les yeux. Dans sa lettre, Catherine n'avait pas fait état du caractère précipité de la cérémonie.

— Admettons, répliqua-t-elle. Pour ma part, je ne suis pas certaine d'accepter le même traitement.

— Pourquoi cela ?

Elle se mit à arpenter la pièce.

— Catherine et moi sommes différentes. La volonté de ma sœur résidait dans la fondation d'une école. J'ai appris qu'elle avait pu la créer grâce à l'aide financière de son époux. Son objectif est donc atteint.

— Et vous ?

— J'ai constamment besoin de relever des défis, d'organiser et d'accomplir des tâches. Aucun mari n'acceptera cela d'une femme.

— M'autoriseriez-vous à plaider votre cause ?

— Je... je ne connais personne dans les Highlands. De plus, je suis à moitié anglaise.

— Laissez-moi m'en charger. Maintenant que je sais que l'idée du mariage ne vous rebute pas, je vais glaner quelques noms, réfléchir aux unions susceptibles de vous satisfaire. N'ayez crainte, personne ne vous forcera à accepter un parti peu recommandable.

L'air résigné, Laura opina. Après tout, songea-t-elle, trouver un mari semblait une solution raisonnable. Épouser un inconnu la délivrerait enfin du charme qu'opérait sur elle William Ross.

— À présent que nous avons un plan, déclara Gilbert, arrachant la jeune femme à son mutisme et la conduisant hors de la pièce, ce n'est plus la peine de perdre notre temps à ergoter sur votre retour à St. Duthac. En attendant, vous êtes en sécurité ici, sous la protection de William. Vous verrez, nous ne tarderons pas à vous dénicher le prince charmant.

Laura arbora une moue dubitative. Quel époux lui réserverait le sort ? Puisse cet homme l'emmener loin de Blackfearn !

William éprouva le besoin de fuir le domaine dont il était laird et d'aller respirer l'air des collines environnantes. Loin des préoccupations matérielles, loin du château et de ses gens, il souhaitait réfléchir.

Il enfourcha Invincible qu'il guida en direction des sommets enneigés et chevaucha de longues heures vers le sud. Après avoir gravi les pentes caillouteuses de Meall Mor, il mit enfin pied à terre.

Se frayant un chemin parmi les fougères recouvertes de neige, il atteignit le bord d'un précipice et embrassa l'immensité du regard. La glace s'était formée à la surface d'un loch, autour duquel se dressaient d'abruptes collines. Une nappe de brouillard flottait au-dessus du torrent se jetant dans le loch. Plus au sud, les nuages drapaient le pic de Ben Wyvis de leur masse grise.

— Te voilà dans de beaux draps ! marmonna-t-il.

Pendant toutes ces années, il avait lutté pour se débarrasser de son encombrant passé. Mais ce passé, tel un rapace, l'avait happé dans ses serres implacables et cette femme, Laura Percy, avait malgré elle ravivé la plaie béante qu'il croyait cicatrisée.

Pourquoi s'était-il laissé subjuguer ? Rien d'étonnant : c'était une créature plus que désirable, et le William Ross d'avant lui aurait fait l'amour sans aucun scrupule. Or, le nouveau William était comme tétanisé, incapable de partager sa couche, se répétant inlassablement qu'il ne pouvait la déflorer comme n'importe quelle gourgandine, qu'il ne la méritait pas…

Jusqu'à présent, il s'était accommodé des souvenirs qui le hantaient, fuyant l'adversité plutôt que de l'affronter. En cet instant, alors qu'il contemplait la frontière entre le territoire des Ross et celui des Munro, il comprit qu'il n'était désormais plus question de se dérober.

Tandis qu'il rejoignait sa monture, des images de Laura peuplèrent de nouveau son esprit. Alors qu'il se sentait perdu, démuni, elle semblait savoir exactement ce qu'il convenait de faire. Avec ses yeux violets étincelants, elle avait trouvé le moyen d'ébranler le mur d'indifférence qu'il avait érigé autour de lui. Pour la première fois de sa vie, quelqu'un avait pointé du doigt sa lâcheté.

Il enfourcha Invincible et partit au galop.

Par saint Andrew ! Des travaux colossaux, d'innombrables améliorations attendaient d'être effectués. Pas tant pour lui que pour ses gens.

Ses gens, son clan... Il avait des responsabilités. William se répéta ces mots en silence pour mieux s'en imprégner. Thomas était mort. Mort et enterré. Gilbert avait endossé l'habit de prévôt et faisait son devoir. Tout le reste lui incombait. Ses gens... Son clan... Comme l'avait si justement fait remarquer Laura, il avait négligé leur sort.

Il changerait, se jura-t-il. Il s'attellerait à la tâche, remettrait en état le château et les propriétés de sa famille. Pour le bien de ses habitants. Mais il appliquerait *sa* manière et non celle de Laura.

Tirant sur les rênes, il guida Invincible sur le chemin menant à Blackfearn.

S'il voulait agir efficacement, elle devrait quitter le château. Se trouver à proximité de cette enchanteresse ne pourrait que le distraire. Ou, pour être tout à fait honnête, lui faire perdre la tête.

Il songea soudain à son frère qui séjournait actuellement à Blackfearn. Dès qu'il serait de retour, il lui parlerait. Gilbert avait eu l'idée de lui envoyer Laura ; il pouvait aussi bien la renvoyer. Il n'y avait pas à tergiverser. Cette habile et inflexible organisatrice allait retourner d'où elle venait.

Gilbert Ross avait consacré sa vie à la religion et ne maniait aucune arme. Or, quand il s'agissait de combattre le mal, de pourchasser les ennemis de la justice, il était le plus impitoyable des guerriers.

Surpris de constater que les rayonnages derrière le pupitre de son frère avaient été époussetés, il ne tarda pas à mettre la main sur le parchemin dont il avait besoin.

Il dénoua le ruban noir, déroula sur la table l'épais et vieux vélin. Il se revoyait esquissant les contours de cette carte avec William. Frère Francis leur avait fourni plusieurs cartes représentant les côtes et ils avaient glané des bribes d'informations çà et là, interrogeant prêtres, marchands, guerriers et marins qu'ils croisaient. De la ville d'York aux îles Orcades et d'Aberdeen aux îles Hébrides, ils avaient dessiné une carte couvrant la totalité de l'Écosse. Y figuraient tous les châteaux, villes, abbayes dont ils avaient connaissance. Rivières, lochs, montagnes, vallons et clans y avaient été scrupuleusement notés.

Ce projet leur avait demandé des mois de dur labeur. Gilbert eut un sourire attendri devant ce que le vieux religieux avait surnommé leur trésor. À la lueur d'un cierge, il se pencha sur le précieux document, examinant attentivement chaque ligne tracée sur le vélin.

Une bataille faisait rage dans le château, et il était résolu à y prendre part. Laura s'était confinée dans sa petite chambre de l'aile est, au bout de ce long corridor balayé par les courants d'air. Sommée de quitter le château dans les plus brefs délais, elle s'était de nouveau entretenue avec Gilbert Ross. Après avoir mûrement réfléchi aux options qui s'offraient à elle, elle avait pris la décision d'épouser l'homme que Gilbert considérerait comme le parti idéal, et ce le plus rapidement possible.

Tôt dans l'après-midi, William était revenu comme un ouragan, donnant des ordres à quiconque se trouvait sur son chemin. La décision du laird était prise : Mlle Percy devait s'en aller.

Que Gilbert l'emmène loin et l'en débarrasse, disait-il, il n'en avait cure. Son frère ne s'était pas gêné pour jurer en présence du prévôt. Au diable, l'Anglaise ! avait-il grommelé.

Gilbert n'était pas expert en la matière, mais il aurait fallu être aveugle pour ne pas voir que les flèches de Cupidon s'étaient fichées dans le cœur de son frère.

Au premier abord, Laura et William avaient semblé unir leurs forces pour mener le même combat, et voilà qu'ils faisaient marche arrière. Seigneur Dieu ! pesta-t-il. Il n'avait pas perdu tant d'heures à prier et organiser tout cela pour que son frère, sur un coup de tête, anéantisse ses efforts.

Ces deux-là s'épouseraient, décréta-t-il, même s'il fallait pour y parvenir remuer ciel et terre.

Avant qu'ils ne se séparent et s'aperçoivent de sa présence dans le couloir, la tension ambiante n'avait pas échappé à Gilbert. Des étincelles auraient jailli entre eux qu'il n'en aurait pas été étonné.

Il avait beau être prêtre, il n'en était pas moins homme, et il savait reconnaître les signes quand deux êtres étaient désespérément attirés l'un par l'autre. Tous deux portaient des traces de suie sur le visage... inutile de chercher de preuve plus tangible.

Gilbert n'avait d'autre choix que de les réunir de nouveau. Pour le meilleur et pour le pire. Selon lui, William Ross et Laura Percy formaient un couple parfait. Il ne lui restait plus qu'à user de tous les moyens à sa disposition – divins et bassement terrestres – pour leur ouvrir les yeux.

À ce moment, Simon, le nouvel intendant, entra dans la bibliothèque. Gilbert leva les yeux de la carte.

— La chambre de votre nièce est fin prête, annonça-t-il.

Le père prévôt opina.

— Avez-vous croisé mon frère ? demanda-t-il.

— Le laird devrait vous rejoindre ici. Avant cela, je l'ai vu se diriger vers les cuisines.

Comme le père prévôt paraissait étonné, Simon ajouta :

— Je n'en suis pas certain, mais je crois que le maître est allé féliciter Chonny pour le dîner – le meilleur repas depuis mon arrivée.

Voilà qui changeait, songea Gilbert.

— Et Mlle Laura ?

— Elle a apprécié les améliorations apportées à la chambre de votre nièce, ensuite de quoi elle a rejoint ses appartements afin d'y prendre son dîner.

Doux Jésus ! Elle continuait de prendre ses repas à l'écart. Quand William se montrerait-il plus clément ?

Gilbert jeta un coup d'œil furtif en direction de la porte pour s'assurer que personne ne pouvait l'entendre.

— Lui avez-vous transmis mes souhaits ? s'enquit-il.

Simon opina.

— Parfait.

Le prévôt fit mine d'étudier la carte quand il perçut des bruits de pas. Il reconnut la démarche de son frère.

Le laird franchit le seuil, darda sur Gilbert un regard soupçonneux. L'intendant fit une courbette et prit congé.

— Monseigneur prépare-t-il une incursion militaire ? ironisa William.

Sans lever les yeux, Gilbert déplaça le cierge pour examiner de plus près la carte dépliée sur le pupitre.

— Non, non. Je rafraîchis ma mémoire à propos de quelques-uns de nos voisins lairds.

Perplexe et néanmoins intéressé, William se pencha à son tour sur le document fripé par les années.

— Que penses-tu des MacKays ? demanda Gilbert en désignant un point sur la carte.

— Les MacKays vivent au nord des Sutherlands. Que tiens-tu à savoir ?

— Leur maître, n'est-il pas veuf depuis peu ?

— Je n'ai rien entendu de tel.

Gilbert croisa le regard intrigué de William et revint à l'étude de la carte.

— MacKenzie ! Ils possèdent des terres remarquables à l'ouest de celles des Ross, et plusieurs fils recommandables, si ma mémoire est bonne. Comment s'appelle l'aîné, déjà ?

— Neil.

— Voilà, Neil MacKenzie. Il est issu d'une famille respectable et fortunée. Il est sans doute prêt à se marier.

William posa ses mains sur le bureau.

— Qu'est-ce que tu racontes ? grommela-t-il. Neil MacKenzie a quinze ans, tout au plus.

Manifestant sa déception, le prévôt secoua la tête et replongea dans l'examen du document.

— Tu as raison. Quinze ans, c'est peut-être un peu jeune pour elle.

— De qui parles-tu ?

— De Laura, bien sûr, rétorqua Gilbert, les yeux toujours rivés sur le parchemin. Elle et moi avons eu une discussion. Plutôt que de la renvoyer à St. Duthac – où elle serait exposée à de sérieux dangers – nous nous sommes mis d'accord pour lui trouver un époux.

— Un époux ! s'esclaffa le laird.

William se redressa, s'approcha de l'âtre pour se réchauffer.

— Je plains d'avance l'homme qui devra la supporter. Moi, ce que j'en dis… Nous ferions mieux de la renvoyer à sa famille. C'est à eux de lui dégoter un mari.

— Et l'obliger à retourner en Angleterre ? s'exclama Gilbert, incrédule. Le roi n'hésitera pas à lui infliger le même châtiment qu'à son père : lui couper la tête.

William laissa échapper une exclamation.

— Je ne lui souhaite aucun mal, répliqua-t-il.

— Parfait. Dans ce cas, aide-moi à lui chercher un prétendant, car notre Mlle Laura souhaite quitter Blackfearn au plus vite. Lorsque nous aurons établi une liste de fiancés potentiels, j'enverrai à chacun d'eux une lettre leur expliquant sa situation. Cette charmante Anglaise n'a, hélas !, aucune dot, mais elle est jeune et issue d'une noble lignée, ce qui n'est pas négligeable.

Le prévôt leva le nez du pupitre et vit son frère plongé dans la contemplation des flammes.

— D'après toi, demanda Gilbert, l'air faussement innocent, est-ce une belle femme ?

— Tu as des yeux, toi. Qu'en penses-tu ?

— Je crois que la plupart des hommes la jugeraient trop mince. Et ses yeux…

— Ses yeux sont tout ce qu'il y a de plus normal.

— Ses prunelles ont une étrange couleur.

— Elles n'ont rien d'étrange ! s'emporta William. Pour ta gouverne, elles ont la teinte de la bruyère en début de floraison.

Le prévôt fronça les sourcils, et poursuivit son enquête :

— Les Fraser ! Dounie Castle est à... voyons... trois jours de route du domaine du comte d'Athol, non ?

— Il est déjà marié.

— Pardon ?

— Jamie Fraser se marie au printemps prochain. Et à moins que tu tiennes à semer la zizanie entre les Mackintosh et les Fraser, je te conseille de ne pas t'en mêler.

Gilbert regarda William à la dérobée. Celui-ci consultait le registre de comptes à la lueur des flammes. On frappa un coup bref à la porte. Les deux frères levèrent la tête de concert. Simon pénétra dans la bibliothèque, les bras chargés d'un plateau sur lequel étaient disposés un pichet de cervoise et deux coupes. Le prévôt lui désigna la table. Sans mot dire, l'intendant s'en retourna, laissant derrière lui la porte entrouverte.

Gilbert demeura silencieux un long moment avant de reprendre la parole :

— Et les MacLean ?

William ferma le livre de comptes qu'il alla remettre à son emplacement dans le cabinet.

— Que souhaites-tu savoir ?

— Toi et Wyntoun avez passé beaucoup de temps ensemble sur le domaine de lord Herries, non ?

— Et alors ?

Le prévôt patienta et laissa la question de son frère en suspens avant de continuer :

— Son père est un vieux monsieur. Au dire de tous, Duart Castle est prospère. D'après ce que l'on m'a raconté – ce que tu m'as raconté – Wyntoun MacLean est un homme bon.

— Hum... C'est un fripon. À mon avis, ce n'est pas un bon parti. D'ailleurs, je ne crois pas qu'un mariage arrangé serait de son goût.

— Il s'avère que, par un heureux hasard, sir Wyntoun accompagne la petite Miriam jusqu'ici, dit Gilbert avec un demi-sourire. Puisqu'il vient à Blackfearn, la rencontre entre Mlle Laura et ce « fripon » n'aura rien d'arrangé.

— Qu'est-ce que tu manigances ? marmonna William. Tu comptes l'amener à épouser Laura par la ruse ?

— Nul besoin de ruser. Les charmes naturels de la jeune femme feront l'affaire.

— Hum... Parle plutôt de sa langue acérée.

— Cela ne déplaît pas à certains hommes. Pas à toi, je...

Gilbert s'interrompit lorsqu'il aperçut Laura sur le seuil. Il la gratifia d'un large sourire et lui fit signe d'entrer.

— Comme je suis ravi de vous voir, milady ! William et moi-même évoquions les mérites de...

— J'ai entendu. Je n'ai pas pu m'empêcher d'écouter une partie de votre conversation.

Laura pénétra dans la bibliothèque, prit place sur une chaise près de la table de travail.

Gilbert remarqua avec un certain amusement que William ne pouvait détacher ses yeux de leur interlocutrice. Pour sa part, elle n'eut pas un regard pour le laird.

— Nous parlions de Wyntoun MacLean. William et moi-même nous accordons à trouver ce prétendant...

— Ce n'est en aucun cas mon avis, coupa le Highlander.

— Père prévôt, enchaîna Laura en tournant le dos au laird, vous disiez ?

— Je suggérais à William de vous présenter sir Wyntoun MacLean. Un jour prochain, il sera maître de Duart Castle, un magnifique domaine situé dans les îles Hébrides. C'est un jeune homme de... de l'âge de William. Cultivé, fortuné. Il est plutôt bel homme, n'est-ce pas, William ?

Ignorant le ronchonnement de son frère, Gilbert enchaîna :

— Comme je vous le disais, sir Wyntoun conviendrait parfaitement à une lady de votre rang.

Pour toute réponse, Laura opina, les yeux baissés sur ses doigts entrelacés dans son giron.

— Je disais justement à William que nous allions bénéficier d'un heureux concours de circonstances. Sir Wyntoun est le chevalier mandaté pour amener notre nièce à Blackfearn. Voilà ce que je suggère : attendons son arrivée, ensuite de quoi, tout naturellement, William proposera à notre hôte de séjourner ici pour les fêtes de fin d'année.

William émit un nouveau grommellement.

— Vous aurez ainsi tout le loisir d'observer notre visiteur et de décider par vous-même s'il correspond à vos attentes.

Laura fixa ses yeux parme sur le laird qui faisait les cent pas.

— Si vous êtes d'accord, William et moi aborderons cet homme en votre nom.

— Ne compte pas sur moi, objecta son frère.

— *Je* lui parlerai dès que l'occasion se présentera. Faites-moi confiance, assura le prévôt à la jeune femme. Lorsqu'il vous aura rencontrée, sir Wyntoun MacLean n'hésitera pas à vous prendre pour épouse.

— Hum… grommela William. Ce fripon doit avoir dans son escarcelle trois ou quatre soupirantes.

Gilbert réprima un sourire devant la jalousie manifeste du laird.

L'union entre Wyntoun et Laura n'adviendrait que si son têtu de frère continuait de fermer les yeux sur l'inestimable joyau que représentait Laura Percy.

Quel dommage ce serait ! songea Gilbert. Et quelle perte pour le clan des Ross !

16

Dès l'instant où il posa les yeux sur la fillette, William Ross fut frappé d'une certitude. À vrai dire, il s'en était toujours douté mais il n'avait jamais encore contemplé le visage de sa nièce. Pétrifié, il éprouva une irrépressible envie d'abandonner ses invités, de fuir la grand-salle et de se réfugier dans un endroit où il trouverait pour compagnie l'isolement et ses idées noires.

Campé sur le perron, il observa néanmoins les règles de la bienséance et accueillit ses hôtes.

Miriam lui adressa un regard peu assuré, presque inquiet.

— Mon oncle ? chuchota-t-elle en inclinant le buste.

Comme l'intendant approchait, William l'interpella :

— Où est mon satané frère ?

— Il célèbre la messe dans la chapelle, milord. Je crains qu'il ne soit pas là avant un moment.

Avec un soupir exaspéré, le laird se tourna vers Wyntoun MacLean, tout sourires derrière l'enfant.

— Avez-vous fait un bon voyage ? demanda William.

— Tout s'est très bien passé, merci, répondit sir Wyntoun. Hormis un contretemps : la gouvernante de votre nièce était souffrante. Nous avons dû nous séparer d'elle et la confier à un couvent.

— Vous nous raconterez tout cela en détail autour d'un bon repas, suggéra le laird.

William vit dans les yeux de la fillette une ombre de lassitude. Un sentiment de culpabilité resurgit aussitôt, le fit frémir. Afin de se ressaisir, il s'empressa de donner des ordres.

— Simon, conduisez Miriam jusqu'à l'aile est. Informez Mlle Laura de son arrivée, ensuite de quoi vous leur porterez leur dîner.

Le domestique – plus homme à tout faire qu'intendant – acquiesça et fit signe à la petite de le suivre. Robbie, le palefrenier, leur emboîta le pas, portant gauchement un coffre de voyage.

— Qui est cette Mlle Laura ? s'enquit Wyntoun, intrigué.

William emmena son hôte jusqu'à l'estrade près de laquelle brûlait un feu dans l'immense âtre.

— Une invitée. Mais le sacripant que vous êtes n'a pas besoin d'en savoir davantage pour le moment.

— À vous entendre, cher ami, vous cachez un terrible secret. Cela me donne une envie folle de rencontrer cette mystérieuse demoiselle.

Il aurait fallu être sourd pour ne pas entendre le tumulte provoqué par l'arrivée des visiteurs. Laura patientait donc dans le corridor, près de la chambre assignée à la fillette, quand l'intendant se présenta, accompagné de Miriam.

Elle lui fit l'impression d'un petit jouet fragile. Ce ne fut ni sa taille ni son âge qui surprirent la jeune femme, mais la tristesse qui émanait de ses magnifiques yeux bleus.

— Bienvenue, Miriam, dit-elle avec bienveillance en lui posant délicatement une main sur l'épaule. Je suis Laura Percy. Tu n'imagines pas combien je suis contente que tu sois enfin parmi nous.

Simon et Robbie les contournèrent pour aller déposer les bagages de la fillette dans sa chambre.

Miriam baissa la tête. Deux larmes perlèrent sur ses longs cils et coulèrent sur ses joues ivoirines.

— Vous êtes… balbutia-t-elle, vous êtes l'épouse de mon oncle ?

Laura prit le parti d'égayer l'humeur de l'enfant et répondit par une plaisanterie.

— Hélas non ! Je ne suis qu'un malheureux fantôme condamné à errer dans cette aile du château.

Miriam écarquilla les yeux. Laura s'accroupit pour lui faire face et lui adressa un chaleureux sourire.

— Je te rassure. Ce n'est pas vrai.

— Je sais, dit la fillette en s'essuyant les joues. La dernière fois que je suis venue, c'était il y a longtemps, mais je m'en souviendrais, des fantômes.

— Quand as-tu quitté le château ?

— Ils disent que c'est il y a deux ans et demi. J'ai sept ans, alors j'avais... quatre ans et demi. J'ai oublié beaucoup de choses.

— Tu es une enfant très intelligente car tu te rappelles l'âge que tu avais.

Miriam haussa les épaules.

— C'est facile. J'ai demandé à sir Wyntoun.

Laura se redressa et tendit à la fillette une main que celle-ci saisit timidement.

— Alors, pour répondre à ta question : je réside ici depuis moins de deux semaines et j'ignore presque tout de ce donjon. Peut-être voudras-tu me dévoiler s'il y a quelque porte dérobée, un passage secret.

— Si je peux vous aider, milady...

Laura l'invita à pénétrer dans sa chambre.

Simon venait de déballer puis ranger les effets de Miriam tandis que Robbie attendait droit comme une statue, les yeux rivés sur l'enfant. L'intendant poussa l'adolescent hors de la pièce.

— Je vous envoie Marie pour le dîner, lança-t-il en prenant congé.

Miriam fit le tour du propriétaire, effleura la courtepointe recouvrant le matelas, caressa la surface rugueuse du grand coffre à linge puis jeta un œil par l'étroite fenêtre. Le crépuscule tombait sur Blackfearn Castle. Elle alla même jusqu'à s'agenouiller pour regarder sous le lit. Ayant achevé son inspection, elle s'approcha de Laura.

— C'est ici que je vais dormir ? s'enquit-elle.

— Ceci est ta chambre. Elle te plaît ?

— Et vous, vous dormez où ?

— À côté, la dernière pièce au fond du couloir.

Miriam passa la tête par l'entrebâillement de la porte, regarda le battant clos de ladite chambre.

— Et mon oncle, où est-ce qu'il dort ?

— Dans les appartements du laird.

— Et le père prévôt ? C'est aussi mon oncle, mais sir Wyntoun dit que c'est plus poli de l'appeler père prévôt.

— Je crois qu'on l'a logé dans les appartements du laird, mais je n'en suis pas sûre.

— Et sir Wyntoun ? Où est-ce qu'il sera ?

Laura fixa les prunelles bleu ciel de Miriam, y vit une lueur de gravité.

— Il demeurera sans doute dans la grand-salle. Ou alors avec les guerriers du château. Il me semble qu'ils résident au-dessus des écuries.

— Il y a des guerriers qui dorment dans le château ?

— Oui, certains dans la grand-salle, d'autres dans le corps de garde près du pont-levis.

Laura sourit devant l'innocence désarmante de la fillette. La naïveté de l'enfance l'attendrissait toujours. Elle s'agenouilla de nouveau.

— Et si tu m'aidais à te débarrasser de ton manteau ? suggéra-t-elle. Il faut aussi ôter tes souliers trempés. Ensuite, tu m'expliqueras pourquoi c'est si important pour toi de savoir où loge tout le monde, tu veux bien ?

Miriam hésita un moment avant d'opiner et de se laisser conduire au milieu de la pièce.

Laura déshabillait la petite quand Marie entra dans la chambre avec un plateau de victuailles. La jeune femme lui demanda de lui faire monter des mottes de tourbe pour le foyer, de l'eau bouillante ainsi qu'un baquet assez grand pour baigner la fillette, puis la congédia avant que Miriam ne songe à faire subir un interrogatoire à la vieille domestique.

Peu après, Laura frottait consciencieusement les cheveux de l'enfant assise dans l'eau fumante. Ayant satisfait sa curiosité à propos de l'hébergement, Miriam s'enquit de l'identité de sa tutrice.

— Si vous n'êtes pas l'épouse de mon oncle, vous êtes sa promise, alors ?

— Non, Miriam.

— Celle du père prévôt ?

Confortablement installée devant l'âtre où elle réchauffait des linges pour essuyer la petite, Marie gloussa de manière peu discrète. Laura lui lança un regard noir.

— Le père prévôt est un prêtre. Il ne peut pas se marier.

— Oh ! Vous êtes la femme de l'intendant, alors ?

— Je ne suis la femme de personne, ma chérie, je suis seulement une invitée, répondit Laura en versant de l'eau pour rincer les cheveux de Miriam.

— C'est pas bien, ça.

— Pourquoi cela ?

— Parce que ça veut dire que vous allez partir. Sir Wyntoun va nous quitter aussi.

Miriam se mit debout et sortit du baquet en bois. Laura enveloppa la fillette dans la toile que venait de lui tendre la domestique, et lui frictionna le dos.

— Et puis, poursuivit-elle, le père prévôt va rentrer à St. Duthac. Et moi, je resterai ici toute seule.

— Tu ne seras plus jamais seule, ma chérie. Tu vas vivre avec ton oncle. Blackfearn Castle est ta nouvelle maison.

Les yeux bleus de Miriam se brouillèrent de larmes.

— Qu'est-ce qui ne va pas ? demanda Laura en la prenant dans ses bras.

— C'est mon oncle ! répliqua-t-elle en hoquetant. Je ne sais pas s'il veut que je reste ici avec lui.

— Mais bien sûr que si !

La fillette secoua négativement la tête.

— Vous dites ça pour me rassurer. Tout à l'heure, quand je suis arrivée, il pouvait pas supporter de me regarder. J'ai que sept ans, mais j'ai bien vu. Il veut pas que je reste ici. Grand-père non plus voulait pas de moi.

— Non, ma chérie, ce n'est pas vrai. Rien de tout cela n'est vrai.

Les paroles réconfortantes n'y firent rien ; les sanglots menaçaient d'éclater. Laura déposa un tendre baiser sur la joue veloutée de Miriam. L'air désolé, Marie sortit précipitamment de la chambre.

Laura eut le désagréable sentiment que l'enfant disait vrai.

Quand William ouvrit la fenêtre de la bibliothèque, l'appel d'air raviva brusquement les flammes dans l'âtre. Le laird embrassa du regard l'immensité grise tout en prêtant une oreille distraite aux paroles de son hôte.

Wyntoun leur rapportait, à lui et à Gilbert, les nouvelles de Hoddom Castle. Il évoqua les querelles, la cupidité rampante qui menaçait les fondements de l'antique domaine. Lord Herries, aujourd'hui un vieillard impotent, n'avait ni la force ni l'autorité nécessaires pour mettre au pas les gens de sa maisonnée. Ces derniers n'avaient même pas attendu que le vieux laird rende son dernier souffle pour commencer à se disputer âprement, tels des coqs se donnant des coups de bec.

Le vieillard n'était cependant pas dupe, affirmait Wyntoun, et une inquiétude le taraudait: On ne tarderait pas à comprendre que la garde de sa petite-fille irait de pair avec le contrôle de Hoddom Castle et des vastes propriétés environnantes.

Si William faisait preuve de patience en écoutant le récit de Wyntoun MacLean. Gilbert, pour sa part, intervenait par un signe de la tête, un « oui, oui » par-ci, un murmure par-là, ou encore une allusion à Mlle Percy.

Passablement irrité, le laird fit volte-face et observa ses deux interlocuteurs d'un œil torve.

Ce propre à rien de prévôt, songea-t-il, ce sournois, avait déjà prononcé sept fois le nom de l'Anglaise. Sept fois !

Il considéra leur hôte avec attention. Ce gredin de Wyntoun était un homme cultivé, mais William ne s'en laissait pas conter s'agissant de connaissances. Sa bibliothèque témoignait de son érudition. Après tout, les deux hommes avaient été éduqués à St. Andrew avant d'intégrer Hoddom Castle.

Ce sacripant était un orateur hors pair, pesta-t-il entre ses dents.

S'il s'en donnait la peine, si les circonstances s'y prêtaient, et s'il ne se laissait pas emporter, lui aussi était capable de haranguer les foules.

De plus, ce casse-pieds de Wyntoun était réputé pour sa patience et son sens de l'organisation, ce qui ne manquait pas d'agacer William.

Aux yeux d'une innocente demoiselle ignorant à qui elle avait affaire, Wyntoun MacLean avait les attraits du prince charmant. Ses cheveux courts couleur de nuit encadraient un visage taillé à la serpe, exempt de cicatrice, que trouaient des yeux émeraude.

William ne put contrôler le sentiment de colère qui monta en lui quand il réalisa – non sans dépit – que Laura Percy et Wyntoun MacLean formeraient effectivement un couple idéal. Si l'on se donnait la peine d'omettre leurs défauts…

Adossé à la fenêtre, l'air faussement dégagé, il continua d'examiner l'ennemi de pied en cap.

Le futur laird des MacLean était de taille imposante, même si le maître de Blackfearn le dépassait de quelques centimètres. Wyntoun pouvait s'avérer redoutable au maniement de l'épée, mais William n'hésiterait cependant pas à se mesurer à lui. Il brûlait de donner une leçon à ce poseur.

— Comme je vous le disais plus tôt, dit Gilbert, Miriam et Laura Percy ont beaucoup de points communs.

Combien de temps encore son frère allait-il chanter les louanges de Mlle l'Anglaise ? ronchonna William en silence. Il décida d'intervenir, d'interrompre le ronron de leur conversation.

— Seriez-vous prêt à croiser le fer dans la cour d'entraînement ? demanda-t-il à Wyntoun.

Les yeux ronds de surprise, Gilbert marmonna quelque propos confus. Leur hôte, quant à lui, se tourna vivement vers le laird des Ross.

— Pardon ?

— Oui, rétorqua William. Vous êtes assis sur votre postérieur à palabrer depuis Dieu sait quand. Un peu d'action vous ferait le plus grand bien, non ? Un petit duel. Pour se dérouiller le corps. J'ai remarqué que vous développiez une bedaine.

Wyntoun se redressa en éclatant d'un rire tonitruant.

— Je constate, lança-t-il, hautain, que nos combats d'antan vous manquent. Ou, pour être plus exact, les belles raclées que je vous infligeais.

— Si je me souviens bien, c'était l'inverse, espèce de canaille.

— Vous avez la mémoire courte. Cela ne m'étonne qu'à moitié, vu les coups que je vous flanquais. Vous en voyiez trente-six chandelles.

— Ça suffit ! s'exclama Gilbert. Cessez immédiatement ces enfantillages !

Le prévôt baissa le ton pour ajouter :

— J'ai convié Mlle Laura à se joindre à nous.

Ni l'un ni l'autre n'avaient prêté attention à l'intervention de Gilbert.

— Allons prendre l'air, face de babouin vérolé ! tonna William en assénant une tape dans le dos de leur hôte. À moins qu'un peu d'exercice ne soit contre-indiqué… vu votre grand âge.

— Père prévôt, ce dépravé qui vous tient lieu de frère l'aura cherché, prévint Wyntoun. Il a perdu la raison.

— William, tempêta Gilbert, tu ne pourrais pas attendre un peu ? Mlle Laura ne saurait tarder à…

Ignorant les incitations au calme de son frère, William fit une courbette hypocrite et désigna la porte.

— Après vous, sacripant. Je vous promets d'essayer de vous ménager un peu, dit William en songeant que rien ne lui ferait plus plaisir que d'abîmer le portrait de celui qu'il avait autrefois considéré comme un ami.

Les deux hommes s'engagèrent dans le long couloir, talonnés par Gilbert qui les exhortait à reporter cet absurde duel. En vain.

Il tardait à William d'infliger une rossée à son adversaire. Une fois qu'il se serait défoulé, décréta-t-il, plus rien ne l'obligerait à se comporter raisonnablement. Au diable les civilités ! Personne ne lui dicterait sa conduite. Ni l'Anglaise ni son prévôt de frère.

Plus tôt Wyntoun MacLean quitterait Blackfearn pour les îles Hébrides, mieux William se porterait.

17

Le repas de midi touchait à sa fin quand Laura quitta la grand-salle pour se rendre au terrain d'entraînement. Laissant Miriam en bonne compagnie – sur l'estrade avec son oncle le prévôt – elle jugea nécessaire de s'entretenir avec William à propos des dispositions prises pour l'installation de la fillette. Il fallait, en outre, l'informer de la vulnérabilité de sa nièce.

L'enfant n'était manifestement pas la bienvenue à Blackfearn Castle. Aux yeux de Laura, les conditions matérielles de son accueil pouvaient facilement être améliorées. En revanche, ce sentiment de rejet, pire, de désamour qu'éprouvait Miriam bouleversait la jeune femme.

La petite n'avait pas reçu beaucoup d'affection à Hoddom Castle. L'enfant lui avait fait une confidence : elle n'avait pas pu dire au revoir à son grand-père, et en avait eu le cœur brisé. Laura soupçonnait l'entourage de sir Herries d'avoir empêché le vieillard de voir sa petite-fille.

Elle se promit d'agir dans l'intérêt de la fillette. S'il le fallait, elle déplacerait pour cela les montagnes des Highlands.

Hélas ! ses jours à Blackfearn Castle étaient comptés. Si seulement elle parvenait à susciter entre l'oncle et la nièce un début de compréhension… Le laird n'avait pas le droit de priver la petite d'amour sous prétexte qu'il avait haï la mère de Miriam. Si Laura réussissait à lui faire entendre raison, son séjour n'aurait pas été vain.

Comme elle approchait de la cour d'entraînement, elle aperçut les guerriers de dos qui observaient un duel. Le cliquetis des épées brisa soudain le silence. Les lames s'entrechoquèrent avec fracas et les spectateurs poussèrent des exclamations.

Voici l'endroit tout trouvé pour parler, se dit-elle. Avec la foule à proximité, elle et lui ne succomberaient pas à leur passion indomptable. Ils s'en tiendraient à leur discussion.

Laura partageait l'avis du laird. Il fallait qu'elle quitte Blackfearn. Ainsi que l'avait suggéré Gilbert, elle devait s'enquérir d'un prétendant et se marier sans tarder. Cela ne rimait à rien de tenter le diable, de se mettre continuellement dans de périlleuses situations où ni l'un ni l'autre n'était capable de maîtriser l'ardeur qui les consumait.

Le désir sexuel… se répéta-t-elle. Tels avaient été les mots prononcés par William.

Passant au crible le groupe d'hommes en quête du laird, elle se fraya un passage parmi les guerriers fébriles. Son regard fut immédiatement attiré par les lames des combattants réfléchissant la lumière du soleil.

Observer ce type d'entraînement depuis sa fenêtre n'avait rien à voir avec la proximité, le danger palpable, les cris étouffés. Elle fit le tour du cercle des curieux et se dressa sur la pointe des pieds pour entrevoir les héros du jour. Personne ne sembla s'apercevoir de sa présence. Pas un ne daigna bouger d'un pouce.

Soudain, un cri d'encouragement parcourut l'assemblée, puis un autre de déception quand enfin elle fendit la foule. Une épée virevolta pour atterrir à quelques centimètres de ses pieds. Sans même réfléchir, elle se baissa pour la ramasser et faillit chanceler tant l'arme était lourde. Tous les yeux parurent se fixer sur elle. Rouge d'embarras, elle s'aida des deux mains pour soulever l'épée.

Le cercle s'était ouvert, à présent, si bien qu'elle pouvait nettement voir les deux hommes torse nu, immobiles face à face, menaçants. Laura croisa d'abord le regard de William Ross. Désarmé, légèrement blessé à la poitrine, le laird scrutait son ennemi d'un air féroce. Serrant les dents pour ne pas courir vers lui, elle tourna les yeux vers l'autre homme qu'elle n'avait jamais vu auparavant, un grand brun qui saignait du nez. Pour l'heure, il paraissait encore plus redoutable que William, avec sa longue épée pointée vers le laird.

Laura étouffa une exclamation lorsque le laird pivota sur ses talons et que l'inconnu avança sur lui. En une fraction de seconde, son épée fendit l'air, prête à porter le coup mortel.

Avec une vivacité qui aurait fait la fierté de sa sœur Adrianne, Laura attaqua, enfonçant la pointe de son épée dans les reins de l'homme.

— Arrêtez, ou je vous tue !

Un lourd et long silence s'installa, que déchira soudain un éclat de rire.

— Alors, William, s'esclaffa l'homme sans toutefois détourner les yeux du laird tombé à terre, c'est aux femmes, maintenant, de venir à votre secours ?

Laura ne comprit rien à la suite. L'inconnu riait lorsque subitement il se courba en deux, se tenant le bas-ventre, haletant et visiblement en proie à une violente douleur.

La pointe de la lourde épée qu'elle tenait heurta le sol, et aussitôt William fut là, devant elle. Il poussa un cri qui devait être une sorte de signal, car les hommes rassemblés commencèrent à se disperser en riant encore de la scène à laquelle ils venaient d'assister. Edward et plusieurs inconnus entouraient l'autre homme, mais Laura ne regardait que le visage de William. Lui tendant la poignée de l'épée, elle tressaillit quand il la lui arracha sans douceur. Par-dessus son épaule, il lança un regard à son adversaire qui se redressait lentement.

— Je suis désolée, murmura-t-elle, je… je n'avais pas l'intention de vous mettre dans l'embarras. Vous avez dû penser que je… enfin j'ai cru que…

Elle se tut, cramoisie.

— Qu'aviez-vous exactement en tête quand vous avez levé cette arme ? demanda-t-il d'un ton sec.

Incapable de soutenir son regard étincelant, Laura baissa les yeux sur la coupure qu'il avait sur son torse imposant. La plaie saignait toujours. Puis elle considéra l'égratignure qui marquait son biceps. Comment demeurer lucide, comment réfléchir et s'exprimer clairement, quand on était ainsi à quelques centimètres d'un corps aussi viril et magnifique ?

— Je… j'essayais de vous sauver, bafouilla-t-elle d'une voix éraillée.

— En plantant une épée dans l'arrière-train de cet homme ?

— Si j'avais pu, j'aurais fait mieux. Mais cette chose est tellement lourde…

Réalisant que le ton de William avait changé, elle hésita et releva le nez pour regarder furtivement ses yeux si bleus. Il aboyait littéralement, comme s'il était furibond. Pourtant, dans ses yeux, elle vit autre chose et c'était stupéfiant. Car elle lisait, au fond de ses prunelles, de l'amusement. Et même de l'affection.

— Vous ne croyez pas que si j'étais réellement en danger, les guerriers du clan seraient mieux placés pour me défendre ?

Un petit sourire vacillant joua sur les lèvres de Laura qui secoua la tête.

— Je suppose que… j'ai agi de façon… impulsive.

Il plissa les paupières, et elle se sentit rougir de plus belle sous la caresse de son regard intense qui s'attardait sur sa bouche.

— Vous ? Laura Percy ? Vous agiriez impulsivement ?

— C'est une faiblesse, je sais.

Elle haussa légèrement les épaules, étudiant les traits du Highlander, son cou, son torse…

— Vous avez une très mauvaise influence sur moi, murmura-t-elle.

Elle vit qu'il crispait les doigts sur la poignée de l'épée dont la pointe était plantée dans le sol, entre ses pieds. Le désir – évident, irrépressible – flambait dans le regard de William. Elle en sentait la brûlure dans tout son corps.

Elle s'était livrée avec lui au jeu de la séduction. Avait-elle donc perdu tout sens moral ?

– Je... si...

Agitant une main impatiente, Laura se frotta le front pour s'éclaircir l'esprit. Il continuait de l'observer d'un air narquois, tandis qu'elle se débattait pour recouvrer un peu de sa dignité.

— Je souhaiterais un entretien privé avec vous.

— Je suis absolument d'accord, répliqua-t-il avec une mine gourmande qui la fit enrager – il prenait un malin plaisir à interpréter de travers ses paroles. Je crois même, belle demoiselle, que nous devrions deviser immédiatement.

Désarçonnée et fâchée, elle secoua la tête.

— À propos de votre nièce et...

— William ! Au nom du ciel, combien de temps me faudra-t-il patienter avant que vous vous rappeliez les bonnes manières et me présentiez comme il convient cette dame belliqueuse ?

Le visage du laird s'assombrit. Il répondit d'un ton rude :

— Ne voyez-vous pas que je suis occupé, espèce de canaille ?

Surprise par les paroles de William, Laura sursauta et se tourna vers l'inconnu qui s'approchait. Avec sa chemise ouverte et son grand sourire, l'homme de taille imposante, manifestement rétabli, semblait beaucoup moins menaçant qu'auparavant.

— Sir Wyntoun MacLean, milady, pour vous servir.

Il s'interposa entre Laura et le laird.

— Je présume que vous êtes mademoiselle Percy, la jeune femme dont j'ai tellement entendu parler ?

L'homme lui prit la main et fixa sur elle ses yeux verts.

— C'est exact, répliqua-t-elle, confuse. Je vous prie d'accepter mes excuses pour ce fâcheux incident. Il s'agit d'une méprise impardonnable.

Sir Wyntoun lui adressa un large et étincelant sourire.

— Je vous pardonne. Oublions tout cela. Il faut être extrêmement courageuse pour porter ainsi secours à un homme désarmé.

Ignorant le juron proféré dans son dos, le guerrier radieux prit le bras de Laura, lui proposant de l'accompagner jusqu'à la grand-salle. Peu attentive aux paroles de son chevalier servant, la jeune femme jeta un coup d'œil par-dessus son épaule en direction de William Ross.

Immobile, l'air maussade, le Highlander les regardait s'éloigner, la pointe de son épée toujours plantée dans le sol gelé.

Las, William se laissa aller contre le dossier de sa chaise et frotta ses yeux ensommeillés. Il ne restait plus que quelques lettres en souffrance qu'il repoussa. Simon s'en chargerait le lendemain, décida-t-il.

— À rester debout aussi tard et à travailler autant, tu vas finir par compromettre ta réputation de tire-au-flanc.

William grommela un semblant d'insulte à l'adresse de son frère le prévôt qui se tenait sur le pas de la porte. Gilbert entra, suivi de Willie, son gros chien.

— Tu n'es pas un hôte très enthousiaste, à t'éclipser aussi tôt de la grand-salle, enchaîna Gilbert. Nous nous sommes inquiétés, Wyntoun et moi.

— Qu'il aille au diable ! D'ailleurs, quand est-ce que cette face de rat va nous quitter ?

— Nous quitter ? Il vient à peine d'arriver.

Gilbert s'assit près de l'âtre et Willie se coucha en rond à ses pieds.

— Quand je lui ai demandé s'il pouvait rester à Blackfearn Castle pour les fêtes de Noël…

— Aurais-tu perdu la raison ? Il n'a pas de famille là-bas, dans les Hébrides ? Je ne serais pas mécontent de le voir partir dès demain.

— Tu es d'une obstination qui dépasse l'entendement. Surtout quand les choses s'arrangent.

— Quelles choses ?

Gilbert jeta un coup d'œil circonspect en direction de la porte entrouverte et chuchota :

— Entre Laura et Wyntoun.

Le laird se leva brusquement, manquant renverser sa lourde chaise.

— Elle a quitté la table assez tôt, si je me souviens bien. Comment les *choses* pourraient-elles s'arranger en son absence ?

Un sourire satisfait sur les lèvres, Gilbert croisa les bras.

— J'apprécie beaucoup sa compagnie. C'est une demoiselle absolument charmante.

William émit un grommellement indistinct.

— Depuis que nous l'hébergeons à Blackfearn, marmonna-t-il, elle n'a pas pris un seul repas dans la grand-salle. Excepté ce soir. Et encore… elle a joué les chaperons auprès de Miriam en la raccompagnant jusqu'à sa chambre.

Le laird se rembrunit. Comme pour le punir de ne pas l'avoir conviée plus tôt, réfléchit-il, cette satanée Anglaise avait pris place entre Gilbert et MacLean.

La peste l'avait même tourmenté en lui adressant de temps à autre son regard de biche. Ce dîner avait été un véritable calvaire. Dieu merci, il se trouvait assez loin pour n'avoir pas à supporter les propos mielleux que ce beau parleur de Wyntoun débitait à sa voisine.

Lorsque la petite Miriam avait vite montré des signes de fatigue, sa nièce et son chaperon s'étaient excusées et avaient pris congé de leurs hôtes.

William n'avait pas tardé à quitter lui aussi ses invités. Il se sentait de trop mauvaise humeur pour profiter pleinement du spectacle offert par des bateleurs qui, en route pour Inverness, avaient fait escale à Blackfearn.

Il avait cherché refuge dans sa bibliothèque. Le labeur était un exutoire auquel il s'essayait pour la première fois, et cela s'avérait efficace. Très efficace.

— Wyntoun accompagne Laura à la chapelle pour le premier office du jour, annonça le prévôt.

— Et qu'ont-ils prévu d'autre ?

— Tu ne voudrais tout de même pas que j'écoute aux portes, cher frère ?

— Tu te fiches de moi, espèce d'entremetteur ? Tu étais assis à côté d'eux. De quelles autres… choses ont-ils discuté ?

— Eh bien… ils n'ont pas convenu d'autre rendez-vous. Elle s'est en revanche beaucoup intéressée à la beauté sauvage des îles Hébrides. Wyntoun lui a quasiment dressé le plan de Duart Castle. Il a aussi fait allusion au grand âge de son père. Tout cela me paraît très prometteur.

— A-t-il évoqué un quelconque projet de mariage, une envie d'héritiers ? railla William.

Alors qu'il arpentait la bibliothèque, il trébucha sur Willie. L'indolent animal eut droit à un regard meurtrier.

— Par saint Andrew ! jura-t-il. Un cheval serait moins encombrant que ton fainéant de chien.

Pressentant qu'on parlait de lui, Willie leva le museau, fixa ses yeux ensommeillés sur le laird, bâilla à s'en décrocher la mâchoire puis s'allongea sur le flanc.

— Je serais très curieux de savoir… poursuivit William, si Wyntoun, cet homme bien sous tout rapport, a mentionné son passé peu glorieux de pirate lorsque, sur la côte ouest, il terrorisait les navires marchands.

— Impossible de tout raconter en un soir, voyons. Il aura tout le temps de révéler ce… détail, plus tard.

Dépité, le laird haussa les épaules et gagna la porte.

Miriam aimait bien Mlle Laura. Elle était plus gentille que nounou Jeanne.

Songeant à sa nourrice âgée et souffrante qu'ils avaient laissée derrière eux, elle récita une prière, demandant au bon Dieu le prompt rétablissement de la vieille gouvernante. Du haut de ses sept ans, la fillette avait un mauvais pressentiment concernant la maladie de nounou Jeanne.

Elle ouvrit les yeux pour observer Mlle Laura qui bordait son lit. Quel merveilleux changement, entre la froide indifférence des gens à Hoddom Castle et la bienveillance que lui manifestait Mlle Laura ! Aussi loin que remontaient ses souvenirs, jamais on ne lui avait prodigué autant d'attentions.

Allongée dans son grand lit douillet, la fillette se laissa bercer par la vision de la jeune femme assise près de l'âtre, un livre entre les mains – et non de la broderie ou du tricot, comme le faisait nounou Jeanne.

Ici, personne ne me fera de mal, se dit-elle.

Cela ressemblait au bonheur que l'on narrait dans les contes de fées. Les images de Mlle Laura et du laird flottèrent dans son esprit déjà ensommeillé.

Glissant peu à peu dans le royaume des songes, Miriam se pelotonna dans ses couvertures. Elle s'endormit en rêvant d'une famille, d'une maison où l'on s'aimait, d'un bonheur immuable.

Laura considéra la fillette avec tendresse. Elle referma son livre, appuya les coudes sur ses genoux, posa le menton sur ses poings et contempla l'enfant assoupie.

Trop de fantômes planaient au-dessus de la frêle silhouette de Miriam. Trop d'incertitudes avaient envahi l'esprit de l'enfant.

Laura avait décidé d'évoquer avec William la fragilité de sa nièce. Il lui paraissait urgent de donner à cette petite des repères solides, ainsi que l'amour qui lui avait cruellement fait défaut.

Durant le dîner, en observant attentivement William et sa voisine de table, Miriam, elle avait déploré qu'un adulte soit aussi peu attentionné à l'égard d'un enfant.

L'air absent, le laird avait fait glisser sa sempiternelle pièce d'or entre ses doigts. Miriam n'avait pas quitté son oncle des yeux. De sa place, Laura ne les avait pas vus discuter. Une parole ou deux, peut-être... Aucune joie partagée pendant le repas. Une atmosphère silencieuse.

Bon, elle obtiendrait cet entretien avec le laird dès le lendemain. Coûte que coûte.

Laura se leva, s'approcha du lit et caressa tendrement le front de Miriam. Sur ce visage angélique, aucun trait crispé ; cette adorable enfant dormait profondément.

Elle lui envia ce sommeil de plomb. Ses propres nuits étaient hélas ! peuplées de cauchemars. Son douloureux passé resurgissait inlassablement. Elle revoyait le visage de son père. Cette horrible journée, dans le Yorkshire, où on l'avait arraché à sa famille pour l'emmener à Londres. La rumeur de sa mort tragique. Le regard terrorisé de ses sœurs, de sa mère...

Laura chassa de son esprit ces pénibles pensées et se dirigea d'un pas ferme vers la porte. Elle refusait de craquer. Elle avait des promesses à tenir, des responsabilités à assumer.

Une enfant avait besoin d'elle jusqu'à ce que son oncle lui accorde une place dans son cœur.

18

Le voile bleu ourlé d'or qui recouvrait la grande croix constellée de pierres précieuses voleta quand le chevalier entra. Les hommes présents dans la pièce se retournèrent, le regard plein d'attente. Ils le harcelèrent de questions.

— Est-ce vrai, Duncan ?

— Savons-nous où se cache la mère ?

Le chevalier s'inclina devant le chef aux yeux gris avant de faire face à l'assemblée.

— La rumeur dit vrai. Lady Diana s'est réfugiée dans l'abbaye de Jedburgh. D'après nos sources qui séjournent là-bas, elle devrait quitter l'abbaye avant Noël.

— Il faut aller la capturer maintenant ! s'exclama un chevalier.

— Il vaudrait mieux, me semble-t-il, la surprendre le jour de son départ, objecta un autre.

— Qu'en est-il de la Lame ? demanda un troisième, provoquant un brouhaha d'approbation.

Le chef s'avança. Le silence se fit immédiatement.

— Nous n'agirons pas maintenant, déclara-t-il. Nous ne l'enlèverons pas non plus le jour de son départ.

Des avis contradictoires se firent entendre. Le chef leva la main pour les faire taire.

— Nous sommes vigilants et continuerons de surveiller Diana Percy. N'ayez crainte, elle ne nous échappera pas. En outre, notre camarade, la Lame de Barra, est chargé de veiller sur Tiberius.

Se tournant vers un chevalier plus jeune, il ajouta :

— Mon ami, informez la Lame de notre découverte et dites-lui bien que nous n'agirons pas sans son commandement.

— C'est comme si c'était fait.

Il lui paraissait insensé de gagner la chambre de Laura à cette heure avancée de la nuit, mais la raison n'avait jamais été son fort.

Tout en montant le vieil escalier reliant la grand-salle à l'aile est du château, William s'efforça de ne pas réfléchir à ce qu'il pourrait dire ou faire si elle l'invitait à entrer quand il frapperait à sa porte. Il improviserait. Après tout, sa nature impulsive l'avait toujours tiré d'affaire.

À peine eut-il atteint la dernière marche qu'il entendit le grincement d'un battant qu'on ouvrait au fond du couloir. Il s'immobilisa.

Stupéfait, il vit Miriam trottiner dans l'obscurité. Vêtue d'une chemise de nuit blanche, elle avait tout d'un elfe malicieux. Elle courut jusqu'à la chambre de Laura. Arrivée là, elle hésita, frotta ses pieds nus l'un contre l'autre et se frictionna les bras pour se réchauffer.

Décidément, ce corridor était toujours le royaume des courants d'air. Rien n'avait changé, songea William en scrutant les étoiles qui perçaient la toiture endommagée. Il s'en voulut de n'avoir pas encore dépêché sur place une équipe d'ouvriers.

Sa nièce leva sa menotte pour frapper, se ravisa et tourna les talons pour regagner sa chambre. Elle réapparut quelques secondes plus tard, une couverture sur ses frêles épaules.

Trop accaparée par sa sortie nocturne, Miriam ne remarqua pas son oncle. Elle prit la direction opposée et descendit les marches menant aux cuisines.

William alla jeter un coup d'œil dans la chambre de la fillette. Un petit feu brûlait dans l'âtre et le lit orné d'un plaid aux couleurs des Ross semblait confortable. Il remarqua une tapisserie splendide accrochée au mur du fond. Les volets intérieurs clos protégeaient du froid glacial qui régnait au-dehors.

Il ne reconnaissait plus l'appartement que lui et son frère avaient autrefois occupé. Les lieux étaient à présent douillets et décorés avec goût, et il se demanda pourquoi Miriam refusait d'y dormir. Peut-être était-ce parce qu'il s'agissait du premier soir, supposa-t-il.

William regagna le couloir, fixa un instant un regard plein d'envie sur la porte de la chambre de Laura, puis décida de suivre la trace de sa nièce.

Dans l'escalier menant à l'office, il nota avec satisfaction que l'on avait enfin remplacé la marche manquante et se félicita d'avoir pu ainsi éviter à Miriam de se blesser dans ses déambulations nocturnes.

Depuis le palier précédant la dernière volée de marches, il embrassa du regard les vastes cuisines. Des serviteurs dormaient çà et là. Sur plusieurs tables étaient disposées des plaques sur lesquelles des pâtons soigneusement alignés levaient, attendant d'être enfournés. Chonny s'était allongé sur un banc jouxtant la porte donnant sur la grand-salle – un emplacement stratégique, songea le laird.

Le cuisinier se redressa prestement en apercevant son maître.

William s'accroupit auprès de lui.

— Vous auriez pas perdu une p'tite fille ? chuchota Chonny.

Il opina.

— Regardez à côté des sacs d'avoine, près du feu, dit Chonny en pointant le menton en direction du foyer. Y a pas bien longtemps qu'elle est descendue. Elle tremblait comme une feuille. Elle a pris une toile de jute comme couverture. J'ai pas voulu lui faire peur, alors j'ai fait semblant de dormir.

William lui asséna une tape amicale et s'approcha de l'âtre à pas de loup.

Dans la pénombre, il distingua une frêle forme humaine. En guise de paillasse, Miriam avait entassé des sacs et s'était couchée en chien de fusil. Il vit une menotte, des boucles brunes… Se penchant au-dessus d'elle, il tira doucement sur le tissu rugueux dont elle s'était enveloppée. Elle dormait déjà du sommeil du juste.

Une subite angoisse l'accabla. Il contempla le visage de l'enfant, son front pâle, ses longs cils, sa chevelure couleur de nuit et se souvint des traits de Mildred lorsqu'il l'avait rencontrée pour la première fois à Hoddom Castle. La mère ne ressemblait pas à sa fille, cet adorable lutin.

Le laird n'eut aucun mal à se rappeler les longs cheveux blonds de Mildred, son port altier et ses yeux noisette qui envoûtaient n'importe quel homme.

À l'époque, il était jeune et inconscient mais l'air suffisant de la belle ne lui avait pas échappé.

Soudain, la fillette frissonna et poussa un gémissement à fendre l'âme qui ramena William au présent. Il songea à une autre femme qui logeait au-dessus et qui avait, elle aussi, gémi dans son sommeil… et dans ses bras.

Avec précaution, il souleva sa nièce. Miriam s'accrocha au tartan de son oncle, posa sa tête dans le creux de son épaule.

Aussi légère qu'une plume, se dit-il. Si petite, si fragile… Il avait un devoir : veiller au bien-être de l'orpheline.

En proie à un cauchemar, Laura se redressa brusquement dans son lit. Des coups de marteau lui vrillaient les tympans, des cris retentissaient. Dans ce remue-ménage, il lui sembla entendre frapper à sa porte.

Elle se leva et s'enveloppa d'une couverture avant d'aller ouvrir. Sur le seuil, elle découvrit une Miriam fraîche et pimpante.

— Je peux entrer ? demanda timidement la fillette.

Un large sourire aux lèvres, Laura s'effaça pour la laisser passer. Jetant un coup d'œil furtif dans le corridor, elle vit deux hommes qui s'affairaient près des étroites fenêtres. À entendre le tumulte au-dessus d'elle, elle comprit que d'autres s'activaient sur le toit.

— Je n'arrive pas à croire que j'ai dormi aussi tard, dit-elle en refermant la porte de sa chambre.

Elle versa de l'eau dans une bassine et se débarbouilla le visage. Les mauvais rêves qui l'avaient harcelée étaient encore bien présents à son esprit. Cela avait été l'une des pires nuits depuis son arrivée. Des images effrayantes la hantaient. Les hurlements de ses proches, une mystérieuse carte qui voletait au-dessus d'elle, hors de portée... Elle s'aspergea une nouvelle fois pour chasser ces fantômes du passé.

Miriam s'approcha de la fenêtre, se dressa sur la pointe des pieds et scruta l'horizon.

— Il est pas tard, milady.

— Qui t'a aidée à t'habiller ?

— Personne. Je me suis habillée toute seule. Et puis j'ai déjà été dans la grand-salle et j'ai grignoté quelque chose.

— Bravo, Miriam.

Laura ôta l'ample chemise du laird qu'elle conservait encore pour la nuit et enfila sa robe de laine brune. Elle se contorsionna afin de lacer le dos de son vêtement.

— Tu t'es levée avant l'aube, alors ? poursuivit-elle. Oh non ! J'ai complètement oublié ! J'étais supposée accompagner sir Wyntoun pour l'office du matin.

— Je crois qu'il est trop tard, répliqua la fillette, les yeux rivés sur le terrain d'entraînement. Quand je me suis assise pour manger, monsieur le prévôt et sir Wyntoun partaient pour la messe.

Laura soupira.

— Bon, tant pis. Tu pourrais l'appeler oncle Gilbert, non ? Je pense que ça lui ferait plaisir.

— D'accord. Ça me plaît aussi, répondit Miriam d'une voix guillerette. Vous aimez sir Wyntoun ?

— Je…

Laura eut un sourire amusé. Elle imaginait sans mal le fonctionnement des rouages dans le cerveau de cette petite entremetteuse.

— Je le trouve… agréable.

— Et mon oncle, vous l'aimez ? Je veux dire, mon oncle le laird.

La seule évocation de William Ross fit rougir Laura. Elle glissa la chemise du Highlander sous les draps.

— Lui aussi m'est agréable, répondit-elle en tirant la courtepointe en soie damassée du lit afin de masquer son embarras.

— Vous le trouvez plus agréable que sir Wyntoun ?

Miriam s'était détournée de la fenêtre et fixait ses yeux interrogateurs sur Laura.

— Est-ce parce que tu t'inquiètes du départ des gens que tu me poses toutes ces questions ?

— Non, non, assura l'enfant en secouant ses ravissantes boucles brunes. C'est juste que… je préfère le laird.

La spontanéité et l'innocence de la fillette lui réchauffèrent le cœur.

— Je suis de ton avis, ma chérie. As-tu partagé ton repas avec ton oncle William ?

Miriam fit de nouveau face à la fenêtre.

— Non, il donnait des ordres aux ouvriers. Maintenant, il s'entraîne dans la cour avec ses hommes.

Même si la petite n'avait guère passé de temps avec le laird, elle paraissait plus clémente à son égard. Et il y avait autre chose, songea Laura. Un subtil changement dans le comportement de l'enfant. Elle semblait plus à son aise.

À son tour, elle s'approcha de la fenêtre pour regarder ce qui attirait tant Miriam. Les guerriers étaient moins nombreux qu'à l'accoutumée, remarqua-t-elle. Avec sa taille imposante et ses longs cheveux châtains tombant sur ses puissantes épaules, William Ross était sans conteste le plus magnifique des hommes.

Et le plus... agréable. Oui, Laura avait un faible pour le laird.

— Veux-tu m'accompagner pendant que je vais déjeuner ? demanda-t-elle.

Miriam jeta un dernier coup d'œil dehors, acquiesça et prit la main de la jeune femme.

— J'aimerais lui faire un cadeau pour Noël.

— Je suis certaine qu'il sera ravi.

— Je sais broder. Vous croyez qu'il sera content si je lui brode quelque chose ?

— J'en suis sûre.

Cette petite discussion rasséréna Laura. La moindre parole, la moindre action susceptible d'aider au rapprochement entre la nièce et son oncle étaient les bienvenus.

Après s'être assuré de l'avancement des travaux sur la toiture, William gagna la grand-salle.

Edward et Simon sur ses talons, le laird descendit l'escalier en colimaçon et ordonna à son guerrier en chef de faire seller sa monture. Puis, rappelant à son intendant certaines tâches urgentes, il en profita pour demander que l'on fasse venir un vitrier d'Inverness.

Le colosse et l'intendant échangèrent des regards ébahis.

William insistait pour que l'on installe des vitres aux fenêtres de l'aile est aussi vite que possible.

En pénétrant dans la grand-salle, il buta contre Willie étalé de tout son long sur le pas de porte. Il baissa les yeux sur l'animal et ses traits s'adoucirent quand il vit la fillette assise en tailleur, caressant la tête du gros chien posée sur ses genoux.

Elle leva vers lui ses yeux bleus pleins de confiance. La nièce et l'oncle avaient échangé peu de paroles, et pourtant un lien s'était noué entre eux. Les enfants sont d'étranges créatures, pensa-t-il.

— Bonjour, ma petite.

— Bonjour, mon oncle.

Quand il l'avait ramenée dans sa chambre pour la remettre dans son lit, Miriam s'était réveillée et l'avait regardé avec étonnement. Les mots qu'elle avait alors prononcés l'avaient stupéfié :

— Je voulais pas jouer à l'enfant gâtée.

Des larmes avaient perlé au coin de ses yeux. William avait perçu une insondable tristesse, qui l'avait bouleversé. Comment une fillette pouvait-elle être aussi mélancolique à un si jeune âge ?

— Tu ne joues pas à l'enfant gâté, l'avait-il rassurée.

— Vous êtes pas en colère parce que j'ai quitté ma chambre ?

— Non, ma petite. Tu es ici chez toi. Tu peux aller où bon te semble.

Elle avait ensuite replongé dans le sommeil. William était resté un long moment, observant la pièce avec les yeux d'une enfant de sept ans. Trop vaste, trop vide, trop impersonnelle…

De retour dans la grand-salle, il avait traîné Willie, le gros chien de Gilbert, jusque dans la chambre de Miriam, et installé l'animal près de l'âtre. Le matin venu, il s'était renseigné auprès de Chonny. La fillette n'avait pas remis les pieds dans les cuisines de la nuit.

William lança un regard torve du côté de l'immense âtre de la grand-salle. Cet infâme coquin de MacLean était adossé au manteau sculpté de la cheminée, et conversait avec la belle Anglaise.

Marmonnant une bordée de jurons inaudibles, il chercha son frère. Au lieu de chaperonner ces satanés tourtereaux, celui-ci bavardait avec Marie dans l'embrasure de la porte menant aux cuisines.

Quand Laura éclata d'un rire cristallin – réagissant sans doute à une ânerie formulée par Wyntoun – Gilbert sortit de la grand-salle. Sans doute estimait-il avoir rempli sa mission d'entremetteur, songea William.

— Par la queue de Satan ! maugréa-t-il.

Comment avait-il pu être aussi faible et se laisser ainsi envoûter par cette ensorceleuse, cette démone d'Anglaise, cette…

Pestant entre ses dents, il se dirigea vers le couple. Tandis qu'il approchait, les yeux améthyste de Laura s'écarquillèrent. Wyntoun MacLean tournait le dos à son hôte. Cette face de rat, cet ancien pilleur de navires, cet empêcheur de tourner en rond poursuivait son insupportable babillage.

Le laird se sentit prêt à déverser sa rage contre son ami d'autrefois. Wyntoun allait être expulsé, vite fait bien fait ! On l'attacherait à une mule qu'on enverrait galoper. Et pas plus tard qu'aujourd'hui, décida William.

Presque malgré lui, pourtant, il sourit à Laura puis fusilla MacLean du regard.

Ouste, hors d'ici, scélérat ! se répétait-il.

— Je suis ravie de vous voir, milord ! s'exclama la jeune femme en souriant à son tour. Je vous ai cherché toute la matinée.

Wyntoun, lui aussi, était tout sourires.

Pourquoi toutes ces manières ? L'envie démangea William de lui flanquer une droite qui lui fasse avaler ses dents blanches de chacal.

— Milord, enchaîna Laura, m'accorderiez-vous quelques instants ? Je vous serais infiniment reconnaissante si nous pouvions nous entretenir un moment.

À sa grande stupeur, elle posa nonchalamment les doigts sur son bras.

— J'ai d'abord une affaire urgente à régler, répliqua-t-il avec froideur.

Il s'aperçut alors que le sourire de Wyntoun avait disparu et que ses yeux étaient rivés sur la main de Laura.

— Ce que j'ai à vous dire est de la plus haute importance, insista-t-elle. Cela ne peut attendre.

William but du petit-lait en voyant une lueur de jalousie flamber dans le regard de Wyntoun. Arborant un petit sourire narquois, il prit la main de Laura et se dirigea vers ses appartements.

Elle dut presque courir pour le suivre.

— Écoutez, William, j'avais l'intention de vous parler depuis un long moment.

— Hum…

À cet instant, Gilbert reparut et les regarda passer avec un air ébahi.

— Ce que je veux dire… s'exclama Laura. Vous pouvez me lâcher. Je vous promets de ne pas m'enfuir.

— Je me fiche comme d'une guigne de vos promesses, rétorqua William en la poussant presque dans ses appartements.

Là-dessus, il lança un regard meurtrier aux quelques curieux qui observaient la scène avec étonnement et leur claqua la porte au nez.

Choquée par le comportement possessif – aussi soudain qu'inattendu – du Highlander, Laura se mordit la lèvre. Si ce n'était pas la jalousie qui le rongeait, cela y ressemblait diablement.

Il lui tenait toujours la main quand elle regarda autour d'elle. La présence de l'immense lit dans un coin ne présageait rien de bon. Ses joues rosirent quand William darda sur elle ses yeux saphir.

— Je… je ne crois pas que… ce soit l'endroit approprié pour un entretien, bredouilla-t-elle.

Il balaya la pièce des yeux, revint à elle.

— Je comprends, grommela-t-il.

En moins de temps qu'il ne fallait pour le dire, ils se retrouvèrent dans la bibliothèque. Une fois la porte close, le laird lui lâcha enfin la main.

Laura recula de quelques pas. Un peu de distance était nécessaire, songea-t-elle. Cela n'empêcha toutefois pas son cœur de se mettre à battre la chamade quand William la dévisagea.

Si Wyntoun MacLean incarnait le calme et le raffinement, William Ross différait en tous points. Ses longs cheveux, encore mouillés de sa toilette matinale, étaient noués par un ruban de cuir. Son tartan, qu'il avait manifestement mis à la hâte, recouvrait une chemise d'un blanc immaculé moulant son torse puissant, et un ceinturon ceignait négligemment son kilt.

Cet homme était dangereusement beau, se dit-elle en maîtrisant tant bien que mal sa respiration. La veille, elle avait surpris deux filles de cuisine qui gloussaient à propos de tâches qu'elles se seraient volontiers vu attribuer dans les écuries. En effet, c'était là que se lavaient les guerriers après leur entraînement. Laura songea qu'elle aussi serait disposée à s'affairer entre les stalles à certaines heures.

Elle chassa ces pensées et s'éloigna de l'âtre pour gagner la fenêtre. Un peu d'air frais lui ferait le plus grand bien.

— Alors ? lança William. Que vous a raconté cet intraitable flagorneur ce matin ?

— Ce matin ? répéta-t-elle machinalement.

Une question incongrue la traversa. Pourquoi les Lowlanders et les Anglais ne portaient-ils pas de kilt ? Elle se tourna vers la fenêtre qu'elle ouvrit.

— Il... il fait chaud ici, vous ne trouvez pas ? dit-elle pour changer de sujet.

— Que susurrait donc cette face de babouin dans vos chastes oreilles ?

Le courant d'air vif et glacé avait l'effet escompté, constata-t-elle avec soulagement en faisant face à William. Elle était parvenue à reprendre une contenance.

— Ce que j'ai à vous dire n'a aucun rapport avec sir Wyntoun, répondit-elle.

— Ne soyez pas impatiente, grommela-t-il. Nous discuterons de ce qui vous tracasse. Mais avant, parlez-moi de cet aimable sir Wyntoun.

— Je pensais que vous le connaissiez. J'ai cru comprendre que vous avez partagé beaucoup de choses durant votre jeunesse. Alors puisque vous êtes amis...

— Nous *étions* amis.

— Ah ? Pourtant, il n'évoque votre personne qu'en termes élogieux.

— Bien entendu. Blackfearn Castle est réputé pour l'hospitalité que nous offrons à nos hôtes. Comment pourrait-il nous dénigrer ?

Un court silence s'installa.

— Eh bien, enchaîna Laura, à part s'extasier sur votre sens de l'hospitalité, sir Wyntoun m'a parlé un peu de lui.

— Son sujet de prédilection.

William fit un pas en direction de Laura qui retint son souffle en voyant flamber dans ses yeux une étrange lueur.

Elle n'était pas experte en matière de passion, mais chaque fois qu'elle et lui étaient proches, des étincelles semblaient près de jaillir. Tous deux brûlaient du même désir. La relation – fiévreuse, déroutante – qui était née entre elle et le laird avait nourri ses rêves les plus audacieux.

À son plus grand étonnement, il tourna les talons pour rejoindre la chaleur de l'âtre. La déception la piqua au vif.

Le père prévôt l'avait convaincue : pour assurer sa sécurité, le mariage serait la solution la plus raisonnable. William avait paru partager cet avis, ce qui, justement, la décontenançait au plus haut point. Pourquoi personne ne semblait-il penser qu'elle pourrait épouser le laird ?

Elle ne put s'empêcher de le provoquer.

— Cette idée de mariage ne déplaît pas à sir Wyntoun.

Le visage de William se rembrunit.

— Vous a-t-il demandé votre main ?

— Pas encore.

— Pourtant, vous avez abordé le sujet avec lui. Lui avez-vous exprimé votre…

— Jamais je ne ferais une chose pareille.

— Pourquoi pas ?

Laura retint les mots qu'elle brûlait de formuler. C'était clair comme de l'eau de roche : malgré ses attraits physiques, son charme indéniable, son rang, sir Wyntoun n'avait pas conquis son cœur. Sa présence lui était agréable, mais elle ne l'aimait pas.

Et si elle avait rencontré le laird des MacLean avant de croiser le chemin du laird des Ross ? songea-t-elle. Avant de découvrir l'onde ardente qui pouvait submerger une femme, corps et âme, au simple effleurement, à la simple vue d'un homme…

Tour à tour, l'espoir et le désappointement, la crainte, la soif inextinguible de l'autre l'avaient ébranlée jusqu'au tréfonds de son être. Sir Wyntoun ne provoquait en elle aucune de ces sensations ; seul William lui causait cet indescriptible émoi.

Elle le désirait. Plus que tout au monde, elle souhaitait qu'il la prenne dans ses bras robustes, qu'il l'embrasse comme jamais personne ne l'avait embrassée. Son corps réclamait ses caresses, ses mains sur ses hanches, sa langue enfiévrée dans sa bouche.

Elle voulait William Ross.

Aucun autre homme ne pouvait combler le manque qu'elle sentait au creux de ses reins.

Certaine d'être une femme damnée, Laura baissa la tête.

— Par conséquent, dit le laird, vous pensez que ce n'est pas à vous de faire le premier pas ?

Levant les yeux vers lui, elle nota les rides qui plissaient le front soucieux du Highlander. Elle peinait pour ne pas perdre le fil de leur conversation et dut se faire violence pour imprimer dans son esprit les mots « proposition de mariage », et le nom du prétendant : sir Wyntoun MacLean.

— Votre frère, répondit-elle, s'est engagé à plaider ma cause auprès de votre hôte. Il me semble déterminé. Ce qui doit advenir adviendra.

William se détourna. Laura regretta amèrement d'avoir de nouveau évoqué ces noces improbables. À présent, il était convaincu, songea-t-elle, qu'elle souhaitait épouser son ami d'autrefois.

Maintenir la situation – et les quiproquos – la rebutait, mais une infime part d'elle-même, l'orgueil sans doute, refusait d'avouer la méprise, la vérité.

En tout cas, la réalité parlait d'elle-même : William Ross ne lui avait pas demandé sa main.

Lorsqu'il lui fit à nouveau face, il s'exprima sur un ton glacial :

— Vous désiriez vous entretenir avec moi d'autre chose, je me trompe ?

Il s'assit à son bureau, l'air grave, et observa les objets soigneusement rangés. Pendant une fraction de seconde, Laura eut envie de le féliciter pour les changements apportés dans le château, les travaux entrepris. Le froncement de sourcils du laird l'en dissuada.

— J'ai aujourd'hui un emploi du temps chargé, dit-il en lui désignant une chaise.

Laura hocha la tête, s'assit. Elle avait sollicité un entretien privé afin d'évoquer le bien-être de Miriam. Ses préoccupations sentimentales pouvaient attendre.

— Il s'agit de votre nièce, annonça-t-elle.

— Miriam.

Au moins, pensa-t-elle, il admettait que l'enfant avait un prénom.

— Je sais qu'elle n'est ici que depuis peu, mais je me disais que… vous pourriez peut-être reconsidérer vos projets la concernant.

En butte au silence du laird, elle ajouta :

— Cette petite n'a que sept ans et elle est orpheline depuis deux ans. Apparemment, elle n'a aucun lien de parenté avec les gens de Hoddom Castle…

— Miriam vivait là-bas avec son grand-père.

— Un vieillard qui, d'après ce qu'on m'a dit, tenait sa petite-fille à l'écart.

— Des hommes tels que lord Herries gèrent les affaires du monde. Que voulez-vous qu'il fasse avec une fillette ?

Il s'interrompit, l'air songeur.

— Miriam s'est-elle plainte auprès de vous ?

— J'ai posé des questions à sir Wyntoun pour savoir qui s'occupait d'elle à Hoddom Castle. Comprenez-moi bien : je n'ai nullement l'intention de salir la réputation de lord Herries. Votre ami… votre ami d'antan, rectifia-t-elle, m'a assuré que Miriam bénéficiait d'un confort irréprochable. Il semble que ce confort, ajouté à des rudiments d'éducation, ait été les seules attentions auxquelles elle ait eu droit.

— Bien des gens estimeraient cela amplement suffisant, riposta-t-il.

— C'est vrai. Des gens dotés d'un cœur de pierre.

Laura se tordit les mains, se radoucit :

— Miriam n'est qu'une enfant ! Elle a besoin de l'affection d'un parent, et non de choses bassement matérielles. Ces dernières années, elle ne savait même pas quel était son véritable foyer.

Elle fixa ses mains un peu tremblantes et s'efforça de choisir les mots justes. Il fallait absolument que William comprenne les véritables besoins de sa nièce. Dans l'intérêt de Miriam, elle ne devait pas traiter le laird avec condescendance. Elle savait, pour en avoir fait l'expérience, que William était l'un des rares hommes capables de manifester leur tendresse.

— Miriam ne demande qu'à faire plaisir. Elle veut être la petite fille modèle. Je l'ai observée qui cherchait désespérément un peu de votre attention, de votre approbation. C'est la raison pour laquelle je vous supplie de reconsidérer vos projets, et surtout, vos sentiments à l'égard de votre nièce.

— Je vous rassure, j'y ai beaucoup réfléchi.

Laura en eut le souffle coupé.

— Est-ce à dire que vous allez la garder ?

— Oui. Aviez-vous autre chose à me confier ?

Laura scruta les prunelles saphir de William en quête d'un peu de chaleur, d'une once de joie. Son choix concernant Miriam valait bien cela… Elle ne vit qu'un regard vide, en fut attristée.

— Elle… bafouilla-t-elle, elle est en train de vous fabriquer un cadeau. Rien d'exceptionnel, mais…

— Je l'accepterai de bonne grâce.

Il se leva et conclut :

— Si vous voulez bien me pardonner, Edward m'attend dans la cour.

Elle venait d'être congédiée telle une vulgaire soubrette.

19

— Eh bien, William Ross, ce soir, te voilà un homme populaire dans ce village ! s'exclama Edward.

— Tu crois ?

Chevauchant Invincible en haut de la côte surplombant la vallée où s'agglutinaient les chaumières, le laird contemplait l'étendue que le crépuscule assombrissait. Avec la meilleure des volontés, il ne parvenait pas à partager l'enthousiasme de son plus fidèle guerrier.

— Tu l'as vu par toi-même ! Et quand on est allés rendre visite à la veuve du forgeron et ses garçons. Sapristi ! Ils contemplaient la venaison que nous leur avons offerte comme s'ils détenaient la huitième merveille du monde. La pauvre femme se confondait en prières et en remerciements. Et le vieux Roger qui te bénissait pour un ballot de laine ! J'ai cru que sa femme ne s'arrêterait plus de pleurer.

— Tout ça pour un misérable ballot…

— Pour du tissu cousu d'or, ç'aurait été les mêmes effusions.

— Et l'ermite ? demanda William

— On l'a trouvé en haut du vallon. Il a eu beau nous invectiver et nous menacer de mort, ça ne l'a pas empêché de prendre la bière et l'avoine qu'on lui a laissées.

Le laird engagea sa monture sur le chemin menant à la colline voisine.

— Où sont les hommes ? s'enquit-il.

— Ils se sont éparpillés je ne sais où. En tout cas, certains avaient décidé d'aller boire une pinte aux Trois Coupes.

Le colosse scruta l'horizon avant de poursuivre :

— Comment allait la veuve de l'intendant ?

— Pas très bien, je le crains. Bien qu'elle ait encore ce sens de l'humour qui l'a toujours caractérisée, elle ne s'est pas remise du décès de Robert. En fait, je ne suis pas certain que le fait de vivre isolée dans ce cottage délabré arrange la situation.

— Elle a pourtant insisté pour quitter le château après la mort de son mari.

— Hum… m'est avis qu'elle se sentait inutile à Blackfearn. C'est ma faute. J'aurais dû la persuader de rester.

— Il n'est jamais trop tard, répliqua Edward.

— Peut-être. Nous verrons avec Simon s'il pense à quelque besogne pour occuper l'esprit de cette femme.

Une pluie givrante tombait par intermittence. Bien que trempé jusqu'aux os, William ne ressentait ni le froid glacial ni l'humidité. Impossible d'ôter de son esprit l'accueil chaleureux que lui avaient réservé les villageois, les fermiers. Ses gens. Sa responsabilité, se rappela-t-il.

Le brouhaha que produisaient les joyeux convives attablés aux Trois Coupes résonnait à trois lieues. Le cornemuseur était soit piètre musicien, soit passablement ivre. Quoi qu'il en soit, les rires mêlés de chants chassèrent vite l'humeur maussade du Highlander.

La pluie tombait dru. Edward s'épongea le visage.

— As-tu convié au château les villageois pour le réveillon de Noël et *celeidh*, l'incontournable soirée traditionnelle ? Peter se demandait si tu comptais inviter les filles de la taverne.

— Connaissant le caractère de sa femme, il ferait bien de ne pas poser ce genre de questions. Si par malheur cette brave Églantine l'apprenait, il risquerait de ne pas survivre jusqu'à la fête des Rois.

Des exclamations furibondes interrompirent leur conversation. Un couple regagnait son foyer après une soirée passée aux Trois Coupes. La femme qui houspillait son mari se tut en apercevant le laird puis s'inclina. L'homme leva la main en guise de salut.

Un sourire amusé courut sur les lèvres de William.

— Bonsoir, Hector, lança-t-il gaiement. Quelle belle nuit pour sortir votre dame, n'est-ce pas ?

— Oui, milord. Un temps idéal pour une petite promenade, ironisa Hector. D'ailleurs, Ellie, ma chère et tendre, était en train de m'en remercier.

Tous rirent de bon cœur et se séparèrent.

Edward reprit la discussion là où ils l'avaient laissée.

— Peter m'a assuré qu'il ne pensait qu'à faire plaisir aux hommes du clan… et à leur laird.

William jeta un regard inquisiteur à son compagnon.

— Depuis quand Peter a-t-il le temps de penser à autre chose qu'à calmer les fureurs d'Églantine ?

— Il faut reconnaître qu'elle a un sacré tempérament. À vrai dire, je pense que c'est Molly qui a mis son grain de sel. Il paraît qu'elle s'est plainte de ne plus te voir à la taverne. À mon avis, elle s'inquiète de savoir si tu as pris femme sans l'en avertir.

— La prochaine fois que tu croiseras cette effrontée, grommela le laird, dis-lui qu'elle se tracasse pour rien et que je lui rendrai visite bien assez tôt.

Edward tira sur les rênes de son cheval et désigna du menton la petite taverne toute proche.

— Pourquoi ne pas t'y arrêter et le lui dire toi-même ? Je crois qu'au château tout le monde a dû aller se coucher.

L'espace d'une seconde, l'idée de suivre les conseils de son comparse effleura William, le séduisit même. Il réfléchit aux joyeux ébats dans la paille avec cette jolie blonde aux yeux pervenche, mais le désir qui l'avait si souvent animé par le passé avait perdu de son ardeur.

— Non, finit-il par dire. Ce n'est pas un soir pour folâtrer.

— Alors ? insista Edward, on invite les filles de la taverne, oui ou non ?

— Hum… oui, elles vivent sur les terres des Ross. Elles ont le droit de participer à la fête comme n'importe lequel de nos villageois.

Ainsi qu'elle l'avait promis à sir Wyntoun, Laura redescendit à la grand-salle dès que Miriam eut trouvé le sommeil. Elle avait toujours manifesté une grande soif de connaissance. Aussi avait-elle écouté avec plaisir le futur laird des MacLean lui décrire les îles Hébrides, lui narrer l'histoire de son domaine.

Un endroit avait tout particulièrement retenu son attention : Barra, une île située à l'extrême ouest de l'archipel. La mère de sir Wyntoun y était née.

Quelle incroyable coïncidence ! C'était là que l'on avait envoyé sa sœur Adrianne, pour la mettre à l'abri des malfrats et des serviteurs de la cour d'Angleterre.

Impatiente de rejoindre son compagnon auprès de l'âtre, et surtout d'en apprendre davantage sur cette île et ses habitants, Laura avait descendu l'escalier à la hâte.

La grand-salle était relativement calme quand elle en franchit le seuil. Plusieurs chiens levèrent la tête pour aussitôt se rendormir. Les quelques hommes attablés près de la porte menant aux cuisines ne troublaient guère l'atmosphère paisible qui régnait là. Ils parlaient à voix basse, gloussaient discrètement en finissant leur chope de cervoise. Certains dormeurs s'étaient massés dans des recoins sombres.

Laura balaya la salle du regard. Le prévôt paraissait s'être retiré pour la nuit. Aucun signe non plus du laird.

Assis devant le feu qui crépitait dans l'âtre, sir Wyntoun se leva prestement quand il aperçut Laura.

— Je commençais à perdre espoir, soupira-t-il en lui désignant une chaise.

Quand elle prit place, Willie vint s'allonger à ses pieds. Un sourire attendri joua sur ses lèvres. Elle caressa la tête de l'animal.

— Je suis navrée, répondit-elle. J'ai préféré attendre et m'assurer que Miriam était profondément endormie.

— Vous vous êtes attachée à cette petite, n'est-ce pas ?

Le Highlander fixa sur elle ses yeux verts.

— Comment ne pas s'y attacher ? Je n'ai jamais rencontré d'enfant aussi adorable.

— Quelque chose me dit que vous éprouveriez la même affection pour n'importe quelle autre fillette.

— C'est faux. Même si je n'ai pas connu beaucoup d'enfants, je peux en citer une. Une incorrigible gamine.

Il arqua un sourcil interrogateur.

— Ah… vraiment ?

— Oui. Ma benjamine de sœur, Adrianne. C'est une empêcheuse de tourner en rond, une enquiquineuse-née. En fait, ma mère nous répétait souvent qu'Adrianne était le garçon que mon père n'avait jamais eu.

Le grand chevalier éclata d'un rire tonitruant. Laura étudia ses traits à la lueur des flammes de l'âtre. Il était bel homme, mais ses attraits physiques ne suffisaient pas à éveiller chez elle autre chose que de la sympathie.

Il fit glisser un banc qu'il rapprocha du foyer, s'y assit. Appuyant ses bras puissants sur ses genoux, il se pencha vers son interlocutrice.

— Votre sœur, Adrianne, est-elle beaucoup plus jeune que vous ?

— Elle est ma cadette de deux ans. Cependant, à la voir, on croirait qu'elle est encore une petite fille.

— Serait-elle entêtée ?

— Comme une mule. Elle a des idées très arrêtées. Et, de surcroît, elle ne tient pas en place. Une vraie tornade.

Wyntoun étendit ses longues jambes. Le chien leva le museau et lança au Highlander un regard contrarié.

— Dommage que nous ne puissions pas lui présenter William ! Votre sœur serait l'épouse idéale pour mon vieil ami. S'il faisait la connaissance d'une femme apte à supporter ses sautes d'humeur, sans doute cesserait-il de vous suivre comme un jeune taureau en rut.

Les hommes avaient parfois d'étranges manières de s'adresser aux femmes… Elle prit la repartie du Highlander pour un compliment, même si c'était un curieux compliment ! Malgré la comparaison cocasse, Laura sentit une boule d'angoisse se former au fond de sa gorge. Que l'on puisse admettre l'éventualité d'une autre promise qu'elle – sa sœur ou n'importe qui – la transperçait telle une flèche acérée.

L'épouse idéale, avait dit Wyntoun.

L'embarras de Laura n'avait pas échappé à celui-ci, car il s'amenda :

— Pardonnez ce langage peu châtié. J'ai parlé trop vite.

Elle secoua la tête pour le rassurer, reprit contenance. Visiblement, il possédait un sens aigu de l'observation.

— En réalité, j'ai l'impression qu'il y a de l'attachement entre William et vous.

Il avait bien sûr raison. Impossible de nier les sentiments qu'elle éprouvait pour le laird. Accepter l'idée d'un autre prétendant tenait de l'hérésie, et ce quels que soient les efforts du prévôt. Elle n'avait donc pas le droit d'induire sir Wyntoun en erreur. Malgré tout le mal qu'en disait William, cet homme paraissait digne de respect et ne méritait pas qu'on le dupe.

— C'est vrai, finit-elle par répondre. Mais je vous avoue que votre ami ne semble pas partager mon sentiment.

— Vous craignez que ce ne soit pas réciproque ?

Elle hocha silencieusement la tête.

Qu'une femme puisse ébaucher des projets n'était pas du goût de William Ross, songea Laura. L'avenir, tout ce qui, de près ou de loin, nécessitait une projection dans le futur n'était pas non plus son fort. Quant au passé… comment combattre ce passé dont il semblait prisonnier ?

Wyntoun rapprocha son banc du siège de Laura et s'inclina comme pour lui confier à son tour un secret.

— Laissez-moi vous dire une chose, milady. Mon intérêt serait de vous pousser à renoncer à William. Mais, par honnêteté, je préfère vous laisser décider en votre âme et conscience. Mon sens de l'honneur m'oblige à vous parler ouvertement.

Les yeux émeraude de Wyntoun croisèrent le regard inquiet de Laura.

— William n'a jamais désiré une femme autant que vous.

— Votre ami a passé plus de temps à vous dénigrer qu'à me courtiser…

— Vous vous trompez. Je le connais depuis fort longtemps. Pour être franc, nous avons vécu de concert… bien des vicissitudes ici, dans les Highlands, et ailleurs. William n'a jamais fait preuve de… comment dire sans vous choquer ? … de fidélité envers la gent féminine. À l'âge où les hommes de notre rang songent à trouver la demoiselle qui satisfera les exigences de leur clan, William passait sans scrupule d'une belle à une autre.

Le Highlander grimaça.

— Ne vous méprenez pas, milady. Mon but n'est pas de dépeindre mon ami comme quelqu'un d'insouciant et d'indifférent. Son comportement parfois irrévérencieux peut vous paraître incompréhensible, mais il y a une explication. Voyez-vous… tout remonte à l'époque où Mildred – la fille de lord Herries…

Le chevalier s'interrompit, lança un rapide regard circulaire comme s'il hésitait à révéler certains détails. Laura eut brusquement la gorge serrée. Elle faillit le supplier de reprendre son récit, se ravisa.

— Je crois, dit-il enfin, qu'il faut que vous connaissiez l'énergumène. Si vous avez le courage de l'épouser, vous devez être au courant de son passé.

— Il ne m'a pas demandée en mariage, s'empressa-t-elle de préciser.

— Je sais, mais il le fera. Avant cela, même s'il refuse d'admettre qu'il agit égoïstement, il exigera que vous vous teniez à l'écart de moi.

Pourvu qu'il ait raison ! songea Laura. Cette union naguère improbable lui parut soudain comme une évidence. Elle désirait William. Elle voulait être sa femme et passer le reste de ses jours en compagnie du laird des Ross.

— Que souhaitiez-vous me dire concernant Mildred ? interrogea-t-elle, hésitante. C'était l'épouse de Thomas, n'est-ce pas ?

— Pas au moment où William et moi-même nous sommes rencontrés. Nous achevions nos études à l'université et nous installions à Hoddom Castle. À nos yeux, c'était une femme ravissante, pleine de vie et entourée de prévenances. Un peu trop, d'ailleurs. La demoiselle a jeté son dévolu sur notre ami dès son arrivée au château de son père.

— Est-ce que… bredouilla-t-elle. William l'a-t-il traitée avec indifférence ?

Wyntoun secoua négativement la tête, tout en glissant ses doigts vigoureux dans ses courts cheveux noirs.

— Nous étions jeunes. William n'était pas encore désabusé par le sexe faible. J'ignore s'il était amoureux. Ce que je sais, c'est qu'il était complètement sous le charme de la belle.

— Et Mildred ? L'a-t-elle aimé en retour ?

Wyntoun laissa échapper un petit rire.

— Mon honnêteté me perdra ! Si je n'avais pas eu pitié de lui, de la façon dont elle l'a traité, je n'agirais pas ainsi aujourd'hui. Je ne vous jetterais pas dans les bras de William Ross.

— Vous êtes un véritable ami, répondit-elle, sincère.

Il se pencha, lui prit la main.

— Malgré ses défauts, William est un brave homme. La vie ne l'a pas épargné.

— Que voulez-vous dire ?

— Mildred s'est servie de lui. Elle lui a d'abord fait croire qu'une union était envisageable. Après avoir ravi le cœur de William, elle a pris ses distances. Elle lorgnait les jeunes hommes et ne s'en cachait pas. Elle a même osé lui avouer qu'il n'était pas à la hauteur de ses espérances. Pour elle, seul un prétendant titré pouvait demander sa main. C'était également le souhait de son père, lord Herries.

Laura se souvint des remarques acerbes que William réservait aux demoiselles issues de la noblesse. À plusieurs reprises, il lui avait reproché d'être née avec une cuillère en argent dans la bouche. À présent, elle comprenait que la critique était dirigée contre Mildred, même après toutes ces années.

— Elle n'a cessé de séduire les hommes, poursuivit Wyntoun. Elle m'a même considéré comme une proie digne d'intérêt. Je l'ai tout simplement rabrouée. J'ai préféré à ses charmes l'amitié qui me liait à William. Je n'étais pas dupe. Ce qui ne fut pas le cas de Thomas Ross.

Laura retira sa main de celle de son vis-à-vis.

— N'était-il pas au courant de l'affection qu'avait eue son frère pour cette femme ?

— Thomas avait douze ans de plus que William. Il avait passé le plus clair de son temps sur les terres des Ross, s'était préparé à endosser le titre de laird. Il était trop affairé pour prêter l'oreille aux ragots. Lui et son frère avaient peu d'affinités. Même s'ils avaient été proches, William se serait coupé la langue plutôt que d'envenimer les choses. Il avait compris qu'une telle alliance – entre Thomas et Mildred – était inespérée pour le clan des Ross.

— Un homme peut-il à la fois avoir le cœur noble et l'esprit dérangé… Je veux dire… pour se sacrifier à ce point ?

— William placera toujours le bien-être de ses gens avant le sien. Quand Thomas a demandé la main de Mildred à lord Herries, William était terrassé. Pourtant, il n'a rien laissé paraître de ce sentiment de trahison qui lui rongeait les entrailles. Il leur a souhaité tout le bonheur du monde. Ensuite, son attitude envers les femmes a changé.

Laura se perdit dans la contemplation des flammes. Un mot résonnait dans son esprit : trahison. William s'était-il jamais remis de la trahison de Mildred ? Avait-il cessé de l'aimer ?

La voix grave de Wyntoun MacLean la tira de sa rêverie.

— Pour ma part, je n'étais pas mécontent que Mildred et Thomas se marient et viennent s'installer à Blackfearn Castle. Elle ne méritait pas un homme aussi généreux et sincère que William.

— Était-ce la fin de leur histoire ?

— William n'a plus jamais revu Mildred ni Thomas. L'année suivante, Mildred accouchait. Ce qu'on m'a raconté, c'est qu'elle ne se sentait pas épanouie dans son rôle d'épouse. En bref, elle s'ennuyait. Puis elle est devenue cette mégère qui réclamait inlassablement de se rendre à Hoddom Castle. Thomas, naturellement entiché d'elle, a commencé à déléguer ses responsabilités de laird pour satisfaire les caprices de sa femme.

— Où était William pendant ce temps-là ?

— Comme moi auparavant, il a cessé d'assister lord Herries, puis a occupé le poste d'émissaire en Angleterre. La reine mère résidait alors à York. William a régulièrement fait la navette entre Stirling, Édimbourg et York.

Laura se remémora la pièce d'or ornée de la rose des Tudor que William conservait dans son ceinturon.

— Il a toujours soigneusement évité Blackfearn... jusqu'à ce que la nouvelle de la mort de Thomas et Mildred lui parvienne. Il est aussitôt revenu dans les Highlands, et le clan l'a désigné comme successeur.

Sans qu'il ait pu y réfléchir, songea Laura. Il lui sembla presque normal que William ait eu du mal à assumer le lourd fardeau, le rôle de meneur qui lui incombait.

Pour la première fois, Laura comprit l'attitude du laird. C'était un homme bon, compatissant et généreux, qui passait outre à ses propres besoins pour le bien-être de la communauté.

Elle baissa les yeux sur son giron. Ses doigts froissaient nerveusement l'étoffe veloutée de sa robe.

MacLean l'avait assurée que William lui demanderait sa main. Elle l'aurait volontiers cru, si une foule de doutes ne la taraudait.

Et si William pensait réellement qu'elle devait se marier avec un autre ? Ou s'il la considérait comme trop fureteuse à son goût ? Ou, pire, s'il était encore amoureux de Mildred ?

En proie à une soudaine agitation, elle se leva et sourit courtoisement à son compagnon.

— Merci, sir Wyntoun, de m'avoir accordé votre confiance et de m'avoir parlé aussi franchement.

Le Highlander se leva à son tour et prit les mains de Laura dans les siennes.

— J'espère que ce que je vous ai révélé ne vous a pas perturbée.

Elle secoua la tête et fit un pas en arrière.

— Si vous voulez bien m'excuser, il est tard, dit-elle, confuse.

Laura tourna les talons et gagna l'escalier. Une douleur lui nouait l'estomac. Songer à ce que William lui réservait – leur réservait – pour l'avenir l'angoissait terriblement.

Elle avait besoin de lui. Elle le désirait et elle était prête à tout risquer pour qu'il la désire en retour, qu'il la prenne pour femme.

Miriam dormait comme un loir près de l'âtre dans les cuisines.

De retour à Blackfearn tard dans la nuit, William vit le chien de Gilbert couché nonchalamment près de l'immense âtre de la grand-salle. Il était donc peu probable que la fillette soit dans sa chambre, songea-t-il en se dirigeant vers les cuisines où il trouva sa nièce lovée près du feu sur plusieurs épaisseurs de sacs d'avoine.

Il s'agenouilla auprès de la petite.

— J'ai veillé sur elle, maître.

Se retournant, le laird vit Robbie qu'il gratifia d'un sourire chaleureux. Assis par terre dos contre le mur, l'adolescent paraissait fatigué.

— Je te remercie, mon grand.

— Pourquoi est-ce qu'elle descend dormir ici, alors qu'elle a un vrai lit ?

Le Highlander couva la fillette du regard et se posa la même question. Il écarta les toiles lui servant de couvertures et prit l'enfant dans ses bras.

William n'avait aucune explication à fournir à ce garçon qui jamais n'avait apprécié le luxe d'un lit douillet.

— Les enfants sont de fragiles créatures, murmura-t-il. Je crois qu'elle vient ici parce qu'elle a peur.

Il poursuivit sur le ton de la confidence :

— Elle ne craint ni les hommes ni les bêtes. D'après moi, elle descend ici parce qu'elle a peur pour nous.

Robbie eut un air moqueur.

— Et qu'aurions-nous à craindre ? demanda-t-il.

— La reine des fées, les farfadets, et même peut-être Bodach qui vient enlever les enfants... Il paraît qu'on peut éloigner les esprits maléfiques si l'on connaît la formule magique.

Le Highlander observa un instant l'enfant endormie dans ses bras.

— Si ça se trouve, ajouta-t-il, Miriam voit des choses que nous sommes incapables de voir.

L'adolescent roula des yeux effarés, tout en se raidissant sur son séant.

— Vous... vous croyez qu'elle a vu quelque chose... cette nuit ? balbutia-t-il.

— Peut-être que oui, peut-être que non. Mais à ta place, je ne m'inquiéterais pas trop. Elle m'a confié qu'elle n'oubliait jamais de dire ses prières, et qu'elle avait *à chaque fois* une parole bienveillante pour ses amis.

Au lieu de prendre par l'escalier reliant les cuisines à l'aile est du château, William traversa la grand-salle. Pauvre garçon ! se dit-il en s'attendrissant sur le sort du palefrenier. Il n'était pas certain que l'adolescent trouve le sommeil cette nuit car son esprit devait être, à n'en pas douter, peuplé d'une foule de petits démons espiègles et malicieux. Le laird préférait cependant susciter une once de crainte chez Robbie – qui n'en serait que plus attentionné à l'égard de Miriam – que de savoir la fillette seule et sans surveillance.

En passant près de l'âtre, William donna un petit coup de pied dans le postérieur de Willie qui ouvrit un œil, bâilla, se leva puis s'ébroua avant de suivre docilement le Highlander qui tenait sa nièce dans ses bras. Ils gravirent silencieusement l'escalier en colimaçon menant aux chambres.

L'animal s'affala lourdement sur les dalles près de la cheminée où rougeoyaient les braises tandis que William mettait la fillette au lit et ramenait les couvertures sur elle. Il prit ensuite le tisonnier, rassembla les charbons ardents puis ajouta suffisamment de tourbe pour nourrir le feu jusqu'à l'aube.

Une petite voix le fit se retourner.

— Les fées que je vois ne sont pas gentilles du tout.

— Depuis quand es-tu réveillée ?

— Quand vous êtes arrivé dans les cuisines.

William arbora une mine faussement réprobatrice.

— Et tu m'as laissé parler de Bodach et donner la chair de poule à ce pauvre Robbie sans rien dire ?

Elle hocha la tête et un sourire courut sur ses lèvres.

— J'ai bien aimé quand vous avez raconté des bobards sur moi. Que j'avais pas peur des hommes ou des bêtes…

Miriam contempla le plafond et répéta :

— Ni des hommes ni des bêtes.

— Ce n'était pas un bobard. Mais tu es sûre que rien ne t'effraie ? Vraiment sûre ?

Comme la fillette le regardait d'un air interrogateur, William durcit ses traits en un rictus inquiétant, se baissa, ouvrit la gueule du chien, montrant ainsi les crocs étincelants de l'animal, et offrit à Miriam la vision de deux figures menaçantes.

— Regarde-nous, jeune fille. Regarde l'homme et la bête. N'es-tu pas terrifiée ? questionna-t-il d'une voix caverneuse.

Lorsqu'il relâcha le museau de Willie, celui-ci lécha de sa grosse langue la joue du laird qui grimaça de dégoût. Miriam éclata d'un rire argentin.

— Tu trouves ça drôle ? lança William, goguenard, en s'asseyant sur le rebord du lit. Tu vas voir ce que tu vas voir, tu ne m'échapperas pas !

La fillette poussa des cris enjoués en se réfugiant sous ses couvertures.

Le grincement d'une porte que l'on ouvrait attira l'attention du Highlander. Il jeta un coup d'œil par-dessus son épaule tandis que Miriam sortait la tête de son abri.

Laura apparut dans l'entrebâillement de la porte.

— Oh ! je suis navrée ! dit-elle. J'ai entendu des bruits. Je… je ne pensais pas que…

William observa son visage ensommeillé, ses cheveux en désordre. Sous l'épaisse couverture dont elle s'était enveloppée, elle portait une chemise d'homme en guise de vêtement de nuit. C'était sa propre chemise, celle dont il l'avait revêtue lorsqu'ils avaient dormi dans cette cabane de pêcheurs, sur le fief des Sinclair.

Lorsque Laura tenta vainement de dissimuler ses cuisses dénudées, une onde de désir le parcourut.

— Je… constate que tout va bien, bredouilla-t-elle.

Ses charmantes prunelles violettes se posèrent sur Miriam.

— Bonne nuit, ma chérie, chuchota-t-elle en lui soufflant un baiser depuis le seuil de la chambre.

Avant que William n'ait pu formuler un mot, Laura s'était évaporée telle une fugitive apparition.

— Vous pouvez la garder ?

Désarçonné, William se tourna vers sa nièce, à présent assise en tailleur sur son lit. Toute trace de gaieté avait disparu de son visage angélique.

— Vous pouvez, s'il vous plaît ? répéta-t-elle.

— On ne peut pas… dit-il en s'éclaircissant la gorge. (Le ton implorant de Miriam l'émut.) C'est impossible de garder les gens.

— Vous me gardez avec vous, pourtant, non ?

— Bien sûr, ma grande.

— Alors pourquoi vous la gardez pas, elle aussi ?

Pour la première fois de sa vie, William se trouva pris de court. La question de l'enfant l'avait cloué sur place. Il considéra avec attention le battant de la porte, comme si ce morceau de bois recelait la réponse qu'attendait Miriam.

L'image de Laura Percy vêtue de cette chemise d'homme trop ample était gravée dans sa tête et dans son cœur. *Garder* cette femme auprès de lui était son vœu le plus cher.

Il se tourna vers Miriam.

— Je… je vais y réfléchir, jeune fille.

La spontanéité avec laquelle sa nièce se jeta à son cou et lui embrassa la joue lui fit l'effet d'une épée le perçant de part en part. Comme les mots auraient été superflus, il prit l'enfant dans ses bras.

William Ross déposa de tendres baisers sur la chevelure de la fillette, la serra fort, goûtant cet instant magique et éphémère.

C'était l'image émouvante d'un père étreignant sa fille.

20

Le paisible murmure de la nuit dans ce château endormi berçait Laura. Un sourire aux lèvres, elle ferma les yeux. Les cris de joie, les éclats de rire de William résonnèrent longtemps dans son esprit.

Elle avait surpris le laird dans un moment bienheureux. Jamais elle ne l'avait vu aussi épanoui.

Assise dans son lit à une place, elle ramena ses genoux contre sa poitrine, enfouit le visage dans la chemise qu'elle s'était appropriée. Il lui semblait qu'un parfum délicieusement masculin en émanait encore.

Par l'entrebâillement de la porte, elle avait contemplé le spectacle émouvant d'un oncle en compagnie de sa nièce, enveloppés d'un halo de tendresse. Elle songea à quel point elle s'était trompée sur son compte et se sentit ridicule de lui avoir tant et tant fait la leçon.

William était un homme comme les autres – ou presque. Il avait juste besoin de temps avant d'ouvrir son cœur et d'y accueillir un enfant.

Laura leva la tête en entendant le bruit d'une porte que l'on ouvrait puis refermait, celle de la chambre de Miriam. Transie de froid, elle scruta sa propre porte close et sentit son cœur se mettre à battre à coups redoublés.

Peu après, le silence retomba sur les couloirs de l'aile est du château. Elle comprit que le laird avait passé son chemin et rejoint ses appartements.

Se glissant hors du lit, Laura s'approcha de la fenêtre, s'emplit les poumons du courant d'air glacé filtrant par les fentes du volet clos. Trop nerveuse pour rester immobile, elle se frictionna les bras à travers sa chemise et fit les cent pas.

Cette incontrôlable sensation de désir qui brûlait au tréfonds de son être, cet ardent besoin de voir William, de se blottir dans ses bras puissants, la rendaient folle.

Elle s'avança jusqu'à la porte, y appuya son front. Si elle avait possédé un don pour la magie, elle l'aurait fait apparaître immédiatement. Un sourire triste courut sur ses lèvres. Elle n'était qu'une simple femme, une travailleuse, et non une magicienne…

Elle murmura une prière puis poussa un long soupir. Dans son dos, le feu crépita dans l'âtre, projetant une gerbe d'étincelles dans le conduit de la cheminée. Au même moment, un bruit dans le couloir attira son attention. Elle tendit un instant l'oreille et, sans hésiter une seconde, ouvrit la porte.

Son vœu avait été exaucé. William Ross se tenait devant elle, nonchalamment adossé contre un mur du corridor.

Laura resta sans voix.

Les yeux du laird la détaillèrent de pied en cap, s'attardant sur ses genoux que la chemise ne protégeait pas de son regard étincelant. Ses iris saphir se promenèrent sur ses seins, ses épaules, sa bouche, pour s'arrêter enfin sur ses prunelles. Le regard de cet homme la caressait, lui embrasait les sens.

— Sir Wyntoun vous a-t-il demandée en mariage ?

Elle fit non de la tête, recula lentement. William lui emboîta le pas. Il ferma la porte derrière eux et prit le poignet de Laura. Lorsque leurs regards se croisèrent, elle décela dans ses yeux la flamme de la passion, une soif inextinguible, elle en eut le souffle coupé.

D'un pas, elle abolit la distance qui les séparait. De sa main libre, elle lui agrippa le cou puis posa ses lèvres sur les siennes. Répondant à son baiser avec fougue, William l'adossa contre l'épais battant de chêne et se pressa contre elle, comme un solide mur de chair. Il ne restait à Laura qu'une échappatoire : se fondre en lui.

— Restez avec moi, je vous en prie… s'entendit-elle murmurer tandis qu'il lui mordillait le lobe de l'oreille.

Du bout des doigts, il décrivit une arabesque sur la courbe de la mâchoire de Laura en glissant son genou dénudé entre ses cuisses.

— Empêchez-moi, Laura… Dites-moi d'arrêter, dit-il d'une voix grave.

Il la fit pivoter. Elle posa ses paumes sur le bois lisse et glacé. William caressa ses courbes, effleura ses seins ; elle sentit quelque chose de dur contre le sillon de ses fesses.

— Je ne peux pas, chuchota-t-elle.

Comme éblouie par un éclair fulgurant, elle se retourna et lui fit face. Elle voulait toucher chaque parcelle de sa peau, poser ses lèvres pulpeuses sur son torse musclé.

— S'il vous plaît, William, haleta-t-elle, continuez.

Avec un grognement de plaisir, il lui ôta la chemise, ultime obstacle entre les mains masculines et les courbes féminines assoiffées de caresses. Mettant un genou à terre, il enfouit son visage dans le creux de ses seins. Laura laissa échapper un gémissement aigu lorsqu'il prit un mamelon entre ses lèvres.

Elle frissonna d'aise. S'il continuait ainsi, elle fondrait telle une statue de cire soumise aux flammes de la passion.

— Je vous désire, Laura… Je vous désire à un point que vous n'imaginez pas !

— Alors, prenez-moi.

Elle couva son amant du regard.

— Je suis à vous, murmura-t-elle.

William l'étreignit plus fort encore puis se dégagea afin de poursuivre le langoureux voyage de ses paumes dans son dos. Il effleura ses fesses, descendit sur ses cuisses frémissantes.

Laura poussa un petit cri de surprise mêlée de volupté quand il atteignit les plis de son intimité. Elle se cambra, fit courir ses doigts sur les larges épaules de son compagnon. Il continuait d'alimenter le feu qui la dévorait peu à peu.

Elle lui agrippa les cheveux quand un long gémissement lui échappa. Ou bien était-ce lui qui avait gémi ainsi ?

Il se redressa, écrasa sa bouche contre la sienne tandis que ses doigts poursuivaient leurs caresses impudiques au plus tendre de sa chair.

— William... oh... William...

Il atteignit le point sensible qui frémissait entre ses cuisses. À la seconde où ses doigts y imprimèrent une légère pression, elle réprima un violent sursaut.

— Laissez-vous aller, Laura, laissez-vous aller...

Le son de sa voix grave lui donna presque le vertige ; elle pencha la tête en arrière. Une exquise et scandaleuse caresse lui arracha un petit cri. Sa respiration, les battements de son cœur s'accélérèrent.

Brusquement, elle fut prise de tremblements et s'accrocha éperdument aux bras de son amant. Il avala son cri de jouissance en l'embrassant avec fougue avant de déposer une pluie de baisers sur la chair en feu de ses joues, son menton, son cou.

Elle poussa un profond soupir, ouvrit les yeux et s'efforça de reprendre ses esprits.

Laura réalisa qu'il était entièrement habillé. Nue entre ses bras, elle eut soudain l'impression d'être l'une de ces filles aux mœurs légères. Le sentiment de honte n'eut toutefois pas le temps de s'immiscer en elle, car William déposa sur ses lèvres un long et tendre baiser.

Elle voulut à son tour lui donner du plaisir, autant qu'il lui en avait procuré. Ses doigts tremblants descendirent le long du torse de William puis s'aventurèrent plus bas, effleurant le sexe dressé sous le kilt de laine. Comme il retenait son souffle, elle murmura :

— Montrez-moi... comment... vous faire plaisir...

Pour toute réponse, il la prit dans ses bras.

— S'il vous plaît, insista-t-elle. Apprenez-moi.

— Patience. Tout d'abord, il faut que je vous dise une chose.

Elle darda sur lui un regard plein d'attente.

— J'ai décidé de vous garder, chuchota-t-il.

Le feu s'était éteint. Dans la chambre régnait un froid glacial que William percevait sur ses pieds, car la couverture de Laura n'était pas assez longue pour les couvrir. Ils avaient dormi blottis dans les bras l'un de l'autre et jamais il n'avait connu de matelas plus bosselé.

La vision de l'ange endormi tout contre lui le fit sourire. Il passa les doigts dans la masse soyeuse des cheveux de son amante.

L'aube pointait ; les premières lueurs du jour filtraient par les interstices du volet clos. Il fallait, songea-t-il, qu'il quitte cette chambre, sous peine d'éveiller les soupçons de quelque domestique. Mais, en bougeant ne fût-ce que d'un pouce, il craignait de briser le charme de leur intimité. Alors qu'il venait de décider de s'attarder encore un instant, Laura déposa un baiser sur le bras robuste qui lui avait servi d'oreiller.

— As-tu réussi à dormir ? chuchota-t-elle.

Il caressa sa joue veloutée.

— Et toi ?

Elle le gratifia d'un sourire éblouissant qui lui alla droit au cœur.

— Un peu. J'ignore combien de temps. En tout cas, je n'ai fait aucun mauvais rêve.

Il l'embrassa sur le front puis sur le nez.

— Quels cauchemars te hantent ? De quoi as-tu peur ?

Les yeux rivés sur le visage inquiet de William, elle garda le silence un moment puis secoua la tête et la posa sur son épaule.

— Pas maintenant, murmura-t-elle. Je ne veux pas y penser.

William l'étreignit. Il eut soudain envie de lui faire l'amour.

Tout étonné par le tourbillon d'émotions qu'elle éveillait en lui, il s'ébroua mentalement.

— Je dois te laisser, dit-il à contrecœur.

Elle lui embrassa le torse.

Il sentit une main descendre le long de son estomac, longer ses abdominaux, effleurer timidement son membre turgescent.

— Je ne crois pas que tu veuilles vraiment me quitter, susurra-t-elle avec une mine gourmande.

Il la fit basculer, s'allongea sur elle.

— Tu cherches les ennuis à me toucher ainsi de si bon matin !

— Je serais déçue si mes caresses te laissaient indifférent, quel que soit le moment.

Elle eut un sourire coquin quand il appuya son sexe dressé contre elle.

— Chez toi... dit-il, rien ne me laisse indifférent, Laura.

Elle s'arc-bouta, s'offrit à lui. N'y pouvant plus, il la pénétra, se fondit en elle. Elle gémit de plaisir. William entama alors un langoureux va-et-vient, comme pour sceller sa promesse de la garder auprès de lui.

Pour toujours.

La douce ondulation des collines à l'est accueillait les premières lueurs du jour. Gilbert Ross se retourna et observa la silhouette de Blackfearn Castle qui sortait peu à peu de la pénombre.

Voilà déjà plus d'une heure qu'il marchait, réfléchissait, priait.

L'aube était un moment propice à la réflexion pendant lequel il lui arrivait de solliciter les conseils du Créateur. Il obtenait parfois une réponse à ses interrogations. Ce n'était hélas ! pas le cas ce matin.

Gilbert regagna les murailles protectrices du château, remercia le guerrier qui leva pour lui la herse. De la cour intérieure à la grand-salle, tout n'était que silence. Sur le chemin du retour, il avait dépassé garçons et filles de cuisine qui laissaient derrière eux le village endormi pour rejoindre leur lieu de travail.

Il scruta les lieux à la recherche de Willie. En vain.

Gilbert avait prêté l'oreille aux rumeurs circulant dans les couloirs de Blackfearn Castle. Le guerrier posté au corps de garde avait eu vent d'une très longue conversation qu'auraient eue Mlle Laura et sir Wyntoun dans la grand-salle, et n'avait pas hésité à en faire part au prévôt. La veille, deux filles de cuisine lui avaient rapporté que Miriam avait quitté sa chambre pour dormir dans les cuisines. Elles lui avaient également raconté les faits et gestes du laird. Ce dernier avait ramené la fillette dans son lit, lui offrant la compagnie de son chien.

En gravissant les marches menant à l'aile est, Gilbert esquissa un sourire. Tout paraissait se dérouler à merveille. Au-delà même de ses espérances. En dépit du refus obstiné de William d'accueillir Miriam, le lien né entre l'oncle et la nièce ne lui avait pas échappé. Ces regards empreints de tendresse ne trompaient personne. L'installation de la fillette semblait bel et bien acquise.

— Si Laura Percy pouvait elle aussi trouver sa place à Blackfearn… murmura-t-il pour lui-même.

Il s'était ingénié à rendre William jaloux en réunissant Laura et sir Wyntoun et ses efforts portaient leurs fruits. Cependant, il devait encore amener – subtilement – sa tête de mule de frère à passer davantage de temps seul avec Laura. Comme un fait exprès, alors que jusqu'à présent il n'en avait cure, le laird consacrait ses journées aux affaires du clan.

Parvenu au dernier étage, le prévôt scruta la porte de la chambre de Laura. Quel désastre, songea-t-il, si la jeune femme tombait amoureuse de sir Wyntoun MacLean ! Ce serait une perte regrettable pour la famille, pour le clan et pour William si elle épousait un autre laird.

Si lui-même n'avait pas voué son existence à la religion…

Il chassa ces pensées impures et se dirigea vers la chambre de Miriam. Le plus silencieusement possible, il ouvrit le battant et passa la tête par l'entrebâillement.

Morphée régnait en maître dans la pièce. Calme gardien de la fillette, Willie leva le museau et remua la queue.

Les yeux au ciel, Gilbert rendit grâce au Seigneur.

— Tout va s'arranger, ma petite, murmura-t-il.

Il se souvint de la promesse de veiller sur Miriam qu'il avait faite face au portrait trônant sur le manteau de la cheminée, à St. Duthac.

Avec l'aide du Créateur, tout allait s'arranger.

À cet instant, un grincement de porte déchira le silence. Gilbert jeta un coup d'œil dans le couloir et fut stupéfait de voir son frère sortir discrètement de la chambre de Laura Percy. William parut se transformer en statue de sel en l'apercevant.

Le laird reprit vite contenance. Affectant l'innocence, il vint regarder par-dessus l'épaule de son frère pour s'assurer que leur nièce dormait bien. Puis, l'air satisfait et sans mot dire, il s'enfonça dans l'obscurité du corridor. Plongé dans un abîme de perplexité, Gilbert referma doucement la porte.

Se ressaisissant lui aussi, il entreprit de rattraper William.

— Tu t'enfuis comme un lâche ! s'exclama le prévôt en lui agrippant le bras.

William braqua sur lui un regard noir et descendit l'escalier en colimaçon.

— La queue entre les jambes… fulmina Gilbert en le poursuivant.

— Qu'as-tu à geindre comme ça ?

Tous deux ignorèrent les figures ébaubies des domestiques qui les virent entrer en trombe dans la grand-salle.

— William, j'exige une explication !

— Naturellement, rétorqua le laird. Mais en privé, sale fouineur. Espèce de petit moine…

— Je ne suis pas moine, s'exclama Gilbert dans un sursaut d'orgueil. Espèce de poltron ! Je suis le père prévôt de l'église de St. Duthac.

Tout en tenant la porte de la bibliothèque ouverte, le laird fit un simulacre de révérence, invitant son frère à pénétrer dans son antre.

— Si Sa Sainteté veut bien se donner la peine d'entrer…

Protégé par les murs épais, la porte close, les rayonnages, Gilbert se lança dans une violente diatribe :

— Comment as-tu pu trahir la confiance que j'avais en toi ? Et la promesse faite à sa mère ? Nous devions accorder à Laura Percy notre protection et notre respect ! Et bête comme je suis, j'ai pensé qu'ici… avec ton aide…

Il s'interrompit.

William ignora ostensiblement les propos de son frère. Il contourna sa table de travail, alla tranquillement ouvrir le volet – la lumière inonda la pièce – et finit par s'asseoir.

— Est-ce que tu m'écoutes ? demanda Gilbert.

N'obtenant aucune réponse, il adopta un ton solennel :

— N'éprouves-tu aucun regret ?

Le laird leva les yeux du livre de comptes qu'il faisait mine d'examiner et croisa le regard du prévôt.

— Aucun, répliqua-t-il posément.

Interloqué, Gilbert attendit une explication. Les deux frères se jaugèrent en silence.

Comme le silence semblait vouloir s'installer, le prévôt perdit patience et se mit à arpenter la pièce.

— Je ne te laisserai pas faire, Will ! Je ne me suis jamais mêlé de tes affaires, du moins pas souvent, mais je ne te laisserai pas gâcher ta vie ! À présent, cela me concerne. Tu as sciemment traîné une jeune femme de haut rang dans ton lit… du moins… le sien… bafouilla-t-il.

Il prit une profonde inspiration avant de poursuivre :

— Bref ! Il est grand temps que tu te comportes en adulte.

— Assieds-toi, Gilbert, tu me donnes le tournis.

— Non. La situation est grave. Je ne trouverai pas de repos tant que nous ne l'aurons pas arrangée.

La voix du laird se fit plus menaçante :

— Gilbert…

— Je ne me calmerai pas.

Le prévôt pointa un index menaçant en direction de son frère.

— N'essaie pas de m'amadouer en prétextant qu'elle t'a convié dans sa chambre ou ce genre d'inepties.

— Elle n'est pas fautive. Maintenant, si tu veux bien…

— Je te préviens, Will, n'essaie pas de te justifier, dit Gilbert d'un ton radouci en continuant à faire les cent pas. Pour ta gouverne, je te signale que ce n'est pas toi qui vas devoir écrire à sa mère pour rattraper ton erreur.

— Quand j'aurai l'occasion…

— Parlons-en, d'occasion ! grommela le prévôt. Tu l'as eue, ton occasion, et tu l'as ruinée. À présent, c'est à moi qu'incombe la difficile tâche de demander pardon à la mère. Avec un peu de chance, elle t'accordera la main de sa fille. Bien entendu, nous n'aurons pas de réponse avant le printemps, mais…

— Il n'y aura pas de lettre.

— Oh que si ! La bienséance l'exige. Il y aura un mariage, que tu le veuilles ou non ! Même si je suis obligé de t'attacher à ton cheval pour te traîner jusqu'à l'église.

Une lueur narquoise flamba dans les yeux de William.

— Tu crois que j'en suis incapable, Will Ross ? La cérémonie aura lieu au printemps.

Le laird s'adossa à sa chaise en réprimant un bâillement.

— Le printemps ? Ça ne m'arrange pas, ça. Tu sais très bien que c'est la période de l'agnelage, la saison des plantations.

— Comme si tu étais fermier ! Très bien, dans ce cas, ce sera en été, dernier délai.

William secoua de nouveau la tête.

— Mais non, ça ne convient pas non plus. Nos pêcheurs seront tous dans l'estuaire.

— Cher frère, tu es pêcheur comme moi je suis palefrenier !

— Je dois songer à mes gens. Pas question de me laisser distraire par cette histoire de mariage quand mes gens ont besoin d'un laird à leurs côtés.

Gilbert poussa un soupir exaspéré.

— Parfait ! Alors à toi de décider du moment opportun.

En butte au silence de William, il insista :

— Alors, quand ?

— Aujourd'hui, mon frère.

Médusé, le prévôt en perdit la parole.

— D'ailleurs, tu nous marieras avant midi, enchaîna William en raccompagnant d'autorité son frère jusqu'à la porte. J'ai beaucoup à faire. À ce propos, je dois...

Il fit mine de réfléchir, ajouta :

— Bon... ça attendra quelques heures. Edward et moi-même irons au village après la cérémonie.

21

Elle était vêtue de la même robe gris perle que le jour où William l'avait enlevée sur la place du marché de Fearnoch.

Debout au côté de William Ross, dans la chapelle de Blackfearn Castle, Laura aurait voulu se pincer pour s'assurer qu'elle ne rêvait pas. La voix du père prévôt qui s'exprimait en latin et en gaélique, les parfums mêlés des cierges et de l'encens, les visages radieux du petit comité réuni dans cet espace exigu, tout portait à croire qu'il s'agissait d'un songe.

Elle allait se réveiller. Le mirage s'évanouirait en un clin d'œil.

Gilbert Ross marqua une pause dans son prêche. Embarrassée, Laura ne put soutenir le regard du père prévôt. Quelques minutes plus tôt, alors qu'elle et William se dirigeaient vers la chapelle, elle n'avait su comment réagir face aux hochements de tête, à la joie qu'elle lisait dans les yeux des gens de Blackfearn massés à l'extérieur du sanctuaire.

Que pensaient-ils ? Toute la maisonnée était au courant, il ne pouvait en être autrement. Tous savaient qu'elle et leur laird avaient passé la nuit ensemble. Sinon comment expliquer que personne ne manifestait de surprise devant ce mariage arrangé à la hâte ?

Ils n'avaient pas respecté les traditions qui jalonnaient normalement les préparatifs d'un mariage digne de ce nom. William ne l'avait pas courtisée, n'avait pas demandé sa main. Laura n'avait pas fiévreusement attendu la réponse de sa mère. Pas de discussion entre les deux familles, pas de lecture des bans.

Laura ne souhaitait ni faste ni réjouissances : elle estimait ne rien mériter de tout cela, car elle seule était responsable de ces noces précipitées. Elle avait accueilli le laird dans son lit, et ils avaient accompli l'acte charnel, la preuve d'amour qui scellait à jamais leur union.

Quand William avait quitté sa couche pour rejoindre ses appartements, elle s'était assoupie. Un peu plus tard, Marie et Janet avaient frappé à sa porte. Laura était tombée des nues quand les deux vieilles domestiques lui avaient annoncé qu'elle devait se préparer pour la cérémonie.

Quels étaient les mots que William lui avait chuchotés au creux de l'oreille ? Il voulait la garder, avait-il dit. Pas un instant elle n'avait imaginé qu'il s'agissait d'une demande en mariage.

Elle considéra le bouquet de romarin qu'elle tenait et prit pleinement conscience de la réalité : elle allait épouser William Ross.

— D'après Gilbert, chuchota le laird, ce bouquet symbolise la fidélité.

Laura lança un regard en coin à son futur époux. Son pouls s'accéléra quand elle vit un sourire malicieux se dessiner sur les lèvres de William. Elle lut dans ses yeux saphir une telle tendresse que son cœur se mit à battre la chamade.

Troublée, elle laissa échapper son bouquet. Les branches de romarin tombèrent sur les dalles grises devant l'autel.

William se pencha de nouveau pour lui murmurer d'un ton faussement moqueur :

— J'espère que tu n'essaies pas de me dire quelque chose…

Gilbert toussota pour rabrouer discrètement son frère et reprit son prêche. Laura ramassa son bouquet et couva du regard son futur mari. Il lui adressa un sourire resplendissant.

Les minutes lui paraissaient durer une éternité. Elle essuya ses paumes moites sur l'étoffe de sa robe. Impatients d'entendre les mariés échanger leurs vœux, les fidèles commençaient à s'agiter derrière eux.

William entrelaça ses doigts avec ceux de Laura qui poussa un petit soupir de ravissement et s'accrocha à sa main comme si sa vie en dépendait. La voix du père prévôt montait et descendait au rythme des prières.

— Par saint Andrew, je n'ai jamais entendu d'office plus long ! murmura William avec un petit sourire. Tel que je le connais, il est en train de nous punir.

Gilbert fronça un sourcil réprobateur et s'approcha du couple. D'un geste, il leur demanda de se faire face.

Laura contempla le visage de William, en eut le souffle coupé. D'une beauté sauvage, William Ross – pour une fois – était vêtu impeccablement. La chemise de lin blanc immaculé mettait en valeur son torse puissant. La fibule d'or et d'argent – joyau du clan des Ross – étincelait de mille feux sur l'élégant tartan rouge et noir.

Le port altier, il semblait parfaitement à l'aise. Les gens massés dans la chapelle et la cour intérieure ne l'impressionnaient nullement.

Si seulement elle n'était pas aussi intimidée par tous ces regards braqués sur elle ! songea-t-elle.

Du pouce, il lui caressa tendrement le poignet. Elle plongea avec volupté dans les prunelles bleues de son laird. Le père prévôt demanda alors à William de prononcer ses vœux et le cœur de Laura se mit à cogner à coups redoublés.

Les secondes durant lesquelles William formula son serment de fidélité – sans la quitter des yeux – furent le moment le plus merveilleux de son existence.

Debout derrière le futur marié, sir Wyntoun MacLean regardait le couple échanger ses vœux. À côté de lui, Miriam, vêtue d'une jolie robe bleu de Prusse, se réjouissait de la scène qui se déroulait devant l'autel.

Le chevalier concentra son attention sur Laura Percy. Laura Percy Ross, corrigea-t-il, car bientôt, la deuxième fille de Diana Percy aurait un nouveau nom.

Certes, son plan avait échoué. Il avait espéré obtenir de la jeune femme la carte du trésor de Tiberius mais n'en avait pas eu l'opportunité. Il n'était même pas convaincu qu'elle détenait le précieux document. L'un de ses hommes avait fouillé la chambre de Laura sans rien trouver.

Wyntoun contempla les mains jointes des tourtereaux. William, remarqua-t-il, ne parvenait pas à dissimuler son bonheur. Malgré ses revers de fortune, le chevalier ne put s'empêcher d'éprouver une certaine satisfaction. En quelque sorte, il avait tendu la main à son ami d'autrefois et avait été témoin d'un changement radical. William était un nouvel homme et semblait à présent capable de chasser les fantômes de son passé.

En dépit du contexte, Wyntoun partageait la joie de William. Sa quête était cependant loin d'être achevée, d'autant que l'union célébrée en ce jour allait compliquer sévèrement la tâche du Chevalier du Voile.

Le père prévôt prononça la bénédiction nuptiale. Jetant un coup d'œil par-dessus son épaule, Wyntoun aperçut deux de ses hommes qui quittaient discrètement la chapelle. Il savait que des chevaux rapides patientaient à l'écart pour les conduire vers le sud.

Sa quête était loin d'être achevée, se répéta-t-il en caressant machinalement la fibule dorée épinglée à son tartan. Ses doigts effleurèrent les pierres précieuses enchâssées qui représentaient une main de rubis agrippant une croix de saphirs.

Wyntoun dénicherait le trésor de Tiberius et veillerait à sa sécurité. Il remplirait la mission qui lui avait été confiée. Aucun défi n'effrayait la Lame de Barra. Au contraire.

Jamais William n'avait véritablement songé au mariage, du moins pas au sien. Or, une fois sa décision prise, la rapidité avec laquelle tout se déroulait l'avait frappé, secoué tel un tremblement de terre.

Arrivé le premier à la chapelle, il avait attendu sa promise. Tandis qu'il patientait, il s'était mis en tête que Laura avait tout bonnement refusé sa proposition. Lorsqu'elle était enfin arrivée, elle avait blêmi en découvrant les gens du clan déjà massés dans le sanctuaire.

L'espace d'une seconde, William crut même qu'elle allait s'évanouir. Quelques mots chuchotés à son oreille suffirent à la rassurer. Il lui communiqua sa force, son énergie. Peu à peu, elle recouvra sa prestance, son assurance. Chacun puisait dans le regard de l'autre la tendresse et l'amour qui faisaient de ces instants un moment de pure joie.

Lorsqu'elle leva vers lui ses magnifiques yeux violets et prononça à son tour son serment de fidélité, son sang bouillonna dans ses veines et son cœur palpita.

Même si ces mots avaient été dits des centaines, des milliers de fois avant eux, le fait que Laura les dise revêtait une importance capitale.

L'insidieuse petite voix de la conscience vint soudain jouer les trouble-fête dans l'esprit du laird. Il devait lui dire la vérité sur son passé. Il aurait dû la lui révéler bien plus tôt. Comment réagirait-elle ? Certaines vérités valaient-elles d'être dévoilées ? La simple idée d'une discussion le terrifia.

Quand le père prévôt donna sa bénédiction finale, de joyeuses exclamations jaillirent dans la chapelle.

Ils étaient désormais mari et femme.

Poussant un soupir de soulagement, William prit Laura dans ses bras. Elle était sienne ! Elle leva vers lui son visage d'enchanteresse et il vit luire dans ses yeux des larmes de bonheur.

— Tu es à moi ? demanda-t-il. Je peux te garder ?

— Je suis à toi… pour toujours…

Ils scellèrent leurs lèvres en un baiser passionné.

Au-dehors, les gens de la maisonnée qui n'avaient pu pénétrer dans le sanctuaire laissèrent éclater leur joie.

Ce fut le signal pour les cornemuseurs qui entamèrent un morceau traditionnel.

William ignora les tapes amicales qu'on lui assénait dans le dos, les félicitations, les membres du clan qui faisaient la queue pour saluer les nouveaux mariés, pour se concentrer sur le baiser voluptueux qu'il donna à Laura en guise de premier cadeau de noces. Dans ce baiser, dans leur étreinte, il mit l'émotion qu'aucun mot ne pouvait décrire.

Sa tendre et chère épouse paraissait à nouveau intimidée.

— Qu'a-t-on fait de ma fougueuse Laura ? lui murmura-t-il à l'oreille.

Dans un geste tendre, elle posa ses paumes sur le torse de William.

— C'est que… il y a tant de gens qui nous regardent.

— Laisse-les donc nous regarder, grommela-t-il en l'étreignant.

La bouche du laird se fit plus pressante. Finalement, il la sentit s'abandonner dans ses bras.

Une voix d'enfant les interrompit.

— Mon oncle !

Miriam tira doucement sur le kilt de William. Le laird se retourna, s'accroupit et la souleva de terre. Miriam sourit.

— Merci, chuchota-t-elle en appuyant son front contre celui du Highlander.

Ce mot tout simple que l'enfant avait préparé exprès pour son oncle, telle la plus innocente des offrandes, bouleversa William, brisa les fers qui enchaînaient son cœur d'adulte.

— Je… murmura-t-il, je t'en prie, ma grande.

En proie à une vive émotion, il serra la fillette dans ses bras.

Miriam se dégagea de son étreinte et s'adressa à Laura :

— Est-ce que je peux vous appeler « ma tante » ?

— Appelle-moi comme tu voudras, ma chérie, dit-elle en ouvrant les bras pour l'accueillir.

Une voix tonitruante s'éleva alors :

— Ne soyez pas égoïste ! lança Wyntoun en assénant une tape virile dans le dos de son ami. Les malheureux célibataires que nous sommes aimeraient embrasser la mariée pour la congratuler.

Goguenard, le père prévôt, qui venait de les rejoindre, mit son grain de sel :

— Compte tenu de l'erreur magistrale qu'a faite Laura en épousant mon incorrigible frère, ce serait plutôt pour la consoler…

— Tais-toi, faux frère ! s'exclama William.

— Père prévôt, s'il te plaît, Willie, rectifia Gilbert.

Les plaisanteries continuèrent de fuser. Les membres du clan des Ross s'avancèrent pour féliciter le couple. Puis l'un des cornemuseurs prit la tête du cortège qui s'était formé et conduisit les convives jusqu'à la grand-salle.

Certains ne se privèrent pas du plaisir de souhaiter à Laura Percy Ross bien du courage et des trésors de patience avec leur laird.

William les rabroua gaiement. En son for intérieur, il s'enorgueillissait d'avoir épousé une femme aussi resplendissante de beauté.

Et cette petite qui trottinait à côté de lui, et grâce à qui le mariage avait eu lieu… Il s'habituerait bientôt à l'idée d'avoir une enfant, songea-t-il. Miriam… sa fille. Autour de lui, les témoignages d'amitié affluaient de la part de ses gens, de mille façons. Il était un homme heureux.

Si seulement il détenait la clé pour verrouiller à jamais la porte de son passé…

22

Laura fut surprise de constater que le repas de midi, bien que festif, n'était que le commencement des fastueuses célébrations du mariage du laird.

Elle découvrit de nouveaux et délicieux plats traditionnels des Highlands, se délecta d'assortiments de pains grillés, de Dundee cakes. Il y avait assez pour nourrir un régiment.

Après le repas, de nombreuses femmes l'escortèrent jusqu'à sa chambre, où elle était censée se reposer puis se préparer pour le banquet du soir.

De son côté, William fit seller Invincible et, en compagnie d'autres hommes – y compris sir Wyntoun MacLean –, alla s'occuper de quelque affaire concernant le clan des Ross.

Comment deux hommes si prompts à en découdre quelques jours plus tôt avaient réussi à renouer laissait Laura pantoise.

Ce matin, tandis qu'elle se préparait pour se rendre à la chapelle, Marie et Janet lui avaient expliqué comment se déroulerait la cérémonie. Elles lui avaient aussi relaté les récentes visites rendues par le laird des Ross aux membres nécessiteux de son clan.

Incapable de rester dans sa chambre jusqu'au soir, Laura décida de regagner la grand-salle. Elle souhaitait aider aux préparatifs du banquet, mais aussi à ceux de Noël qui approchait à grand pas.

Les conversations allaient bon train. Elle apprit, par exemple, qu'on allait rétablir une vieille tradition selon laquelle on invitait à Blackfearn Castle la totalité des membres du clan pour le réveillon de Noël.

Dans ses déplacements, elle prêta main-forte de-ci de-là, ravie de remarquer qu'absolument tout le monde dans la maisonnée s'affairait et coopérait avec un engouement non feint. Même Chonny – d'ordinaire grincheux – s'agitait gaiement dans les cuisines.

En milieu d'après-midi, Laura réalisa qu'elle n'avait pas vu Miriam depuis un certain temps. En quête de la fillette, elle trouva le père prévôt dans la grand-salle. Devant l'immense âtre, celui-ci supervisait la sculpture de la bûche de Noël – une grosse bûche que l'on brûlerait lors du réveillon.

— Mademoiselle… lady Laura, corrigea-t-il, vous arrivez à point nommé…

S'approchant de son nouveau beau-frère, Laura jeta un regard circulaire.

— J'ai donné l'ordre à plusieurs guerriers d'aller couper un jeune chêne et de l'apporter dans la cour intérieure, poursuivit Gilbert. Mais je me demandais où le placer exactement afin qu'on le décore pour demain soir. J'espérais vos conseils avisés.

Laura acquiesça poliment tout en continuant à chercher du regard Miriam parmi la nuée de domestiques et de villageois qui suspendaient aux murs des branches de houx et des touffes de gui.

— Je me demandais également… insista-t-il, si vous pouviez montrer à Chonny comment préparer le *wassail*. J'ai parié avec Simon que vous en connaissiez la recette.

— Bien sûr, marmonna-t-elle. Hum… le *wassail*…

La déception se peignit sur le visage du prévôt.

— Je crois malheureusement avoir perdu mon pari. Il s'agit d'une bière épicée, expliqua-t-il.

Elle l'écoutait d'une oreille distraite. Où pouvait bien être cette petite ? En aidant Marie, elle avait parcouru tous les couloirs, toutes les pièces du château – un véritable labyrinthe. Miriam n'était pas dans les cuisines, car Laura en revenait. Depuis les fenêtres des chambres, tant de l'aile est que de l'aile ouest, elle avait scruté la cour intérieure et le terrain d'entraînement.

Gilbert continuait de l'interroger.

— Êtes-vous contente du nettoyage de la grand-salle ? Les hommes y ont presque passé la journée. Ils ont bien avancé, vous ne trouvez pas ?

Laura embrassa la vaste salle du regard, remarquant pour la première fois la métamorphose. On avait récuré le sol, rafraîchi et accroché de nouvelles tapisseries. Les tables et les bancs étaient impeccablement alignés. Désormais, la grand-salle de Blackfearn Castle avait des airs de salle d'apparat.

— C'est absolument saisissant, père prévôt.

— Une dernière chose. Cela vous intéresserait-il de participer à la petite chorale, pour les chants de Noël ? Voire de jouer un petit rôle dans...

— Est-ce que par hasard... coupa-t-elle, incapable à présent de refréner son inquiétude. Auriez-vous vu votre nièce ?

Gilbert opina.

— Oui, milady. Mais je lui ai promis de ne révéler à personne ce qu'elle faisait ni où elle le faisait.

Laura le dévisagea un moment.

— Ah... vous savez donc où elle se trouve, dit-elle enfin. Bien... Est-elle en sécurité ?

— Absolument.

— Y a-t-il un adulte avec elle ?

Le prévôt la rassura en hochant la tête. La jeune femme poussa un soupir de soulagement puis entreprit de regagner les cuisines. Elle s'arrêta brusquement en chemin et fit volte-face, embarrassée.

— Oh... père prévôt, je... je vous prie de m'excuser, bredouilla-t-elle, cramoisie.

— Mais pourquoi, milady ?

— Pour ma brusquerie. Je réalise à l'instant...

Elle se tordit les mains avec nervosité.

— Vous vous efforcez de m'impliquer pour que je me sente chez moi. Et j'ai… je ne vous ai même pas écouté. Oh ! j'ai honte. Me pardonnerez-vous ?

Gilbert eut un sourire bienveillant.

— Lady Laura, je vous rassure, il n'y a rien à pardonner.

— Mais…

— Vous étiez préoccupée pour Miriam. J'ai parfaitement compris que votre attitude n'était due qu'à votre inquiétude.

Lui posant une main sur l'épaule, il ajouta sur le ton de la confidence :

— Je vais vous avouer une chose : cette petite n'a jamais été autant entourée de prévenances et d'affection que depuis votre arrivée. Même du temps de ses parents.

Les joues de Laura s'empourprèrent.

— Oh ! père prévôt, je n'ai pas les qualités de sa mère…

— Voyons, ne dites pas de sottises ! Il n'y a qu'à voir la mine enjouée de Miriam.

Elle croisa le regard azur et pénétrant de Gilbert.

— Je sais que tout cela vous semble précipité. Avant de vous connaître, William manifestait une indifférence pour tout qui dépassait l'entendement et un mariage arrangé n'aurait surpris personne. Qu'une femme de votre rang ait sacrifié ses propres projets et accepté d'épouser un laird aussi peu accommodant m'enchante. Aux yeux des gens du clan des Ross, vous représentez un joyau inestimable.

— Père prévôt, je…

— Cessez de vous tourmenter. Nous sommes fiers de vous accueillir parmi nous. Vous faites désormais partie de la famille.

William Ross arriva à Blackfearn peu après le crépuscule. Mettant pied à terre, il prit des nouvelles de son épouse et de Miriam. On l'informa qu'elles se trouvaient dans la grand-salle. Il ordonna à Edward de se charger de sa petite surprise avant de se joindre à l'assemblée pour le banquet.

Dès qu'il franchit le seuil du hall, Miriam accourut pour l'accueillir.

— Ça fait des heures qu'on vous attend ! s'exclama-t-elle.

— Vraiment ?

Il se baissa et souleva la fillette dans les airs. En riant, Miriam enroula ses bras autour du cou du laird, l'étreignit avec un élan de tendresse qui l'émut.

Debout près de Gilbert et Wyntoun, Laura le couvait du regard. Elle était sans conteste la plus belle femme de toute la contrée. Le souvenir des récentes privautés qu'elle lui avait accordées emplit son esprit d'images érotiques et une irrépressible envie de lui faire l'amour le submergea.

Tandis qu'il traversait la grand-salle d'un air conquérant, il vit les joues de son épouse rosir. Sans doute avait-elle lu en lui, car elle baissa les paupières et porta une main à son cœur.

— William ! appela Gilbert. Content de te revoir. J'ai besoin de tes lumières sur…

— Wyntoun ! lança le laird. Pourriez-vous éloigner cet individu immature et babillard ? demanda-t-il en désignant son frère.

— Appelle-moi père prévôt, si tu n'y vois pas d'inconvénient.

— C'est vrai, plaisanta William. « Père prévôt babillard », ça sonne mieux, effectivement.

Le laird fit un clin d'œil à Miriam avant de la poser par terre.

— Ma grande, veux-tu aider sir Wyntoun à distraire ton oncle quelques instants ?

— Pour vous servir, milord, répliqua la fillette d'un ton solennel, ce qui provoqua l'hilarité générale.

William en profita pour rejoindre Laura.

— Mon épouse m'attendait-elle, elle aussi ?

Elle opina en souriant. Il glissa son bras sous le sien et la conduisit jusqu'au foyer où le feu crépitait allègrement avant de lui demander :

— Je t'ai manqué ?

— Tout le monde attendait ton retour, répondit-elle avec un sourire radieux. Nos convives sont impatients de dîner.

— Qu'ils meurent de faim ! Je n'en ai cure. Mais t'ai-je manqué, *à toi* ? insista-t-il en lui relevant le menton.

— Oui...

— Prouve-le-moi.

Laura écarquilla les yeux.

— Ici ?

— Oui...

Elle hésita, puis répliqua :

— Tu es un incorrigible sacripant, William ! Tu sais pertinemment que tu m'as manqué.

Puis, posant les mains sur les épaules de son époux, elle se dressa sur la pointe des pieds et l'embrassa.

William lui passa un bras autour de la taille et leur baiser se fit plus fougueux. Le temps sembla s'arrêter pour eux. Les amants devenus mari et femme se délectèrent de cet instant de félicité.

— Toi aussi, tu m'as manqué, murmura-t-il en s'arrachant à leur étreinte.

Lorsqu'ils se retournèrent, ils s'aperçurent que tous les regards étaient braqués sur eux. Aussitôt, une exclamation de joie parcourut l'assistance. Les joueurs de cornemuse entamèrent un morceau entraînant.

— Ils n'ont pas l'air de me reprocher mon retard, constata William.

— Fripon, chuchota-t-elle. J'ai failli tomber en pâmoison.

Il déposa un baiser sur ses doigts effilés.

— Pas encore, dit-il avec un large sourire. Tu ne te pâmeras pas avant notre nuit de noces. Dans l'intimité de notre chambre, je serai libre de faire ce que bon me semblera à ma belle épouse.

— William !

Cette femme, songea-t-il, était le plus précieux des joyaux et lui le plus heureux des hommes des Highlands. Non, rectifia-t-il. Le plus heureux des hommes au monde.

Sur l'estrade, William prit place entre Laura et Miriam. Sous leurs yeux ébahis défilèrent les mets les plus succulents : la volaille – grouse rôtie bardée de bacon croustillant – succéda aux poissons de premier choix. Un festival de saveurs, véritable triomphe pour le nouveau cuisinier. On leva son verre un nombre incalculable de fois, à la santé de la mariée, à la prospérité du laird, au clan des Ross. La cervoise et le whisky coulèrent à flots et les réjouissances se poursuivirent jusque tard dans la nuit.

À un moment, Laura suggéra à William qu'il serait temps de mettre Miriam au lit. Les gens du clan des Ross avaient manifestement d'autres plans en tête.

Avec un grand geste du bras, Edward se leva de table et demanda le silence. Quand tous se furent tus, le colosse annonça aux mariés qu'on leur réservait quelque amusement.

Les tables disposées en U au centre de la grand-salle furent écartées pour libérer un vaste espace devant l'estrade. Hormis ceux qui participaient à la surprise, tout le monde recula et s'assit sur les bancs, en rang d'oignons.

Edward entreprit la narration de la pantomime qui débuta sous les yeux ébaubis des invités.

Dans le rôle de Mlle Laura : Peter. Le géant aux cheveux roux entra en scène sous les applaudissements et les rires. On l'avait affublé d'une robe noire qui atteignait à peine ses genoux et moulait chacun de ses muscles.

Dans le rôle de William Ross : Églantine. Minuscule comparée à son mari, elle était accoutrée d'un kilt qui traînait sur les dalles. Elle s'avança en bombant le torse.

Sous les encouragements du public, Edward introduisit les autres acteurs parmi lesquels figuraient Wyntoun, des fermiers, Simon, ainsi que Gilbert accompagné de

Willie, son gros chien. Au milieu de la scène improvisée, les participants interprétèrent avec un engouement non feint les saynètes qu'ils avaient rapidement assimilées.

Des journées ordinaires à Blackfearn jusqu'à l'arrivée de Mlle Laura, on rejoua de manière burlesque les événements qui avaient bouleversé le château et ses habitants.

William vérifiait régulièrement l'effet du petit spectacle sur son épouse embarrassée.

Les acteurs mimèrent la rencontre puis le coup de foudre entre William et Laura, et, clou du spectacle : la cérémonie, les épousailles revues et corrigées, sous les rires du public.

La cocasserie de la situation, l'inversion des genres, la gestuelle exagérée, les personnages virevoltants, ravirent les convives.

Puis, main dans la main, Églantine et Peter tournèrent les talons. Les spectateurs – villageois, fermiers et membres du clan – jouèrent des coudes pour gagner le centre de la scène, applaudissant à tout rompre, sifflant et ovationnant – non pas les acteurs, mais leur laird et son épouse assis sur l'estrade.

William prit la main de sa femme et l'invita à se lever pour saluer leurs gens.

— Merci, milady ! s'exclama Edward par-dessus les cris de joie. Merci, lady Percy Ross, d'avoir sauvé notre laird.

23

Miriam tombant manifestement de fatigue, Laura décida d'aller la coucher et s'excusa discrètement. Immédiatement, William se leva et souleva la fillette dans ses bras robustes. Déjà à moitié endormie, la petite posa la tête sur l'épaule du laird.

Alors qu'ils gravissaient l'escalier en colimaçon, Laura sentit son époux l'effleurer. Un délicieux frisson la parcourut.

Soudain, l'imminente nuit de noces lui apparut comme un sommet infranchissable. Même s'ils avaient déjà partagé sa couche et fait l'amour avec fougue, un sentiment d'appréhension lui nouait l'estomac.

Parvenu en haut des marches, William lui lança un coup d'œil complice auquel elle répondit par un sourire timide.

Tout à coup, Miriam émergea de sa somnolence et se redressa dans les bras de William.

— Attendez, chuchota-t-elle.

— Qu'y a-t-il ? s'enquit Laura.

— Vous croyez que le chien d'oncle Gilbert a sommeil lui aussi ?

— J'ai oublié de lui demander, plaisanta le laird. D'après moi, toutes les attentions que lui a témoignées le public ce soir ont dû sacrément le fatiguer. Il doit déjà dormir comme un bienheureux.

— Mais… ça serait pas mieux qu'il vienne dans ma chambre ? C'est… y a beaucoup trop de bruit en bas pour lui, non ?

Le lien qui unissait l'enfant à Willie n'était un secret pour personne. Miriam semblait réellement préoccupée. Laura eut envie de satisfaire le souhait de l'enfant.

— Je peux descendre voir si je le trouve, proposa-t-elle.

— Non, répliqua William. Attends un instant.

Un faible bruit en provenance de la chambre de Miriam se fit entendre à cet instant. Le laird adressa un clin d'œil à son épouse.

Lorsqu'il ouvrit la porte, Laura et Miriam échangèrent un regard ravi. Deux chiots, boules de poils hirsutes, se chamaillaient gaiement. Le laird posa l'enfant sur le sol. Elle se précipita et s'agenouilla auprès des chiots qui lui léchèrent la figure. Ses cris de joie se répandirent dans toute l'aile du château.

— Ils sont à moi ? Je peux les garder ?

— Oui, ma grande, répondit William, tu peux les garder.

La fillette rayonnait de bonheur. Ses adorables prunelles bleu ciel se rivèrent sur son oncle. Laura trouva le spectacle si touchant que des larmes lui montèrent aux yeux.

Miriam se releva et trottina jusqu'à William qu'elle entoura de ses bras. Les chiots la suivirent et se mirent à gambader autour d'eux.

— Je vous aime, oncle William !

Laura vit une ombre de tristesse passer sur le visage de son époux et en éprouva un pincement au cœur. De pénibles souvenirs avaient dû subitement ébranler son laird. Elle crut reconnaître la sensation de perte qui noircissait parfois l'humeur de William.

Éprouvait-il encore des sentiments pour la regrettée Mildred ? Le décès de la mère de cette enfant n'était après tout pas si lointain. Songeait-il à Thomas ? Se sentait-il indigne d'élever cette petite ?

William se ressaisit et s'accroupit pour étreindre Miriam.

— Crois-tu que tu seras capable de t'occuper de ces deux chiens ? lui demanda-t-il.

La fillette acquiesça.

— J'ai déjà parlé à Robbie. Il te donnera un coup de main.

Miriam opina derechef avant de s'asseoir sur le plancher et d'ouvrir les bras pour accueillir ses nouveaux compagnons. Ceux-ci se ruèrent sur elle, lui mordillant les vêtements, lui léchant le menton. Elle gloussa.

— Ils sont si mignons ! s'enthousiasma-t-elle. Celui-là ressemble à un ourson. Oh ! Il faut les baptiser. Comment on va les appeler ?

— Rien ne presse, ma chérie. Tu as toute la nuit pour y réfléchir.

— Tante Laura ? Vous m'aiderez à leur trouver un nom ?

Tante Laura. Ces mots chargés de tendresse la bouleversèrent.

— Si tu le souhaites…

— Tu sais, enchaîna William, ils sont très courageux. Avec eux, tu n'auras rien à craindre, ni des hommes ni des bêtes.

— Et des cauchemars ?

— Des cauchemars non plus. Ils seront bien plus efficaces que Willie.

Miriam regardait les animaux avec adoration. Laura scruta son mari.

Dire, songea-t-elle, qu'elle lui avait fait la leçon sur les besoins de sa nièce en insistant pour qu'il lui réserve le meilleur accueil possible à Blackfearn Castle ! William était passé maître dans l'art de veiller au bien-être de sa nièce. Désormais, Miriam se sentait chez elle.

Un coup frappé à la porte fit brusquement se retourner les chiots qui se ruèrent à grand renfort d'aboiements vers Marie qui venait d'entrer. Elle tenait un grand bol d'eau et sourit à la vue des petites boules de poils qui s'agitaient.

— J'ai amené à boire pour les fauves de notre Miriam, annonça la vieille domestique. Et puis… c'est votre… votre nuit de noces… ajouta-t-elle. Alors, laissez-moi me charger de border notre princesse.

Avant que Laura n'ait pu formuler un semblant de réponse, Miriam vint tirer sur la manche de sa robe.

— S'il vous plaît, tante Laura ! Marie et moi, on a un secret… faut pas que… je veux dire… on a quelque chose à terminer.

Comment refuser quoi que ce soit à une enfant qui s'adressait à elle avec tant d'affection ? songea Laura.

— Eh bien, je suppose… Si Marie veut bien…

Elle n'eut pas le loisir d'achever sa phrase. La fillette lui entoura la taille de ses bras. Ces témoignages d'amour, pensa-t-elle, étaient un trésor qu'elle chérirait jusqu'à la fin de ses jours. Elle embrassa la petite tête brune et se laissa guider par William hors de la chambre de la fillette.

Ils retrouvèrent la douce pénombre du corridor. Laura goûta au plaisir simple d'être enlacée par son époux. Grisée par cette étreinte, elle se blottit contre lui. Leurs cœurs battant à l'unisson, ils demeurèrent immobiles quelques instants.

La jeune femme réfléchit à ce qui venait de se dérouler. William avait de toute évidence besoin de reprendre ses esprits. Il lui fallait – du mieux qu'il pouvait – chasser le passé et s'ancrer dans le présent. En dépit de ces émotions dont elle était exclue, Laura savoura la chaleur de leur étreinte.

Elle l'avait pris pour époux : il était donc à elle, pour le meilleur et pour le pire.

William lui prit le menton pour lui relever la tête et plongea ses yeux dans les siens.

— Je veux te faire l'amour, chuchota-t-il en lui caressant le ventre. Je veux que tu portes notre enfant. Je veux qu'une dizaine de petites Miriam gambadent dans les couloirs et les escaliers de ce château.

Laura en eut le souffle coupé Ses paroles, l'effleurement de ses doigts sur l'étoffe de sa robe, recelaient une ineffable magie. Sans parler de l'onde qu'elle sentait de nouveau brûler au tréfonds de son être…

— Seulement une dizaine ?

Il déposa un chapelet de baisers le long de son cou et répondit avec un petit rire :

— Tu ne te sens pas capable de mettre au monde dix fillettes ?

Elle se hissa sur la pointe des pieds, passa les bras autour du cou de son mari.

— Bien sûr que si. Mais si tu souhaites autant d'enfants, cela exige une sacrée organisation.

— Organisation ? répéta-t-il en la soulevant de terre et en se dirigeant vers l'escalier. Si tu m'expliquais exactement comment nous allons nous organiser...

— D'abord, soyons réalistes. Il y a peu de chances que j'aie des jumelles... tu as offert deux chiots à Miriam... cela ne marche pas toujours par deux...

— Il existe sans doute des recettes de grand-mère, ou certains philtres qui pourraient nous aider.

— Hum... Et quand je serai enceinte, m'aimeras-tu toujours autant ?

— Chaque jour je te trouve plus belle, et chaque jour, mon amour grandit. J'aurai toujours envie de te faire l'amour encore et encore... si, par bonheur, ton désir ne s'estompe pas...

— Je te désire maintenant et te désirerai toujours, mon coquin de mari, le seul homme capable de me faire tomber en pâmoison...

William eut un petit rire qui lui réchauffa le cœur.

— J'ai sur toi une bien mauvaise influence.

— Oui, murmura-t-elle, et c'est tant mieux.

À peine avait-elle dit cela qu'elle réalisa qu'ils se trouvaient déjà en bas de l'escalier.

— Où m'emmènes-tu ?

— Dans les appartements du laird.

Tandis qu'ils traversaient le hall, elle enfouit le visage dans le creux de son épaule. Pourvu que personne ne les voie ! songea Laura. Vœu pieux car, bien évidemment, ils ne passèrent pas inaperçus. Des sifflets et des exclamations retentirent de tous côtés, couvrant les notes aigrelettes des cornemuses.

À son plus grand soulagement, William feignit d'ignorer le joyeux chahut et continua son chemin.

— Nous aurions pu passer une nouvelle nuit dans ma chambre, chuchota-t-elle.

— Je ne tenais pas à renouveler l'expérience sur ce minuscule matelas.

Il poussa la porte de l'épaule et entra dans sa vaste chambre.

Une dizaine de bougies étaient allumées, enveloppant la pièce d'une lumière tamisée, et un feu crépitait dans l'âtre. Sur une table basse, on avait disposé des plateaux chargés de gourmandises – fromages et fruits – et de deux pichets – cidre et cervoise.

— Jamais plus je n'oserai affronter le regard de tous ces gens, dit Laura rouge de honte. Je suis déshonorée.

— Dans ce cas, nous resterons ici pour l'éternité, car moi aussi je suis déshonoré, répondit William avec un petit sourire.

Il l'assit délicatement sur le rebord de l'immense lit et posa un genou sur le parquet. Ses doigts vigoureux qui délaçaient le dos de sa robe laissaient des traces de feu sur leur passage. Quand il eut terminé, Laura lui fit face. William dévora du regard sa poitrine que moulait une fine chemise de lin – qu'il lui ôta sans tarder.

Les lèvres du laird frôlèrent celles de son épouse, descendirent le long de son cou. S'allongeant auprès d'elle, il embrassa avidement chaque parcelle de peau dénudée. Un torrent ardent menaçait d'emporter Laura dans ses flots tumultueux quand la bouche de William atteignit les plis délicats de son intimité. Elle ne put réprimer une exclamation de ravissement.

— Tu as poussé un cri de plaisir… Maintenant, mon cœur, tu es vraiment déshonorée… murmura William avec un sourire malicieux.

Alors que rien ne dissimulait plus sa nudité, Laura réalisa que son époux était encore vêtu.

— Et toi ? s'enquit-elle. Je me demande si moi aussi je pourrais te déshonorer de la même manière, en te faisant gémir.

Le repoussant sur le dos, elle dégrafa la fibule du clan des Ross, le débarrassa de son tartan puis de sa chemise immaculée, dévoilant ses larges épaules. Comme il s'apprêtait à parler, elle lui posa une main sur la bouche pour le faire taire afin de continuer l'effeuillage de son mari.

Elle desserra la large ceinture, ôta lentement le kilt. Le souffle coupé, elle vit se dresser toute la masculinité de son laird. Surprise par sa propre hardiesse, elle prit le sexe tendu entre ses doigts tremblants et y porta ses lèvres, arrachant à William un gémissement.

Poussée par l'irrépressible désir de lui soutirer le même soupir d'extase, elle entreprit un langoureux va-et-vient.

Bientôt, ainsi qu'elle l'avait souhaité, il émit une plainte rauque.

Il glissa les doigts dans ses cheveux de jais.

— Pour la première fois de ma vie, milady, j'ai le bonheur de dire que j'ai perdu mon honneur, chuchota-t-il le souffle court.

24

L'air excité, le prêtre bedonnant quitta des yeux la lettre qu'il venait de lire pour scruter les deux moines campés devant lui.

— L'occasion est inespérée ! s'exclama-t-il. Ceci est la réponse à mon courrier. Vous avez de bonnes chances, me semble-t-il, d'obtenir un poste là-bas.

Impassible, l'échalas boiteux entrelaça ses doigts noueux.

— D'après toutes les nouvelles nous parvenant de Balvenie Castle, continua le prêtre, l'école de la nouvelle comtesse promet de devenir un haut lieu de l'éducation.

Le petit louchon jeta un coup d'œil en direction de son supérieur qui l'ignora et s'adressa au prêtre :

— Puisque vous paraissez si passionné par l'école de... du comte d'Athol...

— Il s'agit de celle de son épouse, corrigea le prêtre

— J'entends bien. Comme cette école vous tient à cœur, pourquoi ne pas postuler vous-même ?

— En fait, c'est impossible, répliqua son interlocuteur, l'air embarrassé. Ma place est ici, à Ironcross Castle. En revanche, la lettre est on ne peut plus claire vous concernant.

— Que dit-elle exactement, mon ami ?

— Eh bien... que lady Catherine se fera une joie de vous rencontrer. Aucun doute : vos places y sont assurées.

Coupant court au discours de l'homme qui agitait la missive comme pour mieux le convaincre, l'échalas boiteux s'excusa, fit signe à son acolyte de le suivre, et s'en alla clopin-clopant. Sous sa capuche rabattue, ses yeux luisaient de convoitise.

Son esprit s'emballait à l'idée de se rendre, dès le lendemain, à Balvenie Castle.

Tout semblait se dérouler à merveille, songea-t-il avec un sourire cruel. La Lame de Barra se trouvant à St. Duthac, et lui à Balvenie, il ne tarderait pas à mettre la main sur le trésor de Tiberius. Lui, et personne d'autre.

Laura hésita lorsque son mari lui demanda de l'accompagner jusqu'au village, au petit matin. Le dîner du clan et Noël approchant, elle voulait prêter main-forte à Chonny ou Simon pour les préparatifs. William insista néanmoins pour qu'elle rencontre les gens de son clan, qu'elle sache quel genre d'existence ils menaient. Aussi accepta-t-elle.

Le guerrier posté dans le corps de garde les salua chaleureusement en leur ouvrant la herse. Le froid était saisissant. La jeune femme frissonna et leva les yeux. La journée s'annonçait ensoleillée ; de petits nuages blancs moutonnaient dans un magnifique ciel bleu.

Tandis que la petite troupe – elle, son mari et quelques-uns de ses guerriers – traversait à pied le hameau, Laura découvrit que les gens des Ross s'affairaient. De grandes couronnes de houx entremêlé de lierre et de gui ornaient les portes des chaumières, des granges et même de la taverne des Trois Coupes.

Où qu'ils aillent, des hommes et des femmes les accueillaient avec entrain. Laura reconnut certains villageois qu'elle avait croisés à Blackfearn Castle.

Après avoir marqué l'arrêt devant plusieurs cottages, William conduisit Laura jusqu'à la place du marché, au centre de laquelle se dressait une immense croix sculptée. Le laird présenta solennellement son épouse à une foule enthousiaste. Lorsque ce fut fait, la petite troupe sortit du village pour aller frapper à la porte d'une masure, à flanc de colline. Là vivait Luella, la veuve de Robert, l'ancien intendant.

Edward avait expliqué en détail à Laura la situation de cette vieille dame, sans omettre de mentionner les préoccupations du laird à son égard.

D'un geste timide, la veuve les invita à entrer dans sa modeste demeure où le froid et l'humidité régnaient. En guise d'âtre, Luella avait aménagé un foyer sommaire constitué d'un trou dans lequel rougeoyaient quelques misérables mottes de tourbe qui peinaient à réchauffer une marmite de porridge.

Dans un coin, Laura aperçut une paillasse. Un petit tabouret et une table bancale trônaient près d'une fenêtre sans volet.

— Oh ! comme je suis contente pour vous ! s'exclama la vieille femme. Edward, vous voulez être gentil ? Allez me chercher une bûche pour que le laird puisse s'asseoir. Elles sont derrière la maison.

Souriant de toutes ses dents, le colosse s'exécuta. William insista pour que les deux femmes prennent place près du piteux âtre.

— Luella, j'aimerais que l'on me confectionne des robes pour lady Laura, dit le laird en jetant un regard complice à son épouse.

— Oh oui ! répondit la vieillarde en prenant dans sa main glacée celle de Laura. Une dame aussi ravissante a besoin de belles toilettes.

— En effet, enchaîna William. Il lui en faut un coffre plein à ras bord.

Laura faillit protester, mais son mari lui fit les gros yeux, aussi garda-t-elle le silence. En vérité, aurait-elle voulu dire, deux robes solides et bien faites lui suffiraient amplement.

— Malheureusement, continua le laird à l'intention de Luella, personne au château ne manie l'aiguille aussi bien que vous. Tant pour coudre que pour broder.

— Oh… il paraît que j'avais des doigts de fée, confia celle-ci, presque timidement. Mais c'était il y a bien longtemps… Je suis certaine que Marie s'en sortira à merveille.

— Non, répondit William, elle est devenue notre gouvernante.

— Hum… et si vous cherchiez un intendant qui soit marié…

Le visage parcheminé de la vieille dame s'assombrit. De toute évidence, elle pensait à son défunt mari.

— Nous avons trouvé un intendant, Luella, annonça Edward.

— Ah ? Et… est-il marié ?

— Non, poursuivit le colosse. Le gars est comme moi, un vieux célibataire endurci.

— Un vieux célibataire ? s'étonna-t-elle en gloussant. Vous êtes à peine sorti du berceau.

Laura estima le moment venu de prendre la parole.

— Ce qu'ils essaient de vous dire, Luella, c'est que nous avons de la besogne qui vous attend au château.

— Moi ? C'est si gentil à vous, milady, mais je ne veux être un fardeau pour personne.

— Luella ! intervint William sur un ton sévère. Ne dites pas de sottises. Nous avons besoin d'une couturière. Donc, nous avons besoin de vous.

— De plus, reprit Laura, il y a une fillette à Blackfearn. Vous pourriez lui inculquer certains de vos talents.

— Parfaitement, renchérit le laird. La petite Miriam vit avec nous depuis quelques semaines. Il lui faut des vêtements à elle aussi. Et Laura a raison : qui d'autre que vous est capable de lui transmettre vos dons ?

Les sourcils froncés, Luella scruta un à un ses hôtes, comme si elle réfléchissait à la proposition. Au bout d'un instant, elle parut se détendre et opina.

— Très bien. Mais, je vous préviens : seulement si on a besoin de moi.

William et Edward ne cachèrent pas leur soulagement.

Jamais son époux ne tolérerait qu'une femme âgée vive dans des conditions aussi déplorables, songea Laura en s'enorgueillissant d'avoir épousé un homme aussi généreux.

William vivait le jour le plus parfait de son existence. Chaque instant demeurerait gravé à jamais dans sa mémoire.

Chaque moment avait été merveilleux, depuis le tendre réveil dans les bras de son épouse jusqu'à la messe de minuit à laquelle il avait assisté en compagnie de sa famille et de son clan. À présent, tous étaient réunis pour un somptueux banquet. Jamais on n'avait vu une telle fête à Blackfearn Castle.

Alors que les cornemuses venaient d'attaquer un air entraînant, le regard pervenche et effronté de Molly accrocha soudain celui de William. Elle se leva et se mit à danser.

Le laird jeta un coup d'œil vers la porte que Laura avait franchie un peu plus tôt pour aller coucher la petite Miriam. Elle lui avait promis de ne pas s'attarder et il espérait la voir revenir rapidement. Seule sa présence pourrait dissuader la fille de la taverne d'exercer son charme maléfique.

Hélas ! Laura ne réapparaissait toujours pas et Molly continuait de danser sans le quitter des yeux, son jupon virevoltant autour de ses longues jambes. Le laird se tourna vers Wyntoun, comme on saisit une planche de salut, mais celui-ci était en pleine conversation avec Gilbert. Ils parlaient de la hiérarchie de l'Église, sujet bien éloigné des tavernes et de leurs tentatrices.

Quand il se retourna, Molly était campée devant lui.

— Tu m'as brisé le cœur, Will.

Là-dessus, elle reprit sa danse. Farouche, impudique, elle jouait avec son châle et découvrait son décolleté qui, il n'y a pas si longtemps encore, éveillait le désir du laird.

Quelques pas, et elle fut de nouveau sur l'estrade. Ses yeux étincelaient quand elle se pencha vers William, provocante. Ses seins palpitants semblaient vouloir s'échapper de son corsage. Le laird se déroba promptement à ce spectacle. Molly posa les doigts sur sa main. Il recula brusquement.

— Molly ! dit-il avec un effort pour juguler sa colère et rester discret. Cette nuit, il y a dans ce château suffisamment de nobles messieurs pour lesquels ton sourire serait un délicieux cadeau de Noël.

— Je ne suis là que pour toi, Will, susurra-t-elle en rejetant dans son dos sa luxuriante chevelure. Mes pommes d'amour que tu as longtemps négligées ne demandent qu'à être croquées.

Rassuré de voir que les efforts de la belle pour l'exciter demeuraient vains, William eut un demi-sourire.

— Tu es une femme désirable, pour sûr. Mais je suis navré de t'annoncer que je ne goûterai plus à tes charmes.

Molly eut une moue de dépit.

— Tu avais pourtant fait savoir que tu me rendrais visite à la taverne. Je t'ai attendu…

— Eh bien, tu peux cesser d'attendre car je suis désormais un homme marié.

Elle éclata d'un rire franc et se pencha davantage pour lui caresser la joue. Il la repoussa vivement, se rembrunit.

— Ça suffit, Molly. Tu dépasses les bornes.

Les yeux pervenche de la demoiselle étincelèrent soudain de colère.

— Je te connais, insista-t-elle. Un homme comme toi ne se satisfera pas longtemps d'une demi-portion qui, de surcroît, est anglaise.

Elle prit la coupe du laird, y porta ses lèvres pulpeuses pour y boire une gorgée de cervoise puis la pressa contre sa poitrine.

— Tu n'erreras peut-être pas cette nuit, continua-t-elle. Mais je conserverai précieusement la coupe du laird au cas où tu changerais d'avis pour venir t'abreuver en ma compagnie, à la taverne.

— Fais comme tu veux, répondit-il d'un ton sévère. Sache cependant une chose : je ne suis plus le même homme. Fais-moi plaisir, propose tes charmes à quelque autre convive qui saura les apprécier.

— Alors, tu ne plaisantes pas ? dit-elle, perplexe. Tu t'es entiché de cette femme ?

— Oui, Molly.

Soudain, Wyntoun asséna à son voisin de table un coup de coude dans les côtes. William suivit son regard en direction de la cage d'escalier où se tenait Laura. Immobile, aussi digne qu'une reine, son épouse contemplait l'estrade.

— Pour la première fois de ma vie, conclut-il, je suis tombé follement amoureux.

Laura attendit que la fille descende de l'estrade et rejoigne les autres danseurs avant de se retirer dans la lumière tamisée du hall. Un sentiment de colère l'envahit, ses yeux s'emplirent de larmes qu'elle réprima.

Stupéfiée par la brûlure qu'avait provoquée cette bouffée de jalousie, elle aperçut Églantine qui passait par là. Une idée fulgura dans son esprit.

Agrippant la petite femme par la main, elle l'entraîna à sa suite.

À peine l'avait-il vue sur le seuil qu'elle avait déjà disparu... William songeait à partir à la recherche de son épouse quand celle-ci revint. Tenant entre ses mains ce qui ressemblait à une étoffe pliée, Laura traversa à la hâte la grand-salle et se dirigea vers les appartements du laird.

Balayant les lieux du regard, William songea que ses convives allaient poursuivre leurs agapes et leurs danses enfiévrées jusqu'aux petites heures du matin. Plusieurs cornemuseurs se lançaient des défis : c'était à qui parviendrait à jouer juste en dépit de son état d'ébriété avancé. La fête battait son plein, et le laird s'en félicitait.

Malgré la réelle satisfaction qu'il éprouvait devant la métamorphose de Blackfearn Castle et de ses gens, ses pensées étaient accaparées par d'autres considérations.

Des images réconfortantes peuplèrent son esprit. Imaginant sa tendre épouse se glissant dans les draps, il décida de prendre congé de ses hôtes. D'un geste ample, il souhaita bonne nuit à la joyeuse assemblée et rejoignit ses appartements.

Adossé contre le lourd battant de chêne de leur chambre, il vit la couche nuptiale inoccupée. Son front se plissa : son aimée ne l'y attendait pas. Un filet de lumière filtrait par l'entrebâillement de la porte donnant sur la bibliothèque. Travaillait-elle ? Ce n'était ni l'heure ni le jour pour se plonger dans un registre ou la rédaction d'une lettre, quel qu'en soit le destinataire.

— Laura ?

— Attends, s'il te plaît. Accorde-moi un tout petit moment. Ne bouge surtout pas.

Sa contrariété disparut comme par enchantement et il esquissa un petit sourire. Telle était son épouse : la déesse de l'ordre, l'organisation incarnée ! Il ne la changerait pas. Pour sûr, il ne s'ennuierait pas avec elle au cours de cette nouvelle vie qui s'ouvrait à lui.

Il ôta ses souliers, son tartan et sa chemise et s'approcha du feu qu'il alimenta en y jetant assez de combustible pour la nuit.

Oui, William Ross était un homme neuf. Il songea au temps qu'il passerait auprès de sa femme, à discuter de leurs projets, des rénovations de Blackfearn Castle, de l'amélioration des conditions de vie des domestiques, des villageois…

L'idée qu'il puisse avoir des projets l'amusa, lui qui, naguère, abhorrait toute projection dans le futur.

Laura l'avait transformé, envoûté corps et âme. Il la chérirait comme on chérissait un inestimable trésor. Jamais il ne mettrait en péril son bonheur en se laissant séduire par Molly ou une autre. Il avait eu son lot de débauche. Ce temps était définitivement révolu.

Toutefois, il y avait un ver dans le fruit. Son passé.

Elle avait le droit de savoir. Il fallait qu'il surmonte sa peur, gagne confiance et lui parle. Que sa femme ignore un pan entier de son passé lui paraissait inconcevable. Or, cet aveu n'irait pas sans risque.

Quelle serait la réaction de Laura face à l'implacable vérité ? Perdrait-il son amour ou, pire, l'abandonnerait-elle ?

Il n'avait pas le choix. Il ne pourrait éternellement cacher à son épouse l'homme qu'il avait été. Aurait-elle dans son cœur suffisamment d'amour, de compréhension, pour lui pardonner ?

Une ombre se glissa hors de la bibliothèque, l'arrachant à son tourment.

La vision de Laura, adossée au chambranle de la porte dans une pose alanguie, lui coupa le souffle. Elle n'était vêtue que d'une courte chemise vaporeuse. La faible lumière provenant de la bibliothèque rendait l'étoffe transparente, mettait en valeur ses courbes voluptueuses, ses jambes fuselées, ses hanches qu'il brûlait de caresser. L'échancrure du caraco lui donnait un aperçu vertigineux des seins de son enchanteresse épouse.

— Où as-tu déniché ce…

Fasciné, William déglutit.

— Cette chemise ?

Lorsqu'elle croisa les bras, sa poitrine se souleva.

— Églantine me l'a prêtée.

Ses boucles brunes ramenées sur un côté cascadaient le long de son cou gracieux. William ne pouvait détacher ses yeux de ce spectacle éblouissant. Presque intimidé, il fit un pas en avant.

Les prunelles violettes de Laura le contemplaient avec gourmandise.

— Et… qu'est-ce qui… comment ma ravissante femme a-t-elle eu l'idée de… de me mettre ainsi l'eau à la bouche ?

— Depuis le jour de mon arrivée à Blackfearn, je n'ai cessé d'entendre les rumeurs concernant Peter et Églantine. On dit qu'il est incapable de refuser quoi que ce soit à sa femme. Je suis allée la voir et lui ai simplement emprunté l'un de ses secrets.

— Crois-tu, ma chérie, que je pourrais dire non à la moindre de tes requêtes, ma douce, mon adorée ?

— Ce que je m'apprête à te demander est trop important.

Il humecta son index, titilla un mamelon qui se dressa. Un sourire courut sur les lèvres du laird qui s'inclina pour suçoter le deuxième mamelon à travers la fine étoffe. Laura tressaillit.

— Tu disais ? s'enquit-il, taquin.

— Je... tu...

Il lui prit la main, l'entraîna dans la chambre, près du lit, et l'adossa contre le mur. Ses doigts vigoureux retroussèrent le bas du caraco, frôlèrent ses cuisses veloutées, atteignirent le plus tendre de sa chair. Elle gémit de plaisir.

— Demande-moi ce que tu voudras, ma chérie. Tes désirs sont des ordres.

Il poursuivit sa scandaleuse caresse, introduisit ses doigts entre les lèvres délicates de son intimité. Ce faisant, il lui embrassa la nuque où son pouls battait à tout rompre.

— Je donnerais ma vie pour toi, dit-il. Demande...

Elle s'apprêta à parler, se ravisa.

L'étreinte de William se fit plus pressante. Il regarda amoureusement sa femme fondre dans ses bras puissants en se disant qu'il allait prendre tout son temps. La nuit leur appartenait

Hélas ! il ne parvint pas à dompter la folle envie qui le grisait : la pénétrer, la faire sienne... Maintenant. Il la coucha sur le matelas douillet, la couvrit de son corps brûlant de désir.

— Alors ? chuchota-t-il. Qu'avais-tu à me demander ?

Laura le débarrassa de son kilt, caressa ses cuisses musclées.

— Pas maintenant, murmura-t-elle. Il faut que je te parle, mais plus tard.

— Plus tard, répéta-t-il en s'enfonçant lentement en elle. Moi aussi, j'ai beaucoup à te dire...

Il entama alors un lent va-et-vient, accélérant peu à peu la cadence.

Cette nuit-là, dans cette chambre, William et Laura connurent l'extase de deux corps, deux âmes qui communiaient.

L'écho assourdi de la fête avait accompagné leurs ébats amoureux. Dans la grand-salle, le silence reprenait peu à peu ses droits, les chants et les airs de cornemuse ayant migré vers les écuries. La plupart des commensaux et des domestiques devaient déjà dormir à poings fermés, songea Laura, l'esprit embrumé.

Enroulée dans les draps de cet immense lit, la jeune femme arborait un sourire béat. Elle posa tendrement la tête sur le torse musculeux de William et se laissa bercer par les battements paisibles de son cœur. S'enivrant du parfum délicatement musqué du laird, elle le serra aussi fort qu'elle le put en s'efforçant de juguler le flot d'émotions qui l'envahit. Une larme perla au coin de son œil, roula sur le torse nu de son mari.

William lui prit le menton. Elle plongea aussitôt dans l'océan de ses yeux bleus.

— Qu'y a-t-il, Laura ?

Sachant que sa voix trahirait son émoi, elle préféra se taire et s'accrocher au regard réconfortant de son époux.

— Qu'y a-t-il, mon amour ? s'enquit-il.

À ce mot merveilleux, les yeux de Laura s'embuèrent de larmes qui débordèrent de ses paupières. William l'allongea sur le dos, approcha son visage du sien et baisa le nectar salé qui coulait sur les joues de son épouse.

— Parle-moi, s'il te plaît…

— C'est… c'est la deuxième fois que tu emploies ce mot. Tu as dit « mon amour »… chuchota-t-elle.

Un sourire attendri éclaira le visage de William.

— Tu pleures parce que j'exprime ce que je ressens pour toi, du plus profond de mon cœur ?

Elle opina.

— Tu… tu veux dire que… tu m'aimes ?

— Tu le sais, ma chérie. Mais… ce n'est pas ce qui te tourmente réellement. Tout à l'heure, quand je t'ai rejointe, tu désirais me parler.

Laura puisa au tréfonds de son être le courage de répondre. Sur le plancher, au pied du lit, gisaient le tartan, le kilt de William ainsi que le caraco que lui avait prêté Églantine. D'un geste tendre, William lui prit le menton.

— Hier soir, j'ai emprunté ce… cette chemise à la femme de Peter… après t'avoir vu en… en compagnie de Molly, dans la grand-salle.

Il se redressa vivement.

— Mais, ce n'est…

Laura le fit taire en lui posant une main sur les lèvres.

— Je comprends, enchaîna-t-elle. Tu m'avais prévenue. Tu n'es qu'un homme, avec ses qualités et ses faiblesses.

— Tu… bafouilla-t-il, le front ridé de plis soucieux, tu veux dire que tu souhaites que je prenne une maîtresse ?

— Pas si tu tiens à la vie. Hier soir, j'ai mis ce… ce déshabillé en imaginant que Molly te séduisait ainsi. Et… j'ai voulu te donner une leçon.

— Une leçon ? répéta-t-il, interloqué.

Elle le fit s'allonger sur le dos, le chevaucha.

— Oui. J'ai voulu te montrer qu'en plus d'être ton épouse, je pouvais être ton amante. C'était une preuve d'amour et de fidélité. Par tous les saints, William Ross, je t'aime trop pour accepter de te partager avec une autre !

Il sourit et entreprit de lui effleurer la joue, caresse qu'elle repoussa.

— Laisse-moi terminer. Tu n'as pas envie que je te brutalise, n'est-ce pas ?

— Vraiment ?

Elle darda sur lui un regard scrutateur avant de poursuivre.

— Il ne s'agit pas seulement de Molly. Je te parle en général. Je comprends parfaitement qu'on ne puisse pas modifier le passé. En ce qui me concerne, tu m'as aidée à construire une nouvelle vie. Mon père a été assassiné par le roi d'Angleterre, et ce qu'il me restait de famille s'est disséminé aux quatre coins du pays. Je risque de ne plus revoir ma mère, ni mes sœurs. Tu m'as fait le cadeau de ta famille, tu m'as rendu l'espoir. Grâce à toi, les cauchemars ne viennent plus hanter mes nuits. Pour tout cela, je te serai éternellement reconnaissante. Mais... à propos de ton passé...

Laura hésita en voyant s'assombrir les traits de William. Elle devait cependant poursuivre son raisonnement et le lui faire entendre.

— Je ne suis ni Molly ni Mildred. Je suis comme je suis.

Brusquement, il se raidit et s'adossa à la tête de lit.

— Je suis impuissante devant les sentiments... devant l'amour que tu éprouves encore pour Mildred.

— Quoi ?

William la considérait avec stupeur. Il fallait qu'elle termine, se tança-t-elle. Elle n'avait pas le choix.

— Mon chéri, ce que j'essaie de te dire, c'est que je te promets de ne plus jamais évoquer ce passé qui te torture. Mais parlons du présent. L'idée d'avoir à te partager avec une autre femme m'est tout simplement insupportable. Ça, je ne...

Elle fut interrompue par des coups frappés à la porte.

— Allez-vous-en ! tonna le laird.

Malgré son ordre, les coups redoublèrent. Laura s'enfouit sous les draps tandis que William, pestant entre ses dents, s'habillait à la hâte pour aller répondre à l'importun visiteur.

Laura entendit la voix timide de Robbie, sans toutefois parvenir à distinguer ses paroles. Celles du laird, par contre, ne lui échappèrent pas :

— Oui, mon grand, tu as bien fait.

William referma la porte, traversa la chambre et se baissa pour ramasser sa chemise.

— Il y a un problème ? s'enquit-elle en se redressant.

— Ne bouge pas d'ici, répliqua-t-il sèchement en continuant de se vêtir. Certains de mes hommes ont enfourché leurs montures. Ces imbéciles sont partis en pleine nuit.

— Mais pourquoi ?

— Ces ivrognes ont décidé de fêter en avance la Saint-Stephen. La légende prétend que si l'on chevauche un destrier jusqu'à l'épuisement et qu'ensuite on lui fait une saignée, le pauvre animal aura une santé de fer pour l'année qui vient. C'est d'une bêtise confondante !

— Et où vas-tu ?

— Je ne peux pas les laisser errer dans la nature par une nuit sans lune, et mettre en péril leur vie ou celle de mes chevaux.

Laura observa William qui se dirigeait d'un pas décidé vers la porte.

À mi-chemin, il stoppa net, pivota sur ses talons.

— Nous reprendrons cette discussion sur le passé plus tard, lança-t-il.

— Non. Nous en avons terminé avec le passé. Ce qui compte, c'est le présent et l'avenir.

Il secoua pensivement la tête avant de sortir.

25

Les guerriers en vadrouille étaient tellement ivres et faisaient un tel raffut que le laird n'avait eu aucun mal à les retrouver. En revanche, rassembler hommes et chevaux et les ramener à Blackfearn lui avait pris toute la nuit.

Sur le chemin, une pluie mêlée de givre s'était mise à tomber et l'avait trempé jusqu'aux os.

William avait réussi à contenir sa rage ; il s'était fait une raison. Après tout, ce genre de mésaventure était inévitable lorsque l'on festoyait. L'indulgence était de mise, car ces gens passablement enivrés célébraient – à leur façon – son mariage.

Environ une heure avant l'aurore, il franchit le seuil de la chambre nuptiale. Laura dormait d'un sommeil de plomb.

Campé au pied du lit, il couva du regard le visage innocent de son adorée, admira l'angélique beauté de son épouse. Sa frêle silhouette irradiait de bonheur.

L'air pensif, il se dit qu'il ne la méritait pas, qu'il était indigne de la bonté, de l'amour inconditionnel qu'elle lui offrait.

La mauvaise conscience le tarauda.

Il n'en pouvait plus de la faire souffrir. Il devinait l'insupportable doute qui rongeait sa tendre femme. Cette abomination de passé ! songea-t-il. Il devait mettre un terme à cela et tout lui avouer.

Peut-être, avec le temps, lirait-il de nouveau la confiance – et non l'amertume – dans les beaux yeux de Laura.

Sans faire de bruit, il tourna les talons et alla s'enfermer dans la bibliothèque.

Au petit matin, Laura se réveilla en sursaut. Elle tendit le bras et découvrit qu'elle était seule dans cet immense lit. William n'était pas rentré.

Se redressant contre les oreillers, elle se mit à réfléchir. Son époux avait-il retrouvé ses hommes ? Étaient-ils tous sains et saufs ? Avaient-ils épargné leurs montures ?

Laura se glissa hors du lit. Alors qu'elle s'apprêtait à se débarbouiller le visage, elle aperçut un rouleau de parchemin sur lequel était inscrit en belles lettres son prénom.

Les doigts tremblants, elle déroula le document. Il provenait de William.

Pendant une fraction de seconde, son cœur cessa de battre. Elle prit une couverture, l'enroula autour de ses épaules. Comme elle flageolait sur ses jambes, elle s'assit sur la chaise la plus proche.

C'était forcément de mauvaises nouvelles, se dit-elle. S'il avait écrit cette missive, c'est qu'il avait manqué de courage pour les lui annoncer de vive voix.

En proie à une angoisse terrible, elle déglutit pour contenir les sanglots qui menaçaient de l'étouffer.

Comment ne pas songer au pire ?

Au prix d'un effort surhumain, elle concentra son attention sur l'écriture de William.

Ma chère Laura,

Je commence cette lettre en te demandant pardon. Ce que tu t'apprêtes à lire, il y a longtemps que j'aurais dû te le révéler. Bien avant que nous ne prononcions nos vœux devant l'autel.

Mais j'ai attendu, trop attendu, car j'avais peur de te perdre en te dévoilant la vérité. J'avais peur que tu n'aies une piètre opinion de moi ou, pire, que tu choisisses de quitter Blackfearn Castle.

Tu l'as sans doute deviné : cette vérité qui me tourmente tant concerne mon passé. Toutefois, contrairement à ce que tu crois, l'origine de ma souffrance ne provient pas de l'affection que j'avais autrefois pour une femme, mais du déshonneur que j'ai causé à ma famille par de viles actions.

Je t'écris la vérité.

J'implore ton pardon, Laura.

Ma chérie, je ne suis plus le même homme depuis que je t'ai rencontrée.

Il y a longtemps, je me suis attaché à une femme, Mildred de Hoddom. Ce que j'éprouvais pour elle n'était pas de l'amour. Jamais je n'ai ressenti pour elle ce que je ressens pour toi, ma douce Laura, mon adorée. J'ai appris ce que signifiait le terme « sacrifice » et, s'il le fallait, je me sacrifierais pour toi.

Avec ses jolis attraits, Mildred m'a envoûté. Je n'avais d'yeux que pour elle. Peu à peu, elle s'est lassée de moi, a séduit d'autres hommes. Aveuglé par cette fausse idylle, je continuais de bâtir des châteaux en Espagne. J'imaginais – à tort – que j'étais le parti idéal. J'ai feint d'ignorer les rumeurs circulant sur son compte. Et puis on a parlé d'un mariage. J'ai nié l'évidence.

Une nuit d'hiver, Mildred m'a rejoint dans ma chambre. Ce n'était pas la première fois. Je l'ai soupçonnée de coucher avec d'autres hommes.

J'aurais pu oublier cette nuit si mon frère n'avait pas réapparu le lendemain. On ne m'avait rien dit de son arrivée à Hoddom Castle, ni de son intention d'épouser Mildred. Quand je l'ai obligée à parler, elle m'a tout avoué : le mariage était arrangé depuis fort longtemps. Elle a pris peur, m'a bredouillé que cette nuit passée dans mon lit était sa manière de me dire adieu.

Si, à l'époque, j'avais été courageux, si j'avais eu le sens de l'honneur, j'aurais discuté avec Thomas. Je ne me serais pas contenté de lui dire mon attachement pour Mildred. Non. Je lui aurais avoué ma terrible erreur : avoir couché avec sa promise quelques jours avant leurs noces.

Au lieu d'affronter la réalité, j'ai fui comme un lâche. J'ai tourné le dos à ma famille, en me jurant de ne plus jamais regarder en arrière. Je recevais néanmoins des nouvelles régulières de Thomas et Mildred. J'ai appris la naissance de Miriam, à peine neuf mois après leur mariage.

C'est alors que le doute a commencé à me ronger. Cette enfant était-elle celle de Thomas ou la mienne ? Au fond de moi, j'avais la réponse. Je n'ai pas réagi, bien au contraire.

Ensuite, d'autres nouvelles me sont parvenues. Mildred supportait de moins en moins son existence à Blackfearn. J'ai même reçu des lettres d'elle m'invitant à me joindre à la famille, lors de fêtes diverses et variées. Bien qu'innocentes en apparence, chacune de ces missives contenait la preuve accablante de ma paternité. Mildred me décrivait en détail la fillette, son caractère. Elle y évoquait explicitement la ressemblance frappante avec son « oncle ».

Cela me rendait fou, mais je restais à l'écart. Ce qui était fait était fait, je ne pouvais rien y changer. J'ai fini par choisir – en mon âme et conscience – de conserver le secret. Je ne voulais pas risquer de briser le couple que formaient Mildred et Thomas.

Et puis, ils sont morts dans des conditions tragiques. Le doigt du Créateur m'a désigné. Mon châtiment était tout trouvé : je devais m'installer à Blackfearn et endosser le rôle de laird, que je le veuille ou non.

Le jour où mon regard a croisé celui de Miriam, j'ai su que j'étais son père. Même s'il n'y avait que Mildred et moi pour savoir, j'ai parfois soupçonné Gilbert d'être au courant, mais nous n'avons jamais évoqué le sujet.

Quand tu as épanché ton cœur, hier, j'ai ressenti l'urgence de t'écrire ces choses que j'étais incapable de te dire. Je ne pouvais pas te faire souffrir plus longtemps en te cachant la vérité.

Laura, je jure par le sang de ma famille que je n'avais pas conscience de la réelle signification du mot « amour » avant de te connaître. Tu m'as ouvert les yeux, le cœur, et j'ai pu voir en toi la lumière éblouissante qui émane de ton âme.

Je ne suis pas digne de l'amour que tu me donnes, mais je t'en supplie, ne me quitte pas, ne quitte pas ma fille, Miriam. Peut-être, avec le temps, pourras-tu m'accorder de nouveau ta confiance, ton affection, ton amour.

William

Insensible à la pluie verglaçante qui tombait sans discontinuer et à la boue dans laquelle il pataugeait, le laird s'exerçait à l'épée.

À l'abri, sous l'auvent de l'armurerie jouxtant le terrain d'entraînement, on avait allumé un grand feu, davantage pour se réchauffer que pour le labeur de l'armurier. Les guerriers qui n'avaient pas participé à la fameuse virée nocturne se tenaient immobiles et contemplaient leur maître qui s'acharnait contre le poteau servant de cible.

La pluie et la sueur dégoulinaient sur le torse nu de William Ross. Ses longs cheveux châtains étaient trempés, ses mollets maculés de boue.

Le jeune Robbie accourut soudain. Adossé à une poutre, Edward fit signe au palefrenier de le rejoindre. Ce n'était pas le moment de déranger le laird.

L'adolescent roula des yeux impressionnés en direction de William qui venait de hacher menu la cible.

— C'est milady ! chuchota Robbie. Elle cherche son époux.

Edward secoua la tête négativement.

— Retourne la voir, et dis-lui que je le lui enverrai dès que j'aurai osé l'approcher pour lui parler. Euh… non. Dis-lui plutôt qu'il est occupé et qu'il regagnera ses appartements dans un moment.

Aussi vif que l'éclair, Robbie s'exécuta.

Pour sa part, le colosse resta impassible en apparence mais attentif. Il souhaitait à la fois accorder à son maître la liberté de se défouler et veiller à la sécurité des guerriers dans le cas où la rage du laird deviendrait incontrôlable.

Tudieu ! jura-t-il en silence. Jamais il ne l'avait vu manifester autant de fureur.

D'un coup de pied énergique, William fit tomber le poteau, s'attaqua à un autre. Il frappa d'estoc et de taille, allongea une botte ici, contra une riposte imaginaire là.

Il n'y avait pas meilleur exutoire qu'une séance d'entraînement physique intensif.

Écrire cette missive avait rouvert la plaie béante du passé. Trouver les mots justes pour exprimer sa douloureuse histoire l'avait ébranlé plus qu'il ne l'aurait cru possible.

Il souffrait le martyre parce qu'il était mort de peur. Il craignait que Laura ne lui pardonne pas.

— Et si… grommela-t-il en plantant son arme dans la cible… après avoir lu ma lettre, elle ne m'aimait plus, n'éprouvait plus aucun désir physique…

Frappant à nouveau rageusement le poteau, il maugréa :

— Si elle refusait de me voir, j'en deviendrais fou.

Pourtant, il n'avait eu d'autre choix que de lui dévoiler ce pan de son passé. Il avait agi en son âme et conscience et devrait maintenant en assumer les conséquences.

William levait son arme pour un nouvel assaut quand un mouvement sur sa droite attira son attention. Il braqua sur l'aile est du château un regard scrutateur et vit choir une étoffe.

Il sentit les battements précipités de son cœur pulser à ses tempes. Était-ce un signe ?

Un de ses guerriers courut ramasser ce qui était tombé.

— C'est une écharpe en dentelle ! cria-t-il à ses compères.

Le souffle coupé par l'émotion, le laird leva des yeux pleins d'espoir vers la fenêtre d'où était venue l'écharpe. Le volet s'ouvrit et une main parut qui jeta autre chose, sous les regards ébahis des hommes.

— De qui est-ce la chambre ? demanda Edward.

— Je ne suis pas sûr, répondit un guerrier, mais je crois que c'est celle de lady Laura. Vous vous souvenez ? C'était elle qui nourrissait les faucons.

William se raidit, décida d'aller voir par lui-même ce que l'homme avait en main.

— C'est une robe. Ça doit appartenir à votre épouse.

— Vous croyez qu'elle est là-haut, milord ?

Le même manège se reproduisit. Le volet s'entrouvrit une fois encore et la main reparut, tenant un vêtement féminin… un caraco, devina-t-il.

Son sang ne fit qu'un tour. William traversa au pas de charge le terrain d'entraînement, franchit le seuil des cuisines. Montant les marches quatre à quatre, il se dirigea vers la chambre qu'il avait naguère attribuée à Laura.

Il s'engouffra dans le long couloir et, haletant, ouvrit la porte.

Laura était adossée contre le volet clos, seulement vêtue d'un plaid.

Elle darda ses yeux améthyste sur son mari qu'elle gratifia d'un sourire éblouissant. Ses doigts lâchèrent le plaid, dévoilant ses seins d'albâtre. Sa peau laiteuse semblait scintiller dans la douce pénombre de la chambre.

— Je crois, susurra-t-elle, qu'à présent, j'ai toute ton attention.

26

Deux jours avant les célébrations du nouvel an et sa traditionnelle remise de cadeaux, Laura devisait avec Chonny dans les cuisines lorsque Robbie arriva au pas de course et les interrompit.

— Le père prévôt veut vous voir, milady. C'est *très* important.

— Merci, Robbie. Dis-lui que j'arrive.

Elle fit une halte dans la chambre du laird pour y dissimuler une petite surprise qu'elle lui avait concoctée, puis se rendit à la bibliothèque.

Gilbert, son beau-frère, affichait un air grave en considérant avec attention le coffret bardé de métal et cadenassé qui trônait sur la table de travail de William.

Le prévôt l'invita à s'asseoir et commença sans cérémonies.

— Laura, lorsque nous nous sommes rencontrés pour la première fois, à St. Duthac, vous avez souhaité lire la correspondance que mon prédécesseur et moi-même avions entretenue avec votre mère, lady Diana.

— C'est exact. Et vous m'avez montré les lettres.

Gilbert Ross marqua une pause puis secoua négativement la tête.

— Je vous ai remis uniquement celles que votre mère m'autorisait à vous remettre. Ses instructions étaient claires. Frère Jérôme devait cacher ce coffret et y veiller comme à la prunelle de ses yeux.

Le prévôt caressa le couvercle de l'objet et poursuivit :

— Nous devions le protéger jusqu'à ce que votre sécurité soit assurée.

— Mais… mon arrivée à St. Duthac ne signifiait-elle pas que j'étais en lieu sûr ?

Gilbert fronça les sourcils.

— Pour être tout à fait honnête, je n'étais pas en mesure d'assurer votre sécurité, même dans l'enceinte de mon église. Quand on m'a rapporté l'incident survenu au couvent de Ste Agnes, j'ai su que les hommes qui vous pourchassaient n'auraient pas donné cher de ma peau ni de celle de mes compagnons pour vous enlever. Alors j'ai…

Il s'interrompit, se redressa et commença à faire les cent pas devant l'âtre.

— Parmi les recommandations de votre mère, il y avait le mariage…

— Comment cela ?

— Si vous épousiez un mari convenable, avait-elle écrit, nous pouvions vous considérer comme étant en sécurité.

— Ah… C'est donc la raison pour laquelle vous m'avez suggéré de songer au mariage ?

— Oui, en partie, admit-il, l'air penaud.

— Vous avez pris beaucoup de risques.

— Je le reconnais. J'aimerais cependant vous demander une chose : aviez-vous, vos parents ou vous-même, déjà rencontré William avant de venir en Écosse ?

La question déconcerta Laura.

— Je ne saurais me prononcer pour mes parents. En ce qui me concerne, la réponse est non.

L'évocation de son tendre époux la détendit.

— On peut difficilement oublier votre frère, ajouta-t-elle avec un petit sourire. Pourquoi cette question ?

Gilbert se rapprocha du bureau, tapota le coffret.

— J'avais… comment dire… La lettre de votre mère m'a mis la puce à l'oreille. J'ai pensé qu'elle connaissait William, que peut-être elle l'avait rencontré lors de son exil à York. À cette époque, il y occupait le poste d'émissaire auprès de la reine mère. Qui sait… Lady Diana vous a peut-être envoyée ici dans l'espoir que vous et William…

Il haussa les épaules et darda sur la jeune femme ses yeux bleu azur.

— C'est possible, cher beau-frère. Et si vous me laissiez lire cette fameuse lettre…

— Pas encore. J'ai envoyé un message au frère Francis afin qu'il l'apporte en venant, puisque nous l'accueillons demain à Blackfearn Castle.

Gilbert fouilla dans l'une de ses poches et en tira une clé avec laquelle il ouvrit le cadenas du coffret.

— J'ose espérer que tout ceci restera entre nous, enchaîna-t-il.

Laura eut un sourire de connivence et songea à sa mère, l'organisatrice incarnée, l'entremetteuse, la sagacité faite femme.

Mille pensées traversèrent son esprit. Quand Laura avait fui l'Angleterre – une éternité plus tôt, lui semblait-il –, bien avant qu'elle ne croise le chemin de William Ross et n'en tombe éperdument amoureuse, elle aurait sans nul doute désapprouvé les projets qu'avait pour elle sa chère mère. Quoi qu'il en soit, même si Gilbert s'était démené comme un beau diable et avait réussi à célébrer leur mariage, Laura et William avaient choisi de s'unir en leur âme et conscience.

Tout allait à merveille, songea-t-elle. D'abord, John Stewart, comte d'Athol, convolait en justes noces avec sa sœur Catherine. Ensuite, William de Blackfearn, laird des Ross, la prenait pour épouse.

Qui jetterait son dévolu sur la benjamine, Adrianne, sur l'île de Barra ?

Gilbert souleva le couvercle du coffret et, sans chercher à dissimuler sa stupeur, en sortit un rouleau de parchemin entouré d'un ruban.

— C'est… c'est tout ce qu'il contient, dit-il en lui tendant le document.

— Je sais.

Laura avait beau deviner ce que le précieux parchemin lui réservait comme surprise, ses doigts n'en tremblaient pas moins. Elle brisa le sceau, déroula le vélin. Elle y découvrit un court message ainsi que le morceau d'un plan dessiné avec soin. Il y a bien longtemps, on lui avait dit qu'un jour elle posséderait ce fragment. Ce jour était venu.

En proie à la curiosité, le prévôt scruta les lignes et les symboles inscrits sur le vélin.

— Votre mère vous... commença-t-il, stupéfait. Elle vous a transmis une carte ?

— Seulement une partie de la carte, chuchota Laura. C'est l'un des trois indices qui, lorsqu'ils seront réunis, mèneront à la cache secrète du trésor de Tiberius.

— Un trésor ? s'exclama Gilbert. Je présume que c'est donc l'avidité qui pousse ces hommes à pourchasser inlassablement votre famille.

— J'acquiescerais si ce trésor n'était qu'or et joyaux, dit-elle, les yeux rivés sur le plan. Mais j'ai toujours su qu'il avait une valeur plus mystique que matérielle.

Le prévôt contourna le bureau pour mieux observer les chiffres qu'affichait la carte. Quelques mots figuraient çà et là, mais aucun nom propre.

— Que savez-vous au juste ?

— Rien de précis, en fait. Ma famille en a la garde depuis qu'il a été ramené de Terre sainte, au temps des croisades. Je sais également que certaines coteries ont appris l'existence de ce trésor et le recherchent activement. Je suis persuadée que Catherine possède sa part du plan, et il est probable qu'Adrianne ait déjà la sienne.

— Et qu'êtes-vous censées faire, concrètement ?

— Chacune doit veiller sur le fragment qui lui a été confié, en attendant que notre mère nous informe de la suite des événements. Cependant...

Elle prit une longue inspiration avant de poursuivre :

— Si jamais il arrivait un malheur à notre mère, nous devrions nous réunir et décider d'un nouvel emplacement pour le trésor.

— Vous le déplaceriez ? Ce que je ne comprends pas, c'est pourquoi votre famille tient plus à le cacher qu'à en tirer profit.

À cet instant, des martèlements de sabots suivis d'exclamations s'élevèrent de la cour intérieure. Gilbert s'approcha de la fenêtre, sans pour autant ouvrir le volet.

Laura sourit.

— Je ne connais malheureusement pas tous les tenants et les aboutissants de ce trésor. Ce que je sais, par contre, c'est qu'il ne nous appartient pas. Notre mission est d'en préserver l'intégrité.

Perplexe, Gilbert hocha la tête.

— Nous ne pouvons faire confiance à personne, puisque, comme vous le dites si bien, nous ne sommes pas à l'abri de l'avidité de certains malfrats, ajouta-t-elle.

— Votre histoire de trésor me paraît bien compliquée... et dangereuse.

— Nous n'avions d'autre choix que de compliquer la tâche de ceux qui sont à nos trousses.

Laura effleura le bras du prévôt.

— Ne vous inquiétez pas pour moi. À présent, William est mon ange gardien.

Comme s'ils l'avaient appelé, le laird entra alors dans la bibliothèque, la mine sombre.

Soudain inquiète, Laura se jeta dans les bras de son époux.

— Que se passe-t-il ? lui demanda-t-elle en plongeant son regard dans le sien. Ce n'est pas Miriam ? ajouta-t-elle pour se rassurer.

— Non. La petite va bien. Mais il y a un messager qui vient du sud. Plus exactement des Borders...

— Ma mère ?

Une boule d'angoisse la prit à la gorge. Ses yeux s'embuèrent de larmes.

— Oui. Des gens à la solde du roi d'Angleterre l'ont capturée.

— Oh non ! Mon Dieu, non… Mon père… et maintenant ma mère…

Une douleur indicible la transperça à l'idée que sa mère puisse subir le même traitement que son défunt père.

William l'étreignit, lui baisa le front, les cheveux.

Même si la perspective d'une fin tragique lui brisait le cœur, Laura ne s'autorisa cependant pas à sangloter. Elle puisa au tréfonds d'elle-même l'énergie pour se ressaisir.

— Il n'y a qu'une façon de la sauver : accepter leur proposition d'échange, dit le laird. Ils nous somment d'accéder à leur requête avant l'allumage des feux de la Saint-Jean, au solstice d'été.

— Que veulent-ils ? interrogea Gilbert.

— Une rançon, probablement, suggéra le laird. Il faut sans tarder amasser un quelconque trésor.

— Tiberius, murmura Laura, bouleversée. Ils veulent Tiberius.

Ce fut au tour de William d'être renseigné sur l'histoire du trésor de Tiberius. Laura n'omit aucun détail, du moins ce qu'elle en savait. Elle lui montra le fragment de carte que lui avait remis le prévôt et fit un effort surhumain pour conserver tout son calme.

Élaborer une stratégie ingénieuse allait requérir du sang-froid.

— Il faut dire au messager que nous acceptons leur proposition, articula-t-elle.

— Donner au roi d'Angleterre le trésor que votre famille préserve depuis des siècles ? s'exclama Gilbert.

— Par la Sainte Vierge, s'écria Laura, jamais il ne mettra la main sur le trésor de Tiberius ! En acceptant leur offre, nous gagnerons du temps pour réfléchir à une tactique adéquate.

Interloqué, le laird dévisagea tour à tour son frère et son épouse puis opina.

— D'après le commissionnaire du roi, le message n'a été délivré qu'à une seule personne, précisa William.

Laura serra fort la main de son mari, y puisant le courage dont elle avait besoin.

— Il se peut qu'ils ignorent où sont mes sœurs. Si ma mère a suggéré au roi de m'envoyer – à moi seule – ce message, c'est parce qu'elle est convaincue que je trouverai une solution et remuerai ciel et terre.

Elle marqua un court silence avant d'ajouter :

— Elle a toujours dit que, des trois, j'étais la plus ingénieuse.

Adossé contre la fenêtre, le prévôt prit la parole :

— Nous pourrions nous accorder avec le comte d'Athol et lever une armée pour…

— Pour entrer dans la capitale, l'interrompit Laura, et l'aider à s'évader de la Tour de Londres ?

Elle eut un haussement d'épaules.

— Cela ne servirait à rien, enchaîna-t-elle. D'autant que nous n'avons aucune certitude concernant le lieu où ils la retiennent captive.

— C'est vrai, concéda Gilbert.

— Et si nous tentions d'abord d'assembler les trois pièces du puzzle et de dénicher ce trésor ? suggéra William.

— Je constate, mon laird, que tu deviens peu à peu un organisateur émérite.

— Oui, tu as une très mauvaise influence sur moi, répliqua-t-il avec humour.

Malgré la gravité de la situation, son cher époux avait réussi à lui arracher un sourire.

— Récapitulons… Je crois qu'il serait judicieux de retrouver tes sœurs et de réfléchir ensemble à un plan d'action.

— Tu as raison, répondit Laura.

— Mais… intervint Gilbert. Vous disiez ignorer si elles étaient en possession de leur fragment de carte.

— Certes, répliqua-t-elle, mais nous ne pouvons rester ici les bras croisés.

— Comme Catherine va bientôt accoucher, dit William, je propose que nous nous rendions à Balvenie Castle et l'informions de la requête du roi.

— Parfait.

— As-tu la moindre idée de l'endroit où se cache Adrianne ?

— Oui, dans les îles Hébrides.

— Autant chercher une aiguille dans une meule de foin, soupira Gilbert.

— Barra, répliqua Laura avec assurance. Elle est sur l'île de Barra.

27

Tandis que les gens du château se préparaient pour une seconde nuit de festivités – le lendemain du réveillon du nouvel an –, Laura embrassait du regard les cadeaux éparpillés sur la courtepointe de son lit. Des offrandes pour sa nouvelle famille.

L'image de sa mère, prisonnière du roi, lui arracha une larme qu'elle essuya aussitôt. Elle comptait les jours la séparant du départ pour Balvenie Castle, le nouveau foyer de sa sœur Catherine, et il ne se passait pas une minute sans qu'elle songe à sa pauvre mère.

Se lamenter sur son sort ne résoudrait rien, se dit-elle pour se reprendre.

Même si elle en ignorait l'emplacement, elle savait le trésor en lieu sûr. Heureusement, car ils affronteraient à n'en pas douter un ennemi aveuglé par la haine et la cupidité. William avait remis au messager du roi une note stipulant qu'il acceptait les termes de l'échange. Ils disposaient donc d'un peu de temps, jusqu'au solstice d'été.

William et Laura avaient décidé d'informer sir Wyntoun MacLean de l'affaire – sans toutefois lui en révéler tous les détails. Ils lui avaient confié une mission : le chevalier devait gagner l'île de Barra et ramener Adrianne Percy à Balvenie Castle. En enfourchant son étalon, il leur avait juré de réussir.

Un coup frappé à la porte arracha la jeune femme à ses pensées. À la hâte, elle saisit les extrémités du long châle sur lequel étaient disposés ses cadeaux et en fit un ballot. Elle eut tout juste le temps de cacher ses présents avant que Miriam ne passe son adorable frimousse dans l'entrebâillement de la porte.

— Entre, ma chérie.

La fillette s'avança. Ses deux chiots lui filèrent entre les jambes et disparurent sous l'immense lit. Miriam tenait sous son bras un petit ballot.

— Laisse-moi t'aider à porter ton linge, proposa Laura.

— Non. C'est pas du linge, c'est vos cadeaux. Faut pas regarder !

Toute guillerette, elle se précipita dans la pièce voisine. Laura prit ses présents et la suivit.

Le matin, Gilbert, Francis et les gens de la maisonnée avaient reçu leurs étrennes dans la grand-salle. Miriam s'était fait une joie de montrer à l'assemblée les capes et les souliers, les étoffes et les couteaux rapportés d'Inverness. Laura, William et la fillette avaient, quant à eux, décidé de procéder en petit comité, dans la bibliothèque.

Campé devant l'âtre, William patientait. Laura l'embrassa avant de s'asseoir sur la chaise qu'il lui désignait. Les chiots ne tardèrent pas à arriver en trombe.

— Est-ce qu'on peut donner les cadeaux ? demanda Miriam.

— Oui, répondit William en tendant à chacune des « femmes » de sa vie un ravissant paquet enrubanné. Je commence.

Au comble du ravissement, la fillette ouvrit le sien. Ses yeux ronds d'admiration se rivèrent sur une pièce d'or. La rose des Tudor scintilla à la lueur des flammes. William lui avait offert son fétiche, devina Laura. Miriam se jeta au cou du laird.

— Maintenant, s'exclama-t-elle, je peux m'entraîner, moi aussi, à la faire glisser entre mes doigts !

— Oui, ma chérie. Je te montrerai.

Laura contempla la petite boîte joliment ornée que lui avait remise son époux. Quelle surprise renfermait-elle ?

Quand elle souleva le couvercle, son cœur faillit cesser de battre. En proie à une vive émotion, elle sentit ses yeux se brouiller de larmes.

— Tu l'as retrouvée... bredouilla-t-elle, incrédule en tenant entre ses doigts la chaîne à laquelle était suspendue une croix ornée de pierreries.

Le joyau qu'elle avait offert à Guff quand il les avait aidés à s'évader du couvent de Ste Agnes, et qui avait autrefois appartenu à sa mère, était enveloppé dans un mouchoir de lin magnifiquement brodé.

William s'approcha pour lui attacher la chaîne autour du cou. Quand les doigts du laird lui effleurèrent la nuque, Laura frissonna. Il scella ensuite leurs lèvres en un baiser dont la tendresse la bouleversa.

Leurs doigts s'entrelacèrent.

— Comment as-tu fait pour la retrouver ? demanda-t-elle.

— Après notre mariage, j'ai envoyé plusieurs de mes hommes au couvent de Ste Agnes. Ils ont informé les religieuses de nos noces et en ont profité pour racheter le bijou à son propriétaire. Le convaincre n'a pas été une mince affaire.

— Comment allaient la mère supérieure et les sœurs ?

— À merveille. Ces Lowlanders, y compris ce moine loucheur, ont cessé de les importuner.

— Ah ! j'en suis ravie ! s'exclama-t-elle en relâchant la main de William.

Elle prit le châle contenant ses présents. Miriam darda un regard luisant de curiosité sur l'étoffe chamarrée. La jeune femme plongea la main dans le ballot improvisé et en tira le cadeau de la fillette.

— Oh ! s'émerveilla-t-elle. Une poupée, j'ai jamais eu de poupée !

Miriam se jeta au cou de Laura, l'embrassa fougueusement sur les deux joues puis, avec la même énergie débordante, virevolta et se mit à danser avec sa poupée.

— C'est mon tour ! s'empressa d'ajouter la fillette. C'est mon tour, maintenant...

— Attends, ma chérie, coupa Laura. Je n'ai pas terminé.

Elle remit à son époux son présent enroulé dans le châle. En déballant son cadeau, William arbora une mine interloquée.

— Une coupe ? s'étonna-t-il.

— Elle ne te rappelle rien ?

Il examina l'objet avec perplexité.

— C'est... C'était... rectifia-t-elle, la coupe réservée au laird à la taverne des Trois Coupes.

Laura vit dans ses yeux saphir une lueur espiègle.

— A-t-il fallu que tu en viennes aux mains pour l'obtenir ?

— Je n'ai pas été trop brusque, assura-t-elle. J'ai simplement demandé à sa détentrice de m'enseigner ces pas de danse qui envoûtent la gent masculine.

— Tu n'as rien à apprendre, lui susurra-t-il dans le creux de l'oreille.

La voix implorante de Miriam les arracha à leur intimité.

— C'est mon tour... c'est mon tour de donner mes cadeaux !

Laura prit place sur la chaise du laird, assit la fillette sur ses genoux et ouvrit son présent. En soulevant le tissu d'emballage, elle découvrit une ravissante chemise de lin. Des petits nœuds raffinés couleur parme avaient été brodés le long de l'encolure. Elle la souleva pour mieux l'admirer.

— Je l'ai pas faite toute seule, expliqua Miriam. Y a... Églantine, Marie et Luella qui m'ont aidée.

— C'est magnifique ! s'extasia Laura en étreignant la fillette pour la remercier.

Miriam, aux anges, se rua vers William pour lui remettre son cadeau.

— Ça, dit-elle, je l'ai fait toute seule.

Le laird et son épouse eurent un sourire attendri devant le regard plein d'attente de la petite.

— Si... balbutia-t-elle, si vous aimez, je peux le coudre moi-même sur votre tartan.

Laura se leva et prit l'enfant par la main. L'émotion était palpable. William ouvrit nerveusement l'emballage et deux larmes perlèrent au coin de ses paupières. Il posa le présent sur son bureau et étreignit ses deux « femmes ».

Par-dessus son épaule, Laura vit un carré de lin brodé de fil d'or.

Sur l'étoffe, en lettres d'or, ce simple mot : *Papa*.

Note

Le trésor de Tiberius ?

Des pièces d'or ? Des joyaux ? Est-il un don de Dieu ou de Satan ? Pourquoi ce mystérieux trésor pousse-t-il les hommes à vendre leur âme ?

À présent que ce deuxième tome de la trilogie des sœurs Percy s'achève, nous espérons que vous êtes prêts à découvrir les aventures et les péripéties que nous vous réservons dans l'ultime épisode, *Une provoquante épouse.*

Dans ce roman, nous vous avons présenté sir Wyntoun MacLean, l'énigmatique et très redoutable Lame de Barra. En poursuivant sa quête du trésor de Tiberius, il aura à affronter les défis, les duels à l'épée et la guerre amoureuse qui l'attendent lorsqu'il rencontrera Adrianne Percy.

Wyntoun est un chevalier et un pirate qui n'a qu'un but : s'emparer du trésor de Tiberius. Adrianne est une guerrière dans l'âme, une femme qui n'hésiterait pas à sacrifier sa propre vie pour protéger l'insaisissable trésor d'hommes du genre de la Lame de Barra.

Dans *Une provoquante épouse,* vous retrouverez Catherine et le comte d'Athol d'*Une étourdissante épouse*, ainsi que Laura et William Ross d'*Une séduisante épouse.* Les trois sœurs déploieront leurs multiples talents pour combattre leurs ennemis, secourir leur mère, et défendre le trésor de Tiberius.

Découvrez les prochaines nouveautés de nos différentes collections J'ai lu pour elle

AVENTURES
& PASSIONS

Le 6 janvier 2010 :
Désir rebelle ↝ **Julie Garwood (n°3286)**

Caroline Richmond a grandi en Amérique. De retour en Angleterre, elle sauve un jeune homme d'une attaque en tirant sur ses deux agresseurs. Elle se persuade alors qu'à l'image de ce dandy, les gentlemen anglais manquent de courage. Jusqu'à ce que le duc de Bradford fasse son apparition… Impressionné par le fort tempérament et la beauté de Caroline, celui-ci est dès lors déterminé à faire de la jeune femme sa maîtresse. Caroline, quant à elle, tombe sous le charme du duc, mais loin de se contenter d'une aventure, elle souhaite conquérir son cœur…

Les Carsington —4. Apprends-moi à aimer ↝ **Loretta Chase (n°9123)**

Darius Carsington, cinquième fils du comte de Hargate, ressemble plus à une force de la nature qu'à l'érudit qu'il est. Mais, aux yeux de son père, la philosophie et la biologie sont une perte de temps. Il lui confie donc une tache d'importance afin qu'il lui prouve sa valeur : remettre sur pied un domaine laissé à l'abandon depuis des années. Darius relève le défi avec enthousiasme et, à Beechwood, il fait la connaissance de lady Charlotte Hayward. Tout de suite, le séducteur impénitent tombe sous le charme. Hélas, aucune aventure n'est possible : à vingt-sept ans, la jeune femme, bien que riche et belle à ravir, n'est toujours pas mariée. Pourquoi ? Cette énigme obsède Darius, et Charlotte semble décidée à défendre son secret…

Secrets dévoilés —3. Jeux de l'amour, jeux du destin ↝ **Liz Carlyle (n°9124)**

Au cours d'une partie de cartes enfiévrée, le comte de Valigny n'a pas hésité à miser la main de sa fille illégitime, Camille. Étrangement, cette exquise jeune femme a ému le cynique Kieran Rothewell. Et cette beauté lui appartient désormais puisqu'il a gagné. Mais qu'en fera-t-il, lui le loup solitaire blasé par une vie d'excès ? D'emblée, Camille lui propose un marché : il l'épouse et lui fait un enfant. Ensuite, elle le dédommagera grâce à sa dot et il pourra mener la vie qu'il désire, loin d'elle. Pour sceller ce pacte, elle est prête à se donner à lui dès le premier soir. Kieran est séduit. L'audace de la demoiselle n'est pas pour lui déplaire. Et il n'est pas question de sentiments dans cet arrangement pragmatique. À moins que…

Nouveau ! 2 rendez-vous mensuels aux alentours du 1er et du 15 de chaque mois.

Le 20 janvier 2010 :

Frissons interdits ☙ **Lisa Kleypas (n°6085)**

Holly n'en peut plus : le bourdonnement des conversations oiseuses, l'éclat aveuglant des lustres, l'odeur entêtante des somptueux bouquets de fleurs, tout cela lui est insupportable. Accepter cette invitation était une erreur...
Depuis la mort de son mari, lady Taylor a vécu en recluse. Ce bal chez les Bellemont – sa première sortie depuis trois ans – met cruellement en évidence sa solitude.
De la pénombre du petit salon où elle s'est réfugiée émerge tout à coup une haute silhouette masculine. « Vous avez mis bien du temps pour venir, milady », chuchote une voix profonde et ensorcelante...

L'étrange docteur Cole ☙ **Eve Silver (n°9137)**

Darcie Finch a tout juste vingt ans quand elle pousse la porte d'un bordel dont la tenancière n'est autre que sa sœur Abigail. Ce n'est pas son talent de dessinatrice qui la fera vivre : elle est prête à se prostituer elle aussi, pour avoir de quoi manger. Mais sa sœur la renvoie aussi sec : « Va voir le Dr Cole de ma part, seulement méfie-toi de lui ! » Il est en effet inquiétant, ce médecin aux yeux gris qui accepte d'engager Darcie comme bonne à tout faire. Quelles sont ces recherches qu'il mène, dans le secret de son laboratoire ? Et quel rapport avec les meurtres commis dans les bas-fonds de Londres ? Malgré sa peur, Darcie se sent de plus en plus fascinée par cet homme qui est peut-être un fou... peut-être un génie... ou peut-être un assassin.

8345

Composition
CHESTEROC

Achevé d'imprimer en France (Malesherbes)
par MAURY IMPRIMEUR
le 02 novembre 2009.

Dépôt légal novembe 2009.
EAN 9782290000571

ÉDITIONS J'AI LU
87, quai Panhard-et-Levassor, 75013 Paris

Diffusion France et étranger : Flammarion